KB167896

부부 사이에도
리모델링이 필요하다

부부 사이에도 리모델링이 필요하다

최성애 지음

해냄

들어가는 글

결혼 생활도 DIY합시다

한국의 이혼율이 세계 1, 2위를 다툰다는 소식을 접할 때마다 우리 부부는 아직 괜찮겠지 하면서도 왠지 불안하지 않습니까? 잘 살고 있는 줄 알았던 친구나 이웃, 친척 중에 누가 갑자기 이혼했다는 소식을 들으면 우리 부부도 더 망가지기 전에 '보수 공사'나 안전 진단을 받아야 하는 게 아닌가 덜컥 겁이 들기도 합니다.

제가 결혼 문제에 관심을 갖기 시작한 것은 20여 년 전인 1984년부터입니다. 당시 유학생이었던 저는 시카고에서 결혼을 하게 되었지만 한국의 전통 혼례식으로 했습니다. 이것이 아마도 제가 결혼에 대해 관심을 갖게 된 첫 계기였던 것 같습니다.

만일 결혼 직후 한국에 돌아와 살았더라면 남들 하는 대로 그저 평균치의 결혼 생활에 만족하고 아파트 평수 넓히며 아이들 교육에 치중

하느라, 결혼 그 자체에 대해서는 큰 문제없으면 괜찮다는 식으로 살았을지도 모릅니다. 하지만 재미한국인으로서 느끼는 문화적 이중성과 속된 말로 '밥 먹듯이 이혼하는' 이혼 선진(?) 미국인들의 생활을 속속들이 들여다보면 볼수록, 사랑은 아무나 할 수 있을지 몰라도 결혼은 쉽게 유지되는 게 아니라는 것을 절실히 깨닫게 되었습니다.

그후 1993년에 졸저 『혼수 전쟁』을 썼을 때 저는 머지않아 우리나라의 이혼율도 선진국 못지않게 높아지리라고 예상했습니다. 그래서 선진국의 이혼 대책을 미리 배워두려고 독일에 가서 국제가족치료사 자격증을 받았고, 시애틀의 가트맨 인스티튜트에서 부부 치료 전문가 과정을 이수했습니다.

전문가 훈련을 받던 중, 한국의 급증하는 이혼 문제와 전문가 부족에 대한 사견을 나누었는데 저의 말을 흥미롭게 듣던 가트맨 박사는 책을 통해 효과가 검증된 노하우를 배우고 실천하는 부부들의 치유 성공률이 상당히 만족할 만하다고 알려주었습니다. 그는 제게 '북 테라피(Book Therapy)'를 해보라면서 자신의 연구에 따르면 책을 통한 치료 효과는 전문가를 찾아 몇 년 동안 고액의 치료를 받는 것만큼 효과적일 수 있다고 말했습니다. 그 말에 용기를 얻어 이 책을 쓰기 시작했습니다.

이 책에는 제가 지난 25년간 심리학, 인류학, 사회학, 생물학, 통계학, 그리고 뇌과학에서 쌓은 지식은 물론이고 부부 치료의 임상 경험, 또 제 자신이 결혼 생활을 20여 년간 해오면서 얻은 결혼에 대한 노하우가 담겨 있습니다. 저는 이러한 것들을 바탕으로, 결혼에 대한 생각을 동서양을 아우르는 새로운 각도에서 조명해 보려고 노력했습니다.

첫번째는 불행한 부부보다 행복한 부부에게서 배울 점을 찾자는 것입니다. 김치를 못 담그는 사람 백 명의 실패담을 분석해 본다 한들 김치를 맛있게 잘 담그는 사람 열 명에게 배우는 것이 더 낫지 않겠습니까?

두 번째 발상의 전환은 부부 관계를 끊임없이 반응하고 적응하는 하나의 살아 있는 생명체로 보자는 것입니다. 누가 더 옳으냐, 누구의 성격을 바꿔야 하느냐로 다툰다는 것은 '사람'을 고쳐보겠다는 전제가 깔려 있습니다. 하지만 부부 치료란 '사람'을 고치는 게 아니라 '관계'를 고치고 살려내어 자생력과 면역력을 키워주는 과정입니다. 그렇게 보면 절망적으로 포기하고 싶은 상황에서조차 희망의 실마리를 찾아낼 수 있습니다. 사람은 근본적으로 바뀌기 어렵지만 '인간 관계'는 효과적인 의사소통 방식이나 문제를 새롭게 인식하는 것 등으로 얼마든지 변화될 수 있기 때문입니다.

끝으로 세 번째 발상의 전환은 스스로 치유자가 되자는 것입니다. 지금 우리나라는 급증하는 이혼율에 비해 전문가가 턱없이 부족한 상황입니다. 그래서 세계 최고 전문가들의 연구로 효과가 검증된 부부 웰빙의 기본 기술을 배우고, 또 우리 전통에서 잊혀져가는 지혜를 되찾아 DIY(Do It Yourself)하자는 게 이 책의 의도입니다.

이 책의 구성은 부부 문제에 관심이 많은 분들에게 직접적인 도움을 주는 데 중점을 두었습니다. 우선 1~2장에서는 부부 문제를 어떻게 볼 것인가 진단을 한 다음, 3~7장에서는 사방에서 위협받고 있는 결혼의 외부와 내부의 적들을 규명하고 오늘부터 당장 실천할 수 있는 응급법과 구체적인 개선책(리모델링 노하우)을 모았습니다. 마지막 8장에는 그럼에도 불구하고 결혼이 주는 혜택은 모든 어려움을 능가한다는 다양한 근거들을 제시했습니다.

부부 리모델링은 네 단계로 진행됩니다. 첫째, 집 안의 쓰레기와 불

필요한 물건들을 내다버리듯이 부부의 머릿속을 어지럽히는 거짓된 환상을 깨는 것입니다(3장). 둘째, 외부의 적을 다스리는 방법으로 외관 리모델링을 4장에 소개하였습니다. 셋째, 부부를 위협하는 내부의 문제라 할 남녀의 차이로 인한 갈등을 극복하는 방법은 5장에 다루었습니다. 그리고 집에 기초가 있듯이 부부 개인의 심리적 기초를 다루는 토대 리모델링을 6장에 소개하였습니다.

저는 우리나라 가정 위기의 핵심은 경제 성장에 치중하느라 미처 건강, 정서, 인간 관계를 돌보지 못하고 소홀했던 데 있지 않은가 생각합니다. 그래서 요즘 유행하는 '부자 되기' 열풍을 단지 돈 부자로만 축소하지 않고 '재정, 건강, 정서, 도우미 부자 되기'로 확대해 보면 어떨까 합니다.

이 책의 제목을 '부부 사이에도 리모델링이 필요하다'라고 정한 이유는 타이어에 구멍이 났다고 차를 버리지 않듯이, 창문이 깨졌거나 하수구가 막혔다고 집 전체를 부숴버리지 않듯이, 부부 사이에 문제가 있다 해도 너무 성급히 배우자를 버리거나 가정을 깨지 말자는 뜻입니다. 하지만 구멍난 타이어나 빗물이 새는 지붕처럼, 고칠 수 있는 것을 고치지 않고 그냥 미루다가는 정말 크게 망가질 수 있기에 평소 잘 관리하고, 손볼 것은 손보며 살자는 뜻도 포함됩니다.

이혼을 심각히 고려하던 분이라면 우선 이 책에 있는 문제 해결 방식을 다 써본 뒤로 결정을 늦추었으면 합니다. 물론 이혼을 생각하지 않았더라도 지금보다 행복한 결혼 생활을 원하는 분들께서도 분명 실천하는 만큼 효과를 보실 것입니다.

결혼은 단지 '좋다', '나쁘다'의 상태가 아니라 좋을 때도 있고 힘들 때도 있는 긴 여정이며, 적응과 개선의 여지가 있는 살아 있는 시스템이라는 점을 다시금 강조합니다.

미흡하나마 이 책에서 소개하는 '부부 리모델링' 방식이 여러분의 가정에 작은 보탬이 되기를 바랍니다.

2005년 9월

최성애

차례

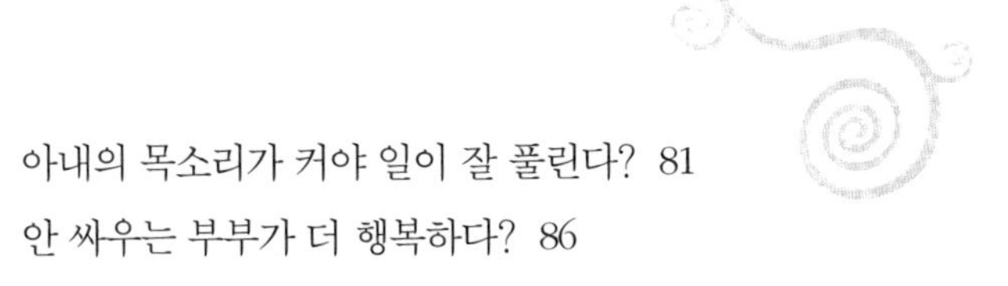

7장 부부 리모델링 5단계 : 행복한 결혼을 위한 관계의 기술 익히기

8장 그래도, 결혼이다

1장

당신의 결혼 생활, 얼마나 행복하십니까?

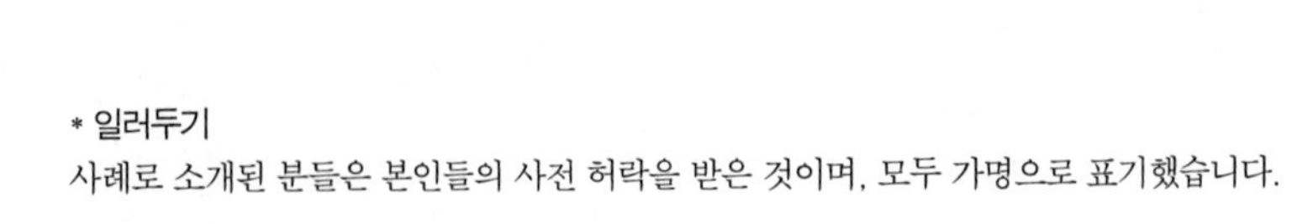

* 일러두기
사례로 소개된 분들은 본인들의 사전 허락을 받은 것이며, 모두 가명으로 표기했습니다.

부부 치료 전문가를 찾아온 어느 남편과 아내

부부 문제 때문에 저를 찾아오는 부부들의 하소연은 그들의 옷차림만큼이나 다양합니다. 각방을 쓴 지 10년이나 되는 부부, 서로 지독한 이기주의자라고 비난하는 부부, 바람난 부인과 같이 못 살겠다는 남편, 알코올 중독자 남편에게 상습적으로 맞고 사는 아내, 아내의 쇼핑 중독 때문에 카드 빚을 짊어진 대기업 간부, 아내의 끊임없는 잔소리에 지칠 대로 지친 남편, 아내의 게으름과 비만증에 환멸을 느낀 의사, 남편의 완벽주의 때문에 해골같이 메마른 직장여성, 변태적 성관계를 요구하는 남편이 두려운 새신부, 자신을 하녀 취급하는 남편에게 절망한 중년부인……. 리스트는 길고도 깁니다.

하지만 이들의 하소연은 이렇게 단순하게 한두 문제로 끝나지 않습니다. 사정을 들어보면 여러 가지 연결된 문제가 꼬리를 물고 한없이 늘어납니다. 얼마 전 갈등이 심각해 이혼까지 생각하던 한 부부가 저를 찾아왔습니다.

남편 김한영 씨는 대기업 직원이며, 부인 이미경 씨는 교사였는데 이 부부는 결혼 생활 16년 중에 사이가 좋았던 때는 첫 두 해뿐이라고 했습니다. 나머지 기간 동안은 잦은 싸움으로 서로 지쳐 있었고, 3년간은 서로 다른 도시에서 살면서 사실상 별거 생활을 했고, 외동딸을 캐나다로 유학 보낸 이후로는 이혼을 생각하고 서류까지 준비하였습니다.

이들은 적어도 겉보기에는 안정된 직업을 가졌고 각자의 아파트를 소유하고 있어서 경제적인 면만 본다면 상당히 안정되어 있었습니다. 그러나 두 사람은 서로에게 불만이 많았습니다. 김한영 씨는 아내가 결혼 초기부터 직장을 핑계로 집안 살림은 물론 시부모께 너무 소홀했으며 거의 하루 걸러 싸웠다고 불만을 토로했습니다. 지난 몇 해 동안 떨어져 살고 있지만 가끔 보는 아내가 반갑기는커녕 만나면 이틀도 채 지나지 않아 또 다시 여느 때처럼 심한 말싸움을 하며 헤어지고 만답니다.

아내 또한 불만이 극도에 달해 있었습니다. 남편처럼 일을 함에도 불구하고 살림과 육아는 거의 다 자신의 몫이었고, 주말이나 연휴에 쉬지도 못하고 남편이 사는 아파트에 가서 파출부 노릇을 하고, 명절 때에는 시부모와 동서들이 마치 자신을 죄인이나 채무자같이 대하는 게 참을 수 없을 정도로 자존심을 상하게 했다고 합니다. 더구나 남편은 시시콜콜한 것마저 따지고 화를 냈답니다.

또 남편은 매사가 자로 잰 듯이 정확해야 직성이 풀리고 한 자리에 꼼짝 않고 몇 시간씩 앉아서 바둑 두는 것이 유일한 취미인데, 자신은 시와 음악을 즐기고 여행을 원하다 보니 대화가 점점 줄었다고 합니다. 급기야 최근 1년 동안은 서로 오가지도 않았고 하고 싶은 얘기는 캐나다에 있는 딸을 통해 간접적으로 알리는 상황이었다고 합니다. 서로 상대방의 목소리만 들어도 신경이 곤두서고 스트레스를 받는 지경까지 갔기 때문입니다.

주변 친지와 친구들은 김한영 씨에게 "까짓것, 시원하게 이혼해 버려!" 한답니다. 이미경 씨는 황홀한 연애와 깔끔하게 매듭짓는 이혼으로 미화된 텔레비전 드라마를 보면 자신처럼 계속 당하면서 사는 처지가 비굴하고 한심하게 느껴진다고 합니다. 앞으로도 이렇게 살 바에야 깨끗하게 갈라 서는 게 나을 것 같아 이혼을 결심하게 되었다고 합니다.

그러나 서류를 받고 나오던 이미경 씨는 극심한 위경련으로 119 구급차에 실려가 입원을 했습니다. 질질 끌어오던 이혼을 종결짓고 나면 시원할 줄 알았더니 마치 썩은 나무가 쓰러지듯 자기 자신부터 쓰러질 줄은 몰랐다고 합니다. 그러나 찾아올 것을 기대하지도 않았던 남편이 응급실에 나타나 "서류에 도장을 찍는 순간부터는 남남이 될 거다, 마지막으로 부부 상담이라도 한번 받아본 뒤에 이혼을 결정하자"고 제의해 저를 찾아온 것이었습니다.

"문제가 이렇게 심각한데 저희 부부가 다시 좋아질 수 있을까요? 이 정도면 이혼을 고려해야 하지 않나요?"

두 사람이 눈물을 흘리면서 제게 던졌던 간절한 질문이었습니다.

우리 시대 부부의 슬픈 자화상

이 부부를 통해 여러분은 가정이라는 끈을 간신히 붙잡고 있는 아슬아슬한 3, 40대 한국 부부의 전형적인 모습을 보실 수 있겠지요. 어쩌면 이런 부부를 주변에서 흔히 볼 수 있기 때문에 오히려 지극히 '정상적인' 부부라고 생각할 수도 있겠습니다. 직장과 자녀 유학 등의 이유로 떨어져 사는 '이산가족', 15년 이상 같이 살다가 이혼하는 부부들의 급증, 일에 치중하다 보니 불만이 쌓이는 결혼 생활, 배우자로부터 관심과 애정을 받지 못한다고 여기는 부부 등……. 이 모두가 그다지 생소하거나 위급한 사항이 아니라고 여겨질지도 모릅니다.

하지만 주변에서 흔히 볼 수 있는 모습이라고 해서 정상적인 결혼과 부부 관계라고 하기는 곤란합니다. 초등학생의 70퍼센트가 알레르기성 질환을 가지고 있고 아토피로 고생하는 아이도 점차 늘어간다지만 흔하다는 것이 정상이라든가 건강하다는 뜻은 아니잖습니까?

서로 혐오하고, 헐뜯고, 남남같이 지내는 부부가 주변에 아무리 많아도 이런 모습들이 건강한 부부의 모습이 아니라는 것을 우리는 잘 알고 있습니다. 이렇게 지치고 망가진 모습으로 살자고 결혼한 것은 아닐 것입니다. 이럴 줄 알았으면 애당초 결혼을 하지도 않았겠지요.

저는 우선 이 부부가 법정에 제출한 이혼 사유를 읽어보았습니다. 이혼 사유는 '성격 차이'였습니다. 사유별 이혼 통계의 1위인, 그 흔하디 흔한 성격 차이……. 툭하면 이혼하는 유명인들이 잘 쓰는 이혼 사유. 그래서 부부 사이에 불화가 생기면 가장 먼저 떠오르는 이유가 성격 차이가 되어버리지는 않았는지 모르겠습니다.

그러나 부부 치료 전문가들은 성격 차이를 이혼을 초래할 만한 사유로 보지 않습니다. 오히려 성격 차이 때문에 서로 호감을 느끼고 사이좋게 지내는 부부도 많지 않습니까? 대부분의 맞벌이 부부들처럼 이 부부도 결혼 초기부터 일을 우선하다 보니 결혼에 시간과 노력을 투자할 여유가 없었을 것입니다. 따라서 단지 성격 차이 때문에 이혼하는 것이 아니라 성격 차이를 받아들이고 소화할 마음의 여유가 고갈되었기에 살기 힘들게 느껴지는 것일 가능성이 높습니다.

하지만 일단 이 부부에게는 약간의 희망이 보였습니다. 이혼이라는 전염병이 한국을 강타하고 있는 요즘, 그 무서운 병에 손 하나 써보지 않고 굴복하는 대신 함께 전문 치료사를 찾은 것입니다. 치료사를 만났다고 부부 문제가 다 풀리지는 않겠지만, 적어도 서로 합의할 수 있는 건설적인 행위를 함께했다는 그 자체가 한 가닥의 희망이기 때문입니다.

성격 차이 때문에 이혼한다구요?

갈등을 겪고 있는 부부들이 이혼을 고려할 때 한 가지 명심할 게 있습니다. 이혼을 꼭 해야 할 이유가 있는가 하는 것입니다. 그렇다면 부부 치료 전문가들이 '차라리 이혼하는 게 나은 경우'라고 단정할 수 있는 판단기준은 무엇일까요? 전문가마다 방식이 조금씩 다르겠지만 경험이 많은 전문가들은 일반적으로 다음 네 가지 사항에 동의합니다.

첫째, 이혼에 앞서 모든 노력을 다 동원해도 안 될 때입니다. 대부분의 경우 '참아왔다'가 노력의 전부입니다. 즉, '나는 엄청난 노력을 했지만 더 참을 수 없기 때문에 이혼을 한다'는 것입니다. 그러나 한쪽 또는 둘 다 얼마나 오랫동안 고통스러웠느냐가 이혼을 정당화시켜 주지는 않습니다. 올바른 문제 해결 방법을 찾지 못하고 고통만 호소하는 것은 어린애 투정입니다. 문제를 방치했거나 그릇된 방법을 써왔다면 부부 관계를 개선하고자 하는 노력은 아직 시작도 안 했다는 뜻과 다름없습니다.

둘째, 결혼 상대가 매우 고치기 어려운 심각한 인격 장애가 있는 경우입니다. 상습적인 폭행을 일삼는 경우가 아마 가장 대표적인 예일 것입니다. 특히 인격 장애에서 오는 상습 구타와 폭력은 경찰의 개입이 불가피할 정도로 피해자 혼자의 힘으로는 어찌할 도리가 없는 경우가 많습니다. 신변을 위협하는 육체적 폭행 이외에도 파괴적인 언어(정신적) 폭행도 고려의 대상입니다.

셋째, 이혼을 결정할 때 부부 사이에 자녀가 없다면 둘의 선택을 존중할 뿐 남이 왈가왈부할 필요는 없다고 봅니다. 그러나 자녀가 있을 경우, 특히 어린 자녀가 있는 경우에는 완전히 다른 이야기가 됩니다. 이럴 경우 이혼이란 두 사람(부부)의 관계만 달라지는 것이 아니라 자녀와의 관계에도 막대한 영향을 미치게 되기 때문입니다. 부부는 서로 헤어져도 각자 따로 생활을 할 수 있으니 그만이지만 어린 자녀는 엄청난 상처를 받게 됩니다. 따라서 이혼하는 것이 결혼을 지속하는 것보다 자녀에게 피해를 상대적으로 덜 주는 경우라면 이혼해도 좋습니다.

넷째, 이혼하기로 결정하고 이혼이 법적 효력을 발휘하는 순간이 왔을 때, 통쾌하거나 화나거나 슬프거나 등등 아무런 감정의 소용돌이가 느껴지지 않고 담담하다면 이혼 선택을 잘 한 경우라 해도 크게 틀리지 않다고 봅니다. 통계상 그렇다는 말입니다.

하지만 여기에도 문제는 있습니다. 대개 이혼 서류에 도장을 찍고 법원을 나서는 순간까지도 자신이 어떤 감정을 느끼게 될지 모르는 경우가 많습니다. 홀가분할 줄 알았는데 하늘이 무너질 듯한 절망감을 느꼈다든가, 눈물이 비오듯 쏟아졌다든가, 상대가 옷자락을 붙잡고 '한 번만 더' 하고 매달릴 줄 알았는데 끝까지 무표정하여 이루 말할 수 없는 배신감과 분노를 느꼈다든가 등등, 자신도 몰랐던 숨은 감정들이 튀어나와 놀라고 당황했다는 이야기를 주변에서 흔히 들을 수 있습니다.

일반적으로 이렇게 잔여 감정이 많을수록 아직 이혼할 때가 아니라는 징표이고, 그만큼 이혼의 후유증이 깊어 상처는 물론 후회와 방황의 기간도 깁니다.

즉, 차라리 이혼하는 것이 나은 경우는 부부가 모든 방법을 동원하여 부부 문제를 해결하려 했고, 이혼이 현 상태보다 자녀에게 피해를 상대적으로 덜 주고, 배우자가 고치기 불가능한 인격 장애가 있거나, 이혼하고 난 후 절망보다 희망을 느낄 수 있는 상황일 때입니다.

이러한 판단기준을 놓고 볼 때 저는 김한영, 이미경 부부에게 아직 이혼을 고려하기는 시기 상조라고 했습니다. 첫째, 이들은 결혼 생활 16년 동안 무수한 노력을 해왔어도 대부분은 참고 견디는 소극적 행위에 불과하였으며, 겨우 이제서야 적극적으로 해결책을 찾고자 하기 때문입니다. 둘째, 불행 중 다행으로 이들의 부부 싸움은 말에서 그치고 아직 한 차례도 육체적 폭행은 없었습니다. 말싸움을 할 때라도 정도를 벗어나서 상대의 인격을 짓밟을 정도로 파괴적인 모욕을 주지는 않았습니다. 셋째, 자녀가 고등학생이라 부모의 이혼으로 인하여 깊은 상처를 입을 수 있기 때문입니다. 부모가 이혼을 받아들이도록 딸을 설득할 수는 있겠지만 딸이 받을 상처는 어쩔 도리가 없기 때문입니다. 그리고 넷째, 이혼이 구체적으로 진행되었을 때 두 사람은 심각한 절망감에서 헤어나질 못하였기 때문이었습니다.

그럼 일단 이혼을 보류하고 부부 관계 개선을 위한 최선의 노력을 하기 위해서는 무엇부터 해야 할까요. 우선은 두 사람이 못 살 지경까지 가게 된 원인을 정확하게 알아야 합니다. 갈등의 원인을 제대로 아는 것만으로도 문제의 절반은 해결되었다고 볼 수 있습니다.

적어도 이 부부의 갈등 원인은 성격 차이가 아닙니다. 언뜻 보기에 성격 차이처럼 보이겠지만 사실 시댁에 가느냐 마느냐, 연휴에 바둑을 두며 보낼 것이냐 여행을 갈 것이냐 등은 싸움의 '주제'일 뿐이지 진짜 '쟁점'은 아닙니다. 그럼 무엇이 진짜 쟁점일까요?

부부 갈등의 진짜 원인

몸이 아파서 병원에 가면 의사가 가장 먼저 하는 것은 환자로부터 어디가 어떻게 아프다라는 정보를 듣는 것입니다. 이와 같이 부부 치료사도 일단 부부의 말을 들어봅니다. 부부의 말을 귀로만 듣지 않고 눈으로 보고 피부로도 느껴봅니다. 말의 내용에만 신경을 기울이는 것이 아니고, 말을 하면서 어떤 감정을 느끼는가, 어떤 태도를 취하는가, 즉 비구어적 커뮤니케이션을 관찰합니다. 말의 내용이 전달해 주는 내용은 7퍼센트밖에 되지 않으며, 억양, 태도, 눈빛 등 비구어적 커뮤니케이션 속에 93퍼센트의 메시지가 담겨 있기 때문입니다.

김한영, 이미경 부부는 둘 다 전문직업을 가진 맞벌이 부부이기 때문에 돈에 쪼들리지는 않았지만 바쁘다 보니 남편도 아내도 인스턴트 식품으로 끼니를 해결해 위장병이 생겼습니다. 앞으로 심장 질환, 당뇨, 관절염 등 온갖 만성 질환으로 고생할 것 같고 장차 가진 돈을 모두 병원에 쏟아붓게 될지도 모르겠다고 하소연하는 김한영 씨의 얼굴이 순간적으로 어두워졌습니다. 그는 건강 악화에 대한 두려움을 살림에 소홀한 아내에게 돌리는지 아내에게 무척 화가 나 보였습니다.

둘 다 일에 치중하고 돈 모으기에 바빠서 이미경 씨는 서로 따뜻한 말을 나눈 지가 언젠지 기억도 안 난다고 했습니다. 서로 떨어져 살던 지난 3년간도 삭막하기 짝이 없었지만 특히 딸마저 외국으로 떠나고 보니 외로워서 미칠 지경이랍니다. 그리고 딸의 앞날이 걱정된다고 합니다. 딸이 외국인과 결혼이라도 한다면……. 딸 걱정을 하는 이미경 씨의 음성은 불안감에 가득차 있었습니다. 이미경 씨의 목소리에는 자신의 외로운 '과부 같은 팔자'에 대한 불만과 무심한 남편에 대한 경멸이 담겨 있었습니다. 남편이 즐기는 바둑판을 보기만 하면 집어 던지고 싶은 충동을 느낀다고 합니다.

또 사이가 좋지 않은 부부들이 흔히 그렇듯 이들은 주변의 인적 네트워크로부터 단절된 생활을 하고 있었습니다. 평소에는 물론 명절이나 휴가 때마저 상대의 부모형제 집에 가기를 꺼끄러워하다 보니 마음을 의지할 사람이 없었습니다. 둘이 이혼한다고 했는데도 아무도 발벗고 나서서 말려주는 친인척이 없더라는 것입니다. 마음을 의지할 수 있는 사람들이 없다 보니 사는 것이 점점 메말라갔습니다.

이제 문제의 정체가 드러나기 시작합니다. 이들이 느끼는 감정은 건강을 잃는다는 두려움, 서로의 욕구를 무시함으로써 주고받는 분노와 좌절감, 의지할 데 없는 외로움, 희망이 안 보이는 절망감이었습니다. 이런 다양한 감정들이 얽히고 설켜 무엇이 진정으로 자신을 괴롭히는지, 무엇이 그토록 화가 나게 만드는지 모르게 된 것입니다. 모든 것이 뒤범벅되었지만 한 가지만은 확실했습니다. 부부가 함께 있을 때 서로가 상대방 화의 표적이 된다는 것입니다. 상대방이 이런 감정의 원인은 아니지만, 한바탕 싸우고 나면 서로에 대한 증오심과 적개심만 남는다는 것이었습니다.

실은 김한영 씨는 부인의 일이 싫은 것이 아닙니다. 자신의 건강이 점점 나빠지고 있다는 사실이 두려웠던 것입니다.

이미경 씨는 남편의 바둑 취미가 싫은 것이 아닙니다. 자신의 정서적 요구를 무시하는 남편에게 무시당하는 느낌이 불쾌했던 것입니다.

둘 다 처가와 시댁이 싫은 것만은 아니었습니다. 그들과 멀어지기 시작하면서 점점 의지할 데 없어지는 자신들의 초라한 모습이 보기 싫었던 것입니다.

진짜 쟁점은 건강과 정서와 인간관계입니다. 결혼한 부부가 행복하게 살기 위해서는 돈 이외에 육체적 건강, 정신적 건강, 그리고 서로 돕고 의지할 수 있는 사람들이 필요한데 김한영, 이미경 부부의 경우에는 돈은 문제없지만 나머지 셋은 거의 바닥이 나 있었던 것입니다. 이것은 마치 지붕을 받쳐주는 네 기둥 중에서 하나만 성하고 나머지 셋은 심하게 손상된 상태와 같습니다.

두 사람에게 저는 불화의 진짜 원인을 말해 주었습니다. 성격 차이 때문에 그동안 다퉈왔던 것이 아니라 '라이프 통장'의 잔고 부족과 불균형 때문에 다퉈왔던 것입니다.

부부 관계를 좌우하는 라이프 통장

'라이프 통장'이란 무슨 말일까요?

생명체가 살아가기 위해서는 물, 공기, 영양, 외부 자극 등과 같은 생존에 필요한 핵심 자원이 있습니다. 사회의 기본 생존 단위라 할 수 있는 부부도 인류의 오랜 진화를 통해 이루어진 하나의 살아 있는 시스템이라 한다면 이를 지탱해 주는 핵심 자원이 있을 것입니다.

저는 건강한 라이프(생명, 생활, 삶)를 가능하게 해주는 모든 자원의 출납을 '라이프 통장'이라고 이름 붙였으며 최소한 재정, 건강, 정서, 도우미 등 네 요소가 필수라고 생각합니다. 부부 문제를, 재정, 건강, 정서, 도우미' 등 네 가지 '라이프 통장'으로 분석하고 진단하여, 이에 따라 치료하는 방법은 제 고유의 치료 방식입니다.

'통장' 하면 우선 돈을 떠올리게 되고 아니면 집이나 땅 같은 재산

액수를 가늠하려 합니다. 그래서 당연히 '재정 통장'이 첫번째 라이프 통장입니다. 대부분의 사람들은 버는 만큼 쓰고, 쓰는 만큼 벌면서 통장 잔고의 균형을 이룹니다. 하지만 요즘은, 특히 플라스틱 머니라는 신용카드가 남발된 이후, 출납을 가늠하기 어렵기 때문에 자칫 버는 것보다 더 많이 쓰기가 훨씬 쉽습니다. 돈의 출납을 못 느끼다가 빚더미에 올라앉는 신용불량자들이 일 년에 3, 4백만 명씩이나 발생하고 카드 빚 때문에 이혼하거나 자살하는 사건이 종종 벌어지는 것을 봐도 재정 통장의 고갈이 부부 불화의 심각한 원인이 된다는 것을 짐작할 수 있습니다.

두 번째로 '건강 통장'은 요즘 헬스다 웰빙이다 하여 너도나도 건강에 관심을 두는지라 이 역시 부연 설명이 필요 없을 듯합니다. 건강 통장도 재정 통장과 같이 상당히 구체적인 자원입니다. 사람은 일반적으로 몸이 아플 때 소심해지고 자기중심적이 됩니다. 모두가 자신을 위해주길 바라고 반대로 남에 대해서는 소홀해집니다. 남의 사소한 반응에도 민감해지고, 자신의 요구를 안 들어주면 몹시 서운해집니다. 즉, 건강 통장이 줄어들면 재정 통장 못지않게 부부 관계가 어려워집니다.

평소 건강에 신경을 쓴다 해도 결혼 생활을 하다 보면 불의의 사고를 당할 때도 있고 불치의 병을 발견할 수도 있습니다. 병들고 아프면 경제적인 지출이 많아지면서 심리적으로도 위축돼 결혼 생활이 더 힘들어지게 됩니다. 특히 나이가 들어감에 따라 건강 통장의 잔고는 부부 생활의 질을 크게 좌우합니다. 자식도 다 컸고 이제 둘이 오붓이 여행도 하고 취미 생활도 하고 싶은데 한 사람이 계속 아프다면 어떻겠습니까? 따라서 건강 통장이 위태로우면 행복한 부부 관계를 유지하기 힘들게 됩니다.

세 번째인 '정서 통장'은 좀 생소한 표현이지만 건강 통장이 육체적 건강을 뜻한다면 정서 통장은 정신적 건강이라고 보면 됩니다. (물론 육체와 정신이 확고하게 구분되는 것이 아니고 서로 지대한 영향을 미치지만 여기서는 편의상 따로 설명하겠습니다.) 평소에 건강하면 감기에 걸려도 빨리 회복되고 일상 생활을 즐길 수 있듯이, 정신적으로 건강하면 남이 자신을 헐뜯어도 마음의 평정을 잃지 않게 됩니다. 그리고 기쁨, 두려움, 흥미, 분노, 슬픔을 느끼되 그 감정에 휘말리거나 압도당하지 않습니다.

예를 들어 흔히 성격이 '좋다, 나쁘다'라는 말을 하는데 저는 이것을 '정서 통장'의 관점으로 다음과 같이 풀이합니다. 즉, 성격이 좋다는 말은 쉽게 화를 내지 않고, 화를 냈다가도 어느 정도 선에서 풀어지며, 급한 상황에서도 여유를 찾을 줄 알고, 스트레스를 유머로 전환할 수 있는 균형감각과 조절능력이 있다는 뜻입니다. 이는 정서 통장이 풍부할 때 가능합니다. 반대로 성격이 나쁘다는 말은 하찮은 일에도 짜증을 내거나, 한번 화를 내면 주체를 못한다거나, 마음에 여유가 없고, 스트레스에 찌들어 웃음을 잃고 우울증에 빠지는 등입니다. 이는 정서 통장이 빈약하다는 징표입니다.

끝으로 '도우미 통장'이란 무엇일까요? 도우미 통장이란 말은 저의 남편이 지어주었습니다. 인간은 아무도 혼자 살 수 없고 남을 돕고 남에게 도움을 받아야 생존력이 높아지는데, 이 개념을 독자들에게 쉽게 전달할 수 있도록 한마디로 표현할 마땅한 단어가 떠오르지 않아 고민이라고 했더니 나눔, 베풂 등 이런저런 단어를 제시하다가 '헬퍼(helper)'라는 뜻으로 도우미가 어떠냐고 제안했습니다.

도우미 통장이란 쉽게 말해 남에게 필요한 도움을 주거나 나에게 필요한 도움을 받을 수 있는 인간 관계 능력을 뜻합니다. 결혼을 하게 되면 부부는 사회적으로 공인받은 서로의 도우미가 됩니다. 결혼식장에서 흔히 듣는 주례사에 "기쁠 때나 슬플 때나, 건강할 때나 병들 때나…… 서로 의지하고 도우라"는 내용이 바로 서로 도우미가 되라는 말 아닙니까?

중요한 점은 부부는 서로 도우미가 되는 동시에 주위의 도우미들과도 네트워크를 형성한다는 것입니다. 각자의 부모형제와 일가친척은 부부에게 도움을 줄 수도 있고 도움을 받는 경우도 빈번할 것입니다. 대개 화목한 집안은 이 출납이 균형을 이루지만 불행한 가정은 일방적으로 도움을 요구하거나 양가의 도우미 출납이 극심한 불균형을 이룹니다. 이들을 관리하지 못하면 어느 한쪽이라도 불만이 생길 것이고 주위로부터 고립되거나 주변 인물들에 휘둘려 부부 관계가 악화되기도 할 것입니다.

결국 부부 문제의 근원을 따질 때는 서로의 성격에서 찾을 것이 아니라 네 가지 라이프 통장을 살펴봐야 합니다. 라이프 통장이 고갈되면 서로의 성격 차이를 받아주거나 소화할 여력이 없습니다. 바닥난 잔고를 보듯 위기감을 느끼므로 사소한 일에도 반응이 예민해지거나 불안해집니다. 자신은 줄 게 없는데 상대가 달라고 하면 짜증이 나지요. 또 배우자에게 기대한 만큼 못 받을 때는 원망스럽고 분노를 느낍니다.

이제 김한영, 이미경 부부의 문제 해결 실마리가 잡혔습니다. 이 부부는 각자 성공을 추구하다가 돈만으로는 환산할 수 없는 다른 세 가지의 종류의 통장이 파산지경에 이른 것입니다.

이제 라이프 통장의 관점을 부부 싸움에 적용해 보면 온갖 형태의 부부 싸움이 실은 서로를 미워하고 상처 주는 투쟁이라기보다는 대부분 좀더 잘 살기 위한 애타는 호소이자 몸부림이라고 볼 수 있습니다.

쉽게 말해 부부가 서로의 기본 라이프 통장을 충족시켜 줄 때는 사이가 좋고, 그 반대일 때 싸움이 일어납니다. 부부 관계를 개선하려면 불화의 표면적 이유(그날 싸움의 주제)보다 진짜 쟁점인 재정, 건강, 정서, 도우미 통장의 위협을 받음으로써 느끼는 두려움이나 원하는 만큼 채워지지 않은 욕구 불만이 있음을 먼저 깨닫는 게 중요합니다. 그래야 서로를 공격하지 않고 '문제'를 공격할 수 있고, 또 서로가 적이 되지 않고 '동지'가 될 수 있을 것입니다.

조그마한 희망이 보인다면, 이제부터 회복이다

부부간 불화의 원인을 성격 차이로 보지 않고 라이프 통장의 고갈로 보는 것은 단순한 시각의 차이가 아닙니다. 문제를 어떻게 해석하고 원인을 규명하느냐에 따라 해결 방법이 확연히 달라지기 때문입니다. 이 점은 무척 중요한 핵심 포인트입니다.

만약 부부의 위기를 '성격 차이'로만 규명한다면 이들의 문제는 쉽게 풀리지 않습니다. 성격은 쉽게 변하는 것이 아니기 때문이지요. 따라서 이럴 경우 결론은 크게 두 가지로 압축됩니다. 일방적으로 참고(하지만 계속 불만스러워 다투면서) 함께 살거나 이혼하는 것이죠.

어떤 이들은 부부 불화의 원인을 당사자들의 유아기에서 찾으려고 합니다. 유아기 때의 부모·자식 관계를 파헤치면서 그때 받은 정신적 상처들을 발견하려는 것입니다. 그때 얻게 된 자아 개념, 타인에 대한 인식 등이 어른이 된 후까지 존재하고 우리를 무의식적으로 지배한다는 이론이지요.

물론 사람은 자신이 경험한 과거에 영향을 받습니다. 하지만 유아기 때 형성된 경험은 고정되지 않고 어른이 된 후에도 계속해서 성장하고 발전합니다. 우리는 지금도 현재의 주변 상황에 따라 끊임없이 상호작용하고 있지 않습니까.

하지만 부부 문제를 라이프(재정, 건강, 정서, 도우미) 통장의 일시적 고갈이나 만성적 불균형으로 해석해 본다면 다른 해결 방안이 가능해집니다. 재정 통장은 벌고 쓰고 저축하는 방식을 달리함으로써 출납의 균형을 찾을 수 있습니다. 건강 통장은 식생활 조절과 운동, 스트레스 관리 등으로 회복이 가능합니다. 정서 통장은 자아 존중감 향상, 장점 찾기, 긍정적 사고방식 등을 배움으로써 노력하는 만큼 늘릴 수 있습니다. 도우미 통장은 주위 사람들에게 마음을 열고 다가감으로써 항상 새로운 계좌를 신설할 수 있습니다.

자, 이제 선택하십시오. 부부 불화의 원인을 성격 차이로 볼 것인가, 아니면 라이프 통장의 고갈로 볼 것인가.

부부 치료에는 순서가 있습니다. 첫째, 서로를 적으로 여겨 인신 공격하지 말고 현재 시점의 부부 라이프 통장을 점검해 보는 것입니다. 둘째, 무엇이 통장을 위협하는가를 찾아내는 것입니다. 셋째, 결혼과 부부 관계에 대한 잘못된 관념과 헛된 망상을 갖고 있다는 점을 인식하는 것입니다. 끝으로 부부가 동지가 되어 결혼 생활을 위협하는 적을 다스리고 건강하고 행복한 가정을 만들 수 있는 구체적인 방법들을 배워 실천하는 것입니다.

지금 김한영 씨와 이미경 씨는 결혼 생활을 잘하고 있습니다. 어느 부부에게나 많은 어려움이 있는 게 당연합니다. 하지만 이 어려움을 감추거나 회피하거나 헤어짐으로써는 결코 문제를 풀지 못하고 오히려 더 크고 복잡한 문제를 일으키는 경우가 많습니다. 그렇기에 결혼 생활을 잘하고 있다는 말은 문제가 없다는 뜻이 결코 아닙니다. 달라진 점은 이들은 같은 문제가 생겨도 문제를 보는 관점이 예전과 달라졌고, 따라서 대처법도 달라졌다는 것입니다.

도대체 어디에서부터 손을 써야 할지 모를 정도로 수많은 문제를 안고 사는 부부가 우리 주변에는 많습니다. 10년, 20년을 함께 살아온 부부들마저 상대의 욕구가 무엇인지도 모르고, 자신이 뭘 원하는지 상대에게 효과적으로 알리는 기본 방법조차 모르면서 소중한 라이프 통장을 탕진하는 경우가 많습니다. 깨어진 레코드 판처럼 지치고 마음이 닳을 때까지 불평불만을 반복하면서 서로에게 상처를 줍니다.

자신에게 질문을 한번 해봅시다. '만약 우리 부부가 살기 힘든 진짜 이유가 그동안 생각해 온 것과 전혀 다른 것이라면?' 그 진짜 이유가 뭔지 궁금하지 않습니까?

'만약 지금까지 행해온 부부 싸움 방식이 문제를 더 악화시켰다면?' 문제를 악화시키지 않고 명쾌히 풀 수 있는 방식을 써본 뒤에 이혼해도 늦지 않을까요?

'만약 우리도 잘 살고 있는 부부들처럼 행복하게 될 수 있다면? 그리고 그렇게 하는 데 큰 돈이나 엄청난 시간이나 특별한 비결이 필요한 게 아니라면?' 당연히 무엇인지 알아봐야겠다는 생각이 들지 않습니까?

문제가 너무 심각하여 이혼 절차를 밟고 있는 중이라면 부부 치료 전문가를 찾아가는 게 좋습니다. 그러나 만일 문제가 그 정도로 심각하지는 않지만 불행하다는 생각이 든다면 이 책에 나오는 자가 진단 및 자가 치료를 꾸준히 실천해 보십시오. 빠른 속도로 회복할 수 있을 것입니다. 단, 중요한 점은 '꾸준히 실천해야 한다'는 사실입니다. 예를 들어 단지 원인을 알고 치료법을 '안다'고 고혈압이 하루아침에 완치되지 않듯이, 부부 문제도 문제의 원인과 치료법을 알게 되었다고 갑자기 다 해결되지는 않습니다. 이 책에 제시된 치료법을 성실히, 그리고 꾸준히 실천하시기 바랍니다.

이 책에 제시된 구체적인 방법들은 학문적으로 효과가 검증된 임상 결과이기도 하지만 저희 부부가 결혼 생활 20여 년 동안 직접 실천해 온 사항들이기도 합니다. 물론 저희도 처음부터 성공적으로 실천하지는 못했고 무수한 시행착오를 통해 조금씩 보완하고 발전해 왔습니다.

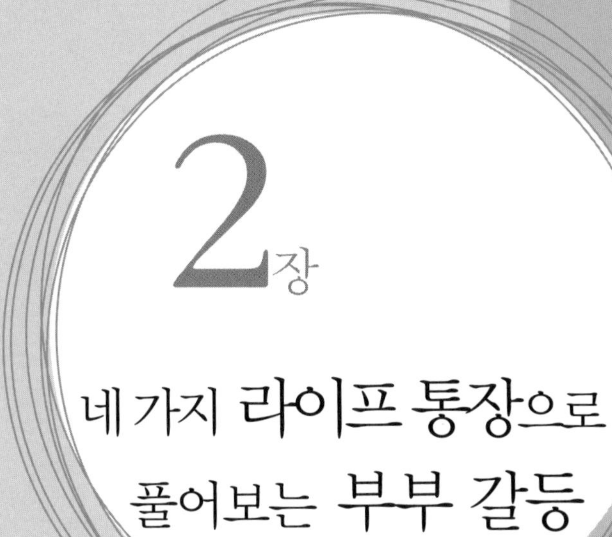

2장

네 가지 라이프 통장으로 풀어보는 부부 갈등

잘사는 부부들의 행복 비결

저는 지난 20년 동안 수천 쌍의 부부들이 지닌 '행복 비결'을 관찰한 결과 이들이 단지 운이 좋은 사람들이 아니라, 그들에게는 건강한 생존 메커니즘을 유지하는 방식이 있다는 결론을 얻었습니다. 즉, 행복한 부부들은 네 가지 라이프 통장의 균형을 잘 이루고 사는 사람들이라는 뜻입니다.

물, 흙, 태양이 식물에게 필수 요소이지만 무조건 많을수록 좋은 게 아니듯 인생에 있어서도 재정, 건강, 정서, 도우미 통장의 출납이 균형을 이루어야지 한 가지만 너무 많거나, 너무 모으기만 하고 쓰지를 않는다거나, 반대로 오로지 받기만 하고 주지 않는다면 생활에 이상(불균형)이 생깁니다. 재정 통장의 예를 들자면 돈을 모으기만 하고 쓸 줄 모르는 스크루지 같은 사람을 우리는 불쌍하다고 하지 않습니까? 또

먹기만 하고 운동을 안 하면 비만이 되듯 정서와 도우미도 인풋(input)과 아웃풋(output)의 균형을 이뤄야 한다는 뜻입니다.

어떤 인간 관계라도 관계가 형성, 유지, 발전하려면 네 라이프 통장 중 어느 하나라도 충족돼야 하겠지만 특히 부부는 생존 공동체라 서로의 욕구 충족, 견제와 균형이 끊임없이 필요합니다. 상거래처럼 흥정이 안 맞으면 떠나거나, 직장처럼 이해타산에 따라 이동하는 이익집단이 아닌 혈연 공동체이기 때문이지요.

우선 재정 통장은 눈으로 보고 손으로 만질 수 있고, 또한 결혼한 부부라면 대개 공동 소유하기 때문에 쉽게 이해가 됩니다. (경우에 따라 부부라도 각각 '딴 주머니'를 차는 사람들도 있겠지만) 대개는 공동 명의로 된 집, 월급, 적금 통장 등 셈할 수 있는 재정 통장은 결혼과 동시에 공동 자금이 되는 게 일반적이지요.

그런데 중요한 점은 나머지 세 통장(건강, 정서, 도우미)의 경우는 눈에 보이지도 않거니와 의식조차 못하는 거라서 대개는 생각조차 안 하고 삽니다. 저는 부부 치료를 하면서 이 '보이지 않는 통장'을 보고 느끼게 도와줌으로써 많은 부부들의 관계가 크게 개선되는 효과를 보았습니다.

이제부터 통장을 하나씩 계산하는 방법을 알려드립니다. 군데군데 자신의 라이프 통장을 체크하는 항목들이 제시되었습니다. 눈으로만 읽지 말고 체크하면서 보면 도움이 될 것입니다.

돈, 돈, 돈이 뭐길래!

요즘 부부 싸움의 많은 부분이 돈 때문이라 해도 과언이 아닙니다.

돈과 연관지어 주부들 사이에 널리 알려진 우스갯소리가 있습니다. 부부 싸움할 때 남편에게 하는 아내의 푸념을 들어보면 그 부부의 문제를 대충 짐작할 수 있다고 합니다. '돈도 못 버는 주제에'라면 재정 통장도 못 채워주면서 사랑의 욕구만 채우려는 남편을 힐난하는 것이고, '돈이면 다냐?!'는 재정 통장은 충족시켜 주되 사랑의 욕구를 채워주지 않아 불만이라는 표시이며, '설상가상'은 돈도 못 벌면서 사랑도 안 해주는 남편에 대한 이중 불만의 표시입니다. 욕구 불만이 '설상가상'인 지경이라면 '못 살아~' 타령이 나오겠지요.

예전에 먹고 살기 힘들 때 부모님들은 다른 것은 몰라도 성실하거나 부지런하다면 일단 배우자로서 기본 점수를 주었습니다. 한 술 더 떠서 부잣집 둘째 아들이나 재벌집 무남독녀 외동딸과 결혼하면 아둥바둥 힘들게 살지 않아도 될 것 같으니까 마담뚜를 동원해서라도 붙잡고 싶어하는 사람도 있습니다.

그러나 드라마보다 더 드라마 같은 현실에서 보면 비록 '배부르고 등 따신' 욕구는 채워졌을망정 '사랑과 친밀감(정서적 욕구)'에 갈증을 느끼는 부잣집 데릴사위가 가난 때문에 헤어졌던 첫사랑을 찾는 일 따위가 허다하게 벌어집니다.

마담뚜를 동원할 정도의 극부유층 소수를 제외한 일반 부부 사이에서는 재정 통장에 있어서 서로 양보하고 타협할 여지가 별로 없습니다. 극단적으로 카드 빚 한번 지면 갚을 길이 막막하여 어린 자녀와 함께 동반자살하는 비극도 벌어집니다.

예전에는 칠거지악이라 하여 아내가 7가지 나쁜 행동을 하면 쫓아내는 풍습이 있었지만, 삼불거(三不去)라 하여 구제 제도가 있었으니 그 하나는 쫓아내도 갈 데가 없을 경우, 두 번째는 부모 상(喪)을 함께 치렀을 경우, 그리고 세 번째가 시집 온 뒤 살림이 나아진 경우랍니다. 그만큼 의식주를 확보한 공로는 칠거지악을 상쇄시킬 수 있을 만큼 인정받았다 하겠습니다.

다음 리스트는 돈과 직접 관련된 행동으로서 결국 서로의 '먹고사는' 기본 생존 욕구를 위협하거나 안정감을 박탈하는 행동이기 때문에 스트레스를 유발합니다. 한번 꼼꼼히 체크해 보시기 바랍니다.

✔ 나는 남편의 이러한 점이 못마땅하다

1. 무능함과 게으름 ☐
2. 돈 벌기보다 쓰기를 좋아함 ☐
3. 아내와 자녀한테는 인색하나 남한테는 허세와 인심을 잘 씀 ☐
4. 한 직장에 오래 있지 못하는 변덕스러움 ☐
5. 몰래 자기 부모형제를 도와주는 '효자' ☐
6. 골프 등 돈 많이 들어가는 취미에 몰두함 ☐
7. 도박, 경마 등에 빠져 가산을 탕진함 ☐
8. 대책 없이 남의 빚 보증 서주는 행동 ☐
9. 몰래 카드 빚 지는 행위 ☐
10. 몰래 부수입을 챙김 ☐
11. 상의 없이 재산을 처분하는 행위 ☐

✔ 나는 아내의 이러한 점이 못마땅하다

1. 분수를 모르고 사치하는 행동 ☐
2. 툭하면 외식하자고 함 ☐
3. 친구 따라 강남 가는 식의 줏대 없는 구매 ☐
4. 게으름 ☐
5. 남편 몰래 친정 식구들을 도와주는 '효녀' ☐
6. 골프, 명품 사 모으기 등 돈 많이 들어가는 취미 ☐
7. 화투 등 잡기에 능함 ☐
8. 몰래 카드 빚지는 행위 ☐
9. 몰래 빚지거나 남에게 돈을 꿔주는 행동 ☐
10. 상의 없이 마음대로 재산을 처분하는 행동 ☐
11. 몰래 적금이나 계를 드는 것 ☐

만약 체크 항목이 4개 이상 되면 재정 통장에 대한 경고 신호이고, 8개 이상이면 상당한 위협을 느끼고 있는 것입니다. 이럴 때 재정 통장을 위협하는 배우자에게 화가 나고 부부 싸움이 잦아지게 됩니다.

얼마 전에 한 미혼여성이 『나는 남자보다 적금통장이 더 좋다』는 책을 발표해 많은 관심을 받았다고 합니다. 방송작가로 일하는 미혼 여성이 악착같이 절약하여 34개월 만에 1억을 저금했다니 대단하다는 생각이 듭니다.

이 정도 말이 나올 정도로 재정 통장은 중요합니다. 그런데 저는 이 기사를 읽으면서 엉뚱하게 만일 제 남편이 『나는 마누라보다 적금통장이 더 좋다』는 책을 냈다면 제 기분이 어땠을까 상상해 보았습니다. 아마 저는 제목만 보고도 무척 언짢을 것 같습니다. 그 돈 모아 몽땅 저를 준다 해도 어쩐지 못 미더울 것 같더군요. 또 만일 어떤 아기 엄마가 『나는 아기보다 적금통장이 더 좋다』라는 책을 낸다면 "단단히 미쳤군. 아기가 불쌍하다"는 비난을 받을 것 같습니다.

돈만 너무 추구하다가 건강을 잃거나 친구를 잃거나 가정이 깨지는 비극이 생긴다면 돈으로 살 수 없는 다른 소중한 라이프 통장을 잃는 셈입니다. 즉, 재정 통장도 무척 중요하지만 이에 못지않게 중요한 다른 통장들이 있습니다.

몸이 아프면 만사가 귀찮다

건강도 재정 통장처럼 출납의 개념으로 이해해야 합니다. 소모된 만큼을 채워야 건강이 유지되고, 소모하는 것보다 더 비축해 놓아야 든든한 건강 통장을 유지할 수 있습니다. 물론 건강 통장이 두둑하면 어려움에 처해도 자신감을 회복하는 데 도움이 됩니다. 건강이 자산이라는 말도 있지 않습니까?

반대로 건강 통장에 마이너스를 초래하는 행동은 불쾌감이나 불안감을 불러옵니다. 예를 들면 아무리 외식 산업이 번창한다 해도 남자들에게 있어 집에서 아내가 음식을 잘 챙겨주느냐 아니냐는 상당히 감정적인 반응을 초래합니다. 그만큼 건강에 직접적인 영향을 주기 때문이겠지요. 대개 남자들이 아내에게 푸대접 받는 처지를 호소할 때 '밥도 안 해준다'는 한마디로 표현합니다. 반대로 어느 집에 가서 정성어린 음식 대접을 받으면 오래도록 흐뭇한 기억으로 남습니다. 사위가 오면 씨암탉을 잡아 대접하는 것이 꼭 사위만을 아끼려는 풍습이었겠습니까?

살다보면 아플 때도 있고 다칠 때도 있습니다. 이때 배우자가 잘 보살펴주면 믿음이 쌓이고 안전감을 느끼지만 화를 내거나 외면해 버리면 배신감을 느낍니다. 어떤 부인은 아이가 뜨거운 국을 쏟아 전신 화상을 입었는데 소식을 들은 남편의 첫 마디가 "대체 뭐하다가 애를 그 지경으로 만들었냐!"고 호통치며 "지금 바쁘니 병원에 갈 수 없다"고 한 말이 불화의 씨앗이 되어 두고두고 싸우다가 결국 이혼을 하였다고 합니다. 이런 남자를 믿고 평생을 살 자신이 없어졌다는 말 속에는 보호받고 싶은 욕구가 손상된 고통이 담겨 있었습니다.

미시간 공대의 어느 교수는 자신의 50살 생일에 오토바이를 사서 주말마다 고속도로를 질주하는 새 취미를 즐기다 이혼을 당했습니다. 원래부터 번지점프, 스노모빌 등 아슬아슬한 스릴을 즐기는 바람에 응급실에 실려간 적도 몇 번 있었는데 중년이 되어서도 남편이 위험한 취미를 버리지 못하니 옆에서 노심초사하며 지켜보는 것도 한계가 있다면서 아내가 이혼을 선언한 것입니다. 대머리의 중년 남편이 폭주족이 된다면 부부의 '건강 통장'에 대한 심각한 위협이 아닐 수 없습니다.

이런 일로 다툼이 일어난다면 가족의 안전과 건강 통장에 대한 염려라고 해석해야지 무조건 간섭이라고 거부할 일이 아닙니다. 배우자가 화를 낸다면 자신의 어떤 행동이 상대의 건강 통장을 위협했는가부터 반성해 볼 일입니다. 물론 불만을 말하는 사람도 "당신이 이러저러할 때 나는 건강 통장이 위협당하는 느낌이 든다"라고 말하고 "이렇게 저렇게 해주기를 바란다"고 의사표시를 분명히 하면 상대에 대한 인신공격이 아니라서 서로 타협하거나 양보할 수 있는 여지가 생깁니다. 이 정도 참았으니 당연히 알고 있으려니 조용히 기다리지 말고 꼭 중요하다고 여기는 요구사항이 있으면 그때그때 말로써 알리십시오.

현대인은 평균 수명이 길어졌기에 더욱 건강 통장에 신경을 써야 합니다. '건강 수명'이라는 신조어도 있지 않습니까? 평균 수명은 80세인데 그중에 스스로 건강하게 살 수 있는 '건강 연령'은 60세까지라면 나머지 20년의 삶은 얼마나 괴롭겠습니까?

흥미롭게도 7, 80년대까지만 해도 얼굴에 치중하던 영화배우와 탤런트들이 요즘은 너도나도 에어로빅이니 조깅이니 하면서 '몸짱'이 되려고 열중하는 모습을 봅니다. 결국 치열한 생존 싸움에서 살아남으려면 얼굴 관리뿐 아니라 몸과 총체적인 건강 관리도 잘해야 한다는 게 상식화되었다는 뜻입니다. 부부 사이도 마찬가지입니다. 건강을 해치는 행동을 계속하면서 배우자를 사랑한다, 책임지겠다는 말은 어불성설입니다.

다음은 건강 통장과 관련하여 부부간의 갈등을 일으키는 요소들에 대한 체크 리스트입니다.

✔ 나는 남편의 이러한 행동이 못마땅하다

1. 담배나 알코올 중독 등 건강을 해치는 나쁜 습관 □
2. 난폭 운전 □
3. 술에 잔뜩 취해 밤 늦게 집에 들어오는 행위 □
4. 행선지를 알리지 않고 외출하는 행동 □
5. 새벽에 들어오는 일 □
6. 음주운전 □

7. 암벽 타기나 원정 등산처럼 위험한 취미 활동을 즐김 ☐

8. 외출하면 아이들을 잘 돌보지 않는 태도 ☐

9. 아이를 돌보다 잠을 자거나 사고를 내는 일 ☐

10. 집에 도둑이 들거나 재난이 생겼을 때 나 몰라라 하는 행동 ☐

11. 아내가 몸이 아파서 도와달라고 할 때 딴청부리는 행동 ☐

12. 자녀나 처가 식구가 아프거나 위급할 때 무성의하게 대하는 행동 ☐

✔ 나는 아내의 이러한 행동이 못마땅하다

1. 이유나 행선지를 알리지 않고 늦게 귀가하는 일 ☐

2. 운전을 서툴게 하거나 신호등과 도로 표지판을 어기는 일 ☐

3. 가스 확인이나 전기 누전 사고 등을 소홀히 하는 것 ☐

4. 아이들이 사고가 나는 일 ☐

5. 열쇠 등을 잃어버리는 일 ☐

6. 자동차를 점검하지 않는 일 ☐

7. 지나치게 굽이 높은 구두를 신는 일 ☐

8. 안정감이 없는 언행 ☐

9. 남편, 자녀, 시댁 식구가 아프거나 위급할 때 무성의하게 대하는 행동 ☐

10. 고약한 잠버릇 ☐

11. 밥을 안 하거나 밥상을 성의 없이 차려줌 ☐

12. 담배를 피우거나 술을 마시는 등 건강에 해로운 행동을 함 ☐

만약 위 리스트에 체크 항목이 4개 이상 되면 건강 통장에 심각한 위협을 느낄 것입니다. 그래서 건강 통장을 위협하는 상대의 행동에 화가 나고 부부 싸움이 잦아지게 됩니다.

만일 서로의 욕구가 상충된다면 다음과 같은 방식이 도움이 될 것입니다. 먼저 큰 동그라미 안에 작은 동그라미가 들어 있는 그림을 그려 보십시오. 그러고 나서 작은 동그라미 안에는 절대 양보 못할 핵심 사항 서너 가지를 적고, 큰 동그라미에는 약간이라도 절충하거나 고려해 볼 여지가 있는 사항들을 열 가지 이상 생각나는 대로 적어보십시오. 작은 동그라미 속에 적은 내용에 대해서는 언급을 하지 말고 큰 동그라미 속에 적힌 것 가운데 가장 하기 쉬운 것 하나만 골라서 타협을 하면 희망의 불씨를 살리게 됩니다.

'내 식대로 하기 싫다면 당장 나가라', '내 눈에 흙이 들어가기 전에는 절대 그런 꼴 못 본다' 따위의 극단적인 말을 하는 것은 어느 한쪽의 욕구가 다른 쪽의 욕구를 제압하는 것이므로, 부부 사이에 골이 깊어져 회복하기 어렵게 됩니다.

삭막한 결혼 생활, 왜 그럴까?

이 책에서는 특히 부부 사이의 '정서 통장'에 대해 보다 상세히 설명하고자 합니다.

정서란 감정과는 다른 뜻입니다. 감정은 단순한 감각이나 인식에 대한 심신의 반응입니다. 하지만 정서란 단순한 감정적 반응이 아니라 감정의 반응에 대처하고 감정의 수위를 조절하여 평상 상태로 되돌아올 수 있는 회복 능력입니다. 우리가 흔히 "너 나한테 감정 있냐?!" 하고 묻는 것은 좀 부정적인 뉘앙스를 풍기지만, "정서가 풍부하다"는 말을 할 때는 아름다움을 아름답게, 슬픔을 깊이 음미할 줄 알되 거기에 빠져서 헤어나오지 못한다거나 위험한 행동을 하지 않고 감정 조율을 할 수 있는 능력이 있음을 뜻합니다.

정신 건강은 육체의 건강만큼 중요합니다. 사랑과 친밀감이 생존에 얼마나 직결되는가를 처음으로 실험해 본 사람은 중세(13세기) 독일의 프레더릭 2세였습니다. 그는 단지 호기심으로 갓난아기에게 아무도 언어를 가르쳐주지 않으면 도대체 어떤 말을 하게 될까 알고 싶어서 갓 태어난 아기들을 엄마로부터 격리시켜 보모들이 돌보도록 명령했습니다. 물론 보모들에게는 우유와 기저귀만 갈아줄 뿐 아기에게 어떤 말도 해서는 안 된다고 엄명을 내렸습니다. 그 결과 아기들은 말도 배우기 전에 다 죽었습니다. 현대 심리학자들은 유아들의 사망 원인을 관심과 애정 결핍 때문으로 봅니다. 정서 통장의 고갈은 이렇게 죽음까지 초래할 정도로 인간의 생존을 좌우합니다.

정서 또한 재정처럼 일상 생활에서 늘 출납을 요구합니다. 사람 사는 일이 항상 즐거울 수만은 없고 살다보면 놀랄 일, 슬픈 일, 괴로운 일, 걱정되는 일이 벌어집니다. 하지만 정서 통장에 여유가 있는 사람은 이런 일상사의 정서적 '지출'에 대해 웃을 수 있고 희망을 가질 수 있으며 자기 존중감을 간직할 수 있습니다. 이런 마음가짐과 행동은 정서 통장을 다시 넉넉히 채워주기 때문에 사소한 정서적 지출에 조바심을 내지 않습니다.

재정이나 건강처럼 정서 통장도 '출납 관리'를 해야 행복을 증진시킬 수 있습니다. 강조하고 싶은 점은 현대인은 온갖 스트레스에 장기간 노출되어 있기 때문에 이 정서 통장이 고갈되기 쉽다는 것입니다.

평소에 꾸준히 운동을 하여 노화와 질병에 대비할 건강을 비축하듯 정서도 평소에 자아 존중감 키우기, 장점 키우기, 자기 수양, 명상, 독서, 신앙생활 등으로 정서의 지출을 감당할 여력을 쌓아야 스트레스를 받더라도 자신과 타인에게 너그러워질 수 있습니다. 자신에게 없는 사랑을 남한테서 받기만을 원한다면 정서적 '거지'가 됩니다. 스스로 정서를 풍부하게 하고 상처 회복 능력과 심리적 면역력을 키우도록 꾸준히 노력을 해야 인생도 풍요롭고 부부 관계도 윤택하게 됩니다.

은행 통장에 돈이 얼마나 출납되었는지는 초등학교만 나와도 누구나 쉽게 알아볼 수 있습니다. 건강 통장 또한 병원에 가면 콜레스테롤 수치가 얼마라든가, 혈압과 혈당이 얼마라든가, 체지방 비율이 얼마라든가 등을 계량화해서 알려줍니다. 그렇다면 정서 통장의 잔고는 어떻게 알 수 있을까요?

제가 지난 25년간 심리학, 사회학, 생물학, 인류학, 뇌과학을 두루 공부한 뒤에 이 모든 분야를 통합한 심리 치료를 공부하고 실천하면서 깨달은 것은 정서 통장의 보유고가 넉넉하다는 것은 대개 행복감으로 느껴진다는 것이었습니다. 이 행복감을 좀더 세분하자면 심리적 안정감, 충족감, 자신감, 독립심, 환경 통제감, 긍정적인 대인관계 능력 등으로 관찰과 측정이 가능합니다. 반대로 정서 통장이 적자일 때에는 열등감, 우울증, 짜증, 의욕저하, 적개심, 불안감 등으로 나타납니다.

외도하는 사람의 80퍼센트는 섹스가 좋아서가 아니라 배우자로부터 사랑과 친밀감을 충족받지 못해서라는 연구가 있습니다. 특히 맞벌이 부부 같은 경우 서로 바쁘고 지쳐서 따뜻한 말 한마디 건넬 마음의 여유조차 사라진 삭막한 생활이 몇 주, 몇 달 또는 몇 년씩 지속될 수가 있습니다. 또 요즘 흔히 말하는 섹스리스(sexless, 섹스를 하지 않는) 부부들도 사랑과 친밀감의 욕구 불만이 쌓이면 부부 싸움이 늘어 결국 결혼 자체를 위협하게 됩니다.

사랑과 친밀감은 단지 섹스만을 뜻하는 것이 아닙니다. 갓난아기 때부터 죽을 때까지 인간은 모두 누군가의 따스한 관심과 애정을 필요로 합니다. 의학적으로도 관심과 애정을 받는 사람과 그렇지 못한 사람은 심장병과 면역력에 큰 차이가 난다는 것이 입증되었습니다. 사랑을 받지 못하면 두려움과 정서 불안감이 생긴다는 연구 결과도 있습니다.

부인이 잠자리 날개 같은 잠옷을 입고 향수를 뿌린다면 반드시 '의무방어전'을 치러야 한다고 겁먹을 필요 없습니다. 십중팔구 남편의 관심을 받고 싶은 정서 통장의 '러브 콜'일 뿐일 것입니다. 마찬가지로 남편이 짜증을 낸다거나 이것저것 트집을 잡는 것도 애정과 친밀감이 필요하다는 정서 통장의 갈증 표현일 수 있습니다.

정서 통장에 지출을 초래하는 행동은 어떤 것일까요? 무엇보다 명예와 자존심을 상하게 하는 말과 행동은 정서 통장에 막대한 손실을 끼칩니다. 모든 사람은 자신에 대해 긍정적인 자아상을 갖고 싶어합니다. 어린 학생도 선생님께 칭찬 받기를 원하는 것을 보면 명예와 자존심은 인간의 기본 욕구임에 틀림없습니다. 따라서 명예나 자존심을 상하게 하는 행동은 마음에 깊은 상처와 뼈아픈 기억을 남기고 자동이체처럼 정서 통장에서 잔고를 쑥쑥 빼내갑니다. 어쩌면 돈을 탕진한 것보다 훨씬 더 부부 사이를 나쁘게 하는 극약인지도 모릅니다.

가는 말이 고와야 오는 말도 고운 법인데 말끝마다 '이 인간, 저 인간' 한다거나 '이 여편네가 손맛을 봐야 정신차리겠어!' 따위의 말을 하는 것은 본인은 아무리 송편으로 목 따는 시늉처럼 뜻 없이 한다 하더라도 상대방은 말 끝 칼날에 깊은 상처를 받을 수가 있습니다.

탈무드에 유태인 어머니들이 딸이 시집가기 전에 당부하던 가르침이 있습니다. "남편을 왕같이 받들어 모셔라. 그러면 너도 왕비 대접을 받을 것이다. 남편을 깔보고 함부로 대한다면 너도 하녀 취급을 받을 것이다." 부부 사이의 명예와 자존심은 서로를 귀하게도 만들 수 있고 서로를 천하게도 만들 수 있습니다. 제 얼굴 더러운 줄 모르고 거울만

나무랄 게 아니지요. 부부란 우물에 똥을 누고도 다시 그 물을 먹을 수 밖에 없는 사이입니다. 서로를 존중하면서 좀 더 이해하려고 따스하고 긍정적인 마음으로 다가가려는 노력은 정서 통장을 넉넉하게 채워주는 저축이라고 생각합니다. 어쩌면 재정 통장이나 아침 저녁으로 헬스 다니고 보약 먹고 건강 챙기는 것보다 부부의 행불행을 좌우하는 데 정서 통장이 훨씬 더 중요한 역할을 할지도 모릅니다.

아래 문항은 부부끼리 정서 통장의 출납을 한눈에 점검해 보는 자가 진단표입니다.

✔정서 통장 자가 진단 1

1. 배우자는 나를 하인 취급한다.	예_	아니오_
2. 배우자는 나를 어린아이 취급한다.	예_	아니오_
3. 배우자는 내 말을 완전 무시한다.	예_	아니오_
4. 배우자가 나를 심하게 비난한다.	예_	아니오_
5. 배우자는 나를 남한테 보이기 창피해 한다.	예_	아니오_
6. 내 몸이 수치스럽다(뚱뚱하거나 마르거나 늙어서 등).	예_	아니오_
7. 배우자는 언제나 나를 다른 사람과 비교한다.	예_	아니오_
8. 배우자는 나를 존중하고 예의로 대한다.	예_	아니오_
9. 배우자가 내게 고마워하는 것 같다.	예_	아니오_
10. 배우자는 세상에서 나를 가장 중요하게 여긴다.	예_	아니오_
11. 배우자는 나의 의견을 받아들인다.	예_	아니오_

1~7번까지는 정서 통장을 소모시키는 마이너스 행동입니다. '예'라고 답했으면 0점, '아니오'라고 답했으면 1점을 더하십시오. 8번부터

11번까지는 정서 통장을 채워주는 플러스 행동입니다. '예'라고 답했으면 2점, '아니오'라고 답했으면 0점을 더하십시오.

총 합계가 2점 이하면 인격과 자존심이 상당히 손상된 상태입니다. 이혼으로 치닫거나 냉담한 사이일 경우가 많습니다. 3~9점은 개선의 여지가 있고, 10점 이상은 서로의 인격과 자존심을 존중하는 부부입니다.

다음은 부부 사이에 정서 통장의 잔고를 좀더 세밀히 측정하여 치료 계획을 세울 수 있는 진단과 치료용 체크 리스트입니다.

✔정서 통장 자가 진단 2

1. 배우자가 내 말을 귀담아듣지 않는다. 예_ 아니오_
2. 배우자가 나를 무시한다. 예_ 아니오_
3. 내 감정을 배우자에게 말하기 어렵다. 예_ 아니오_
4. 나는 배우자를 한 번도 만족시켜 준 적이 없다. 예_ 아니오_
5. 배우자에게 분노를 느낄 때가 있다. 예_ 아니오_
6. 배우자는 속마음을 나한테 말하지 않는다. 예_ 아니오_
7. 배우자가 옆에 있는 게 부담스럽다. 예_ 아니오_
8. 다시 안 보았으면 좋겠다. 예_ 아니오_
9. 배우자는 받을 줄만 알고 베풀 줄을 모른다. 예_ 아니오_
10. 문제를 직면하기보다 차라리 거짓말을 한다. 예_ 아니오_
11. 다른 사람들은 우리 관계가 어떤지 짐작 못한다. 예_ 아니오_
12. 덫에 걸려 빠져나올 수 없다는 느낌이 든다. 예_ 아니오_
13. 항상 서로 다른 것을 원한다. 예_ 아니오_
14. 서로에게 지겨움을 느낀다. 예_ 아니오_
15. 즐거운 일을 함께 한다(놀이, 여행, 외식 등). 예_ 아니오_

16. 배우자가 나를 아끼고 있다는 것을 알고 있다. 예_ 아니오_

17. 배우자와 둘만 있는 게 즐겁다. 예_ 아니오_

18. 배우자는 나한테 매력(호감)을 느낀다고 말한다. 예_ 아니오_

19. 나는 배우자에게 솔직하다. 예_ 아니오_

20. 기분이 상할 때면 배우자가 나를 위로해 준다. 예_ 아니오_

21. 나를 이해해 준다. 예_ 아니오_

22. 나에게 좋아한다는 말을 한다. 예_ 아니오_

23. 우리 사이가 앞으로는 더 좋아질 것 같다. 예_ 아니오_

1~14번까지는 정서 통장을 소모시키는 마이너스 행동입니다. '예'이면 0점, '아니오'면 1점을 더하십시오. 15~23번까지는 정서 통장을 채워주는 플러스 행동입니다. '예'이면 2점, '아니오'면 0점을 더하십시오.

총 합계가 5점 이하면 부부 사이에 정서 통장이 심각하게 고갈된 상태입니다. 6~10점 이하면 욕구 불만이 더 심해지기 전에 정서 통장의 잔고를 늘릴 수 있도록 함께 구체적으로 노력해야 합니다. 11~19점은 관계를 개선할 필요가 있으나 대체로 정서 통장의 잔고가 남아 있는 상태이고, 20점 이상은 매우 풍족한 상태입니다.

그대, 그런 사람을 가졌는가?

사람은 제 아무리 잘났어도 혼자 살 수 없습니다. 신생아는 혼자 생존할 수 없기에 양육자에게 전적으로 의지합니다. 하지만 성장하면서 아기는 걷고 말하며 스스로 필요한 것을 취할 수 있는 능력을 조금씩 키워나갑니다. '어른이 된다'는 말은 스스로 필요한 욕구를 충족할 수도 있지만 동시에 남에게 도움을 베풀 수 있는 능력도 갖추었다는 뜻입니다.

그래서 결혼은 대개 도움을 주거니 받거니 할 수 있는 능력이 어느 정도 균형을 이룰 때에 하고, 부부 사이에 아기가 태어나면 아기에게 100퍼센트 도우미가 되어주는 인생의 순환이 반복됩니다.

일단 부부 사이가 되면 일일이 출납을 따질 수조차 없이 너무나 빈번히 도움을 주고받는데 만일 한쪽만 일방적으로 받으려 하고, 한쪽은 주기만 하다 보면 도우미 통장의 잔고가 먼저 고갈된 쪽이 괴로움을 느끼게 됩니다. 상대방이 밉고 원망스러우며 피해의식을 느끼게 됩니다. 반대로 자신이 원하는 만큼의 도움을 받지 못해도 욕구 불만이 생겨 부부 사이가 나빠집니다. 그래서 부부는 자신의 도우미 통장 출납뿐 아니라 상대방의 욕구에도 관심을 가지고 살펴봐야 부부 사이가 악화되는 것을 방지할 수 있습니다.

타인과의 교류감이 생명을 지탱하는 데 얼마나 절대적으로 중요한가를 처음 발견한 사람은 빅터 프랭클 박사입니다. 그는 단지 유태인이라는 이유 하나만으로 포로 수용소에 갇혀 사랑하는 아내와 부모뿐 아니라 최후까지 소중히 간직했던 연구 논문마저 무참히 빼앗겼습니다. 그래서 그는 대체 무엇이 삶을 지탱해 주는가를 밝혀내고자 결심했습니다. 그는 아우슈비츠 포로 수용소에서 굶주림, 추위, 언제 죽을지 모르는 불안감의 연속, 인격 모욕 등 인간이 겪을 수 있는 최악의 극한 상황을 4년간 몸소 체험했을 뿐 아니라 다른 포로들의 행동을 관찰하면서 기록으로 남겼습니다.

프랭클 박사가 아우슈비츠에서 목격한 바로는 섹스 충동이 가장 먼저 사라지고, 썩은 감자 하나라도 더 먹겠다고 아둥바둥 싸우던 사람들이 오히려 일찍 병들고 죽더라는 것입니다.

최악의 조건에서 최후까지 살아남은 사람들은 '살아야 할 의미'를 잃지 않았던 사람이라는 것을 프랭클 박사는 소수의 생존자뿐 아니라 자기 자신을 통해 입증하였습니다. '살아야 할 의미' 중에는 사랑하는 가족을 만나고 싶은 소망도 있고, 종교적 깨달음을 전파하는 일, 불후의 저술을 남기는 것, 세상 끝까지 가더라도 자신이 꼭 하고 싶은 일 등이 있습니다. 그런데 놀랍게도 '살아야 할 의미'는 이기적인 행동이 아니라 이타심에 더 가깝다고 합니다.

일본의 마사코 황태자비가 얼마 전에 우울증으로 병원에 입원했다는 소식이 들렸습니다. 왕자를 출산해야 한다는 스트레스를 견디지 못해서 그런 것으로 알려졌습니다. 저는 단지 스트레스만이 아닌 도우미 통장의 고갈이 황태자비의 우울증을 더 악화시켰을지 모르겠다는 생각이 듭니다. 자연인으로 살았을 때에는 친구도 만나고 가족과도 거리감 없이 지낼 수 있었겠지만, 황태자비가 된 이후 고립되어 고민이나 스트레스를 진심으로 함께 나눌 도우미가 없다는 것이 더욱 삶의 에너지를 고갈시키지 않았을까 생각합니다.

도우미 통장도 다른 통장과 마찬가지로 주기적이고 지속적인 관심과 정성으로 관리를 해야 합니다. 부부 사이가 아무리 가까워도 정기적으로 도우미 통장의 출납을 관리해야 우정, 의리, 믿음이 쌓입니다. 하다못해 생일, 기념일만이라도 기억하고 조그만 정성을 표시해 보십시오. 물론 바쁜 세상이라 내 자신 돌보기만도 버거운데 배우자나 친인척, 친구, 이웃까지 챙겨주기 어렵습니다만 평소 주변 사람들에게 베푼 도움은 그 당장 보답을 받자고 하는 것은 아니지요. 세월이 가면서 인적 네트워크가 풍요로워지고 그 네트워크 속에서 자신뿐 아니라 자녀들도 원만하게 성장합니다.

한 사람의 도우미 통장에 여유가 있다는 것은 평소에 남을 기꺼이 도울 수 있으며, 동시에 자신이 어려운 처지에 있을 때 무조건 달려와 도와줄 인적 네트워크가 튼튼하다는 뜻입니다. 살다보면 타인의 도움이 꼭 필요할 때가 있습니다. 마찬가지로 타인에게 베풀어야 할 때도 많지요. 일상의 크고 작은 일에 자신과 동고동락을 진심으로 함께할 사람들이 많다는 것은 알게 모르게 부부의 생존력을 강화해 주는 보이지 않는 힘입니다.

개인주의를 지향하던 서구 학계에서는 최근 타인과의 나눔과 베풂이 다른 무엇과도 비교할 수 없는 깊은 성취감과 행복감을 준다는 연구가 속속 발표되고 있습니다. 많은 심리학자들이 행복과 건강의 필수 조건으로 '의미 있는 인간관계'를 들고 있습니다. 의학계에서도 심장병 치료에 지지 그룹(support group)이나 기도해 주는 사람이 있고 없음이 수술 후 생존율과 회복에 결정적인 영향을 미친다는 연구 결과를 수없이 발표하고 있습니다.

도우미 통장은 평소에는 별로 필요성이 느껴지지 않다가 대개 위기에 빠져 다급한 상황이 벌어졌을 때 그 위력을 발휘합니다. 그래서 저는 도우미 통장이 일종의 보험 역할을 한다고 봅니다. 도우미 통장은 정서 통장과 직결되어 있습니다. 정서는 서로에게 소중한 존재로 느껴지는 고마움, 서로를 아껴주고 배려해 주는 마음, 세상 사람이 모두 외면할지라도 자기 편이 되어줄 거라는 든든한 믿음 등을 포함한 심리적 안정감과 정신적 충족감이기 때문입니다.

아래 문항은 부부간의 도우미 통장의 출납을 한눈에 파악할 수 있는 자가 진단표입니다.

✔ 나는 배우자가 이럴 때 무척 싫다

1. 다급해서 도움을 청했을 때 꾸짖는 언행 ☐
2. 힘들 때 '꼴 좋다' 식으로 비웃는 행동 ☐
3. 남과 분쟁이 있을 때 다른 사람 편을 들어주는 행동 ☐
4. 처가·시댁 식구들을 흉보는 일 ☐
5. 일가친척끼리 분쟁을 일으키는 언행 ☐

6. 명절 때 서로 자기 집에 먼저 가야 된다고 우기는 일 ☐
7. 명절이나 제사 때 돈 쓰는 일로 다투는 일 ☐
8. 일가친척이 모이는 자리를 되도록 피하려는 행동 ☐
9. 자녀를 친척 아이들과 비교하는 일 ☐
10. 이웃과의 잦은 다툼 ☐
11. 남 도와주는 일을 아까워하고 못 하게 함 ☐
12. 봉사 활동을 시간 낭비라고 생각하고 말림 ☐
13. 동호회 일을 맡거나 회원이 되는 것을 금지함 ☐
14. 친구들이 집에 오는 것을 극도로 싫어하고 노골적으로 홀대함 ☐
15. 친구들과 만나는 것을 싫어하고 방해함 ☐
16. 임신 기간 동안 바람 피우는 일 ☐
17. 출산 때 다른 일을 핑계로 함께 있어주지 못하는 것 ☐

만약 체크 항목이 4개 이상 되면 도우미 통장에 위협을 느낄 것입니다. 그래서 도우미 통장을 위협하는 배우자의 행동에 화가 나는 것입니다.

만일 부부 싸움을 하고 나서 문제가 해결되기는커녕 기분만 더 나쁘고 배우자에 대한 신뢰와 애정이 줄어든 것 같은 기분이 든다면 부부 싸움을 잘못한 것입니다. 즉 서로의 인격을 공격 대상으로 삼았고, 한 통장의 문제로 시작했다가 다른 통장마저 다치게 되었다는 뜻이지요. 반대로 부부 싸움 뒤에 뭔가 뿌듯하고 후련하고 한 단계 발전한 것 같다면 진짜 쟁점을 목표로 삼았고 '공공의 적'에 대항하여 협력함으로써 둘의 라이프 통장이 불어났다는 표시입니다.

현재 통장과 잠재력 통장

지금까지는 현재의 라이프 통장만을 살펴봤습니다. 이제는 라이프 통장의 잠재력을 고려해 보아야 합니다. 잠재력을 고려해야 한다는 것은 집을 사거나 고칠 때 현재의 상태뿐 아니라 장차 오래 살아도 안전할지, 당장 눈에 보이는 외형뿐 아니라 눈에 안 보이는 수도관, 하수구, 지하 기반 등이 튼튼한지, 주변 환경은 어떤지 등을 두루 살펴보는 이치와 같다고 하겠습니다.

제가 1993년에 졸저 『혼수 전쟁』을 쓰면서 느낀 것은 호화 혼수를 '교환 수단'으로 이용하는 졸부들일수록 눈에 보이는 외형적 '통장'에 급급하여 눈에 보이지 않는 잠재적 능력(특히 정서면과 인성면)을 소홀히 여기는 것 같았습니다. 반대로 자녀의 행복과 안정된 결혼을 원하는 부모들은 대개 네 가지 라이프 통장의 '균형'을 중요시하고, 또 현재보다 장래의 '잠재력과 가능성'을 눈여겨보는 것을 알 수 있었습니다.

성장기 내내 학교와 학원만을 오가는 아이들도 장차 살아가려면 건강, 정서, 도우미 통장이 얼마나 소중한지 뼈저리게 느낄 날이 올 거라고 예견합니다. 저는 심리 치료를 하면서 재정 통장은 두둑하지만 자녀가 비만으로 고생하거나(건강 통장의 불균형), 미국의 명문대학으로 유학을 갔다가 마약 중독자가 되었거나(정서 통장의 불균형), 대인관계 어려움 때문에 극심한 스트레스를 받는 독불장군형 고학력 전문가(도우미 통장의 불균형)를 수없이 보았습니다. 그동안 너무 성적과 입시에 치우쳐서 건강, 정서, 도우미의 균형을 잃은 결과입니다.

지금은 대다수의 많은 부모들이 자기 자녀만 '잘 먹고 잘 살기 위해' 공부 잘해서 좋은 직장 얻는 데 급급하지만, 결국 앞으로는 가정 교육이나 학교 교육 모두 나머지 세 통장(건강, 정서, 도우미)에 대한 훈련을 결코 소홀히 할 수 없을 것입니다. 개인의 인생 파탄만 문제가 아니라 증가하는 이혼율에서 알 수 있듯이 라이프 통장의 균형에 가족, 기업, 국가의 생존이 달렸기 때문이지요.

요즘 예비 신랑 신부들에 대한 교육 프로그램이 많이 있지만 저는 지금 당장뿐 아니라 앞으로 살아갈 미래도 대비하여 라이프 통장의 현재 잔고보다 라이프 통장을 관리할 수 있는 관리 능력과 잠재력에 두 배 정도의 비중을 두는 게 좋다고 제안합니다. 예전에는 '사람 보는 안목'이 있는 집안 어른들이 혼사를 주관했으나 이제는 모두 교육 수준도 높고 평균 결혼 연령도 높으니 스스로 안목을 키우는 게 필요합니다. 그런 다음 이차적인 안전책으로 주변의 신뢰할 만한 어른이나 경험자에게 확인 받는 것이 바람직하겠지요.

다음은 제가 예비 신랑 신부들에게 교육할 때 사용하는 라이프 통장의 현주소와 잠재력 점검 체크 리스트를 일반 독자분들을 위해 간략하게 정리해 놓은 것입니다.

통장 종류	현재 잔고	장래 가능성
재정 통장	월급과 저축액	경제 변화에 적응할 수 있는 능력 성실하고 노력하는 태도 검소하고 저축하는 습관
건강 통장	젊음, 질병 없음	건강한 라이프 스타일 (식습관, 음주와 흡연 습관 등) 유전적 질병을 보유하지 않음 안전에 대한 감각과 주의
정서 통장	성격과 유머 감각	유아기와 아동기의 성장 환경 부모의 양육 방식 본인의 성숙도와 노력하는 자세 여유롭고 너그러운 심성 창의적인 문제 해결 능력 적응력과 순발력 진실한 마음 긍정적인 사고방식
도우미 통장	혈연, 지연, 학연	주고 받을 줄 아는 능력 남을 배려할 줄 아는 마음 지도력 협동심 감사하는 마음 커뮤니케이션 능력 포용력

요컨대, 일반적으로 결혼을 한 뒤에 성장감과 행복감을 느낀다면 네 가지 통장이 출납의 균형을 잘 이루고 있는 것입니다. 즉, 몸과 마음이 동시에 충족감, 사랑받는 느낌, 소속감, 자아 존중감과 자아 실현감을 얻고 있다는 반증입니다. 이런 부부들의 대화는 밝고 정다운 노래 같습니다. 반대로 라이프 통장이 적자이거나 심한 불균형 상태에 있다면 이들의 대화는 악을 쓰거나 경멸하거나 변명하거나 냉담 쪽으로 기울어지게 됩니다.

자, 이제 우리는 부부 싸움의 주요 원인에 대해 알게 되었습니다. 그러나 아직 이것만으로 부부 문제를 다 진단했다고는 할 수 없습니다. 우리가 막연하게 혹은 잘못 알고 있는 결혼의 실체에 대해 정확히 아는 것이 중요합니다.

3장 부부 리모델링 1단계

결혼에 대한 잘못된 신화 버리기

부부 리모델링의 첫걸음

집을 리모델링하자면 일단 집 안에 있는 쓰레기를 버리고 쓸모없이 자리만 차지하는 물건들을 처분해야 합니다. 부부 리모델링 순서도 이와 같습니다. 제일 먼저 지금까지 결혼과 부부 생활에 대해 잘못 알고 있는 믿음과 인식을 버려야 합니다. 마치 새로운 가구를 들여오기 전에 잡동사니를 먼저 버려야 새것이 들어설 여지가 생기는 것처럼 말입니다.

'무지란 무엇을 얼마만큼 모른다는 게 아니라 그릇된 것을 너무 많이 머릿속에 담고 있다는 뜻이다'는 말이 있습니다. 현대인에게 있어 결혼은 가만히 서 있어도 어려움이 사방에서 도전해 오는 것과 같은 상황입니다. 하지만 그럼에도 결혼이 주는 장기적 혜택이 너무 크기 때문에 우리는 단기간의 편리함과 쾌락보다 장기간의 어려움을 감수

할 용기를 내어 결혼하는 것이겠지요.

그런데 대중 매체나 인터넷에 떠도는 뭇 정보들은 우리 머릿속의 나침반을 혼란시킵니다. 도대체 뭐가 옳은지 그른지 판단하기 어려울 정도로 현대인은 정보의 홍수 속에 살고 있습니다. 대중 매체에 무방비로 노출되었거나, 어릴 때 본 부모의 불행한 결혼 모습에서 자기도 모르게 결혼에 대한 부정적 인생 대본이 머릿속에 입력되어 있다면 먼저 결혼에 대한 자신의 믿음을 점검하고 신화를 깨야 합니다. 이 둘은 서로 밀접하게 연결되어 있습니다.

섹스 없는 부부도 잘 산다?

자녀가 둘인 35세의 어느 주부는 일하랴, 아이들 뒤치다꺼리하랴 피곤하고 바쁜데 남편의 잠자리 요구가 너무 잦아 힘들다고 하소연합니다. 그런가 하면 결혼 2년차인 다른 주부는 남편의 성욕이 너무 낮아 외롭고 슬프다고 합니다.

두근거리며 처음 손을 잡고, 입맞춤을 하던 사랑의 황홀감이 결혼을 하면 사라져버리고 어느덧 섹스도 일상의 일부분이 됩니다. 아내로, 남편으로, 직장인으로, 부모로 살다보면 섹스보다 더 중요한 일들이 생기게 마련입니다. 럿저스 대학의 2004년 연구 보고서에 따르면 첫 아기가 태어난 부부들의 3분의 1 또는 절반이 이미 부부 치료를 받고 있는 문제가 심각한 부부들만큼이나 스트레스를 심하게 받고 '섹스 위기'를 겪는다고 합니다. 또 맞벌이 부부로 일과 살림에 쫓기다 보면

'섹스가 뭐 중요한가, 잠이나 자자'는 생각이 들 때도 많습니다. 스트레스에 찌들어 살다보니까 섹스를 하지 않고 룸메이트처럼 지내는 부부가 늘고 있다고 합니다.

부부 문제가 없는 경우에도 섹스가 줄어들 지경인데 부부 싸움이라도 하면 섹스에 결정적인 타격이 가해집니다. 부부 싸움의 가장 첫번째 '희생물'은 섹스라고 해도 과언이 아닙니다. 부인이 가방 싸들고 친정으로 도망가거나 남편이 소파나 빈방으로 쫓겨날 지경까지 가지 않아도 그렇습니다. 한 침대를 사용하면서도 신경을 곤두세우고 마치 옴 환자가 옆에 있는 듯 발끝까지 쪼그리고 잡니다. 마치 섹스를 '안 해주는 것'이 상대에게 큰 벌이라도 되는 냥 말입니다. 과연 성적 결합이 없이 결혼이 잘 유지될까요?

답은 '위험하다'입니다. 부부 치료의 관점에서 보았을 때 섹스는 절대적으로 필요하고 중요합니다. 물론 개인차는 있겠지만 성적인 접촉은 부부를 친구나 친지 등 다른 인간 관계와 구별 짓고 특별한 정서적 친밀감을 지속시켜 주는 접착제 역할을 합니다. 그리고 집 안팎에서 받은 여러 스트레스와 긴장감을 이완시켜 주고 삶에 활력을 주는 비타민 같은 작용을 하지요.

그러면 부부 관계에서 섹스가 차지하는 비중은 얼마나 될까요? 연구 결과, 둘이 만족할 만한 섹스를 할 경우 부부의 생산적 에너지의 10퍼센트만 들여도 좋은 관계가 유지된다고 합니다. 그러면 나머지 90퍼센트를 다른 일에 쏟아부을 수 있어서 전반적으로 성취감과 만족도 높은 생활을 할 수 있다는 뜻이지요.

그런데 부부 사이에 섹스 트러블이 생기면 심적 에너지의 90퍼센트를 소모하고도 10퍼센트의 만족도 못 얻는 악순환이 생깁니다. 일상의 사소하고 하찮은 일까지 섹스와 연관짓게 되어 소득 없이 피곤만 누적됩니다. '나를 무시하나?', '자기만 아는 이기주의!', '능력도 없는 주제에……' 밥 먹는 것, 옷 입는 것, 텔레비전 보는 것, 잠자는 것 등등 매사가 욕구 불만과 연관되어 여기저기서 삐그덕 소리가 납니다.

섹스는 부부가 몸으로 나누는 가장 솔직하고 다정한 대화입니다. 중요한 것은 섹스의 횟수나 시간이 아니라, 얼마나 서로의 욕구를 잘 이해하고 친밀감을 나누려 하느냐에 있습니다. 행복한 결혼은 신체적, 정서적 욕구에 서로가 얼마나 부응해 주는가로 지탱된다는 말이 있습니다. 건강한 부부는 평소에 가스 점검하듯 서로에게 감정적으로 충실한지, 불만은 없는지, 다른 곳으로 유출되는 감정의 손실은 없는지 정기적으로 점검을 해야 감정적 폭발을 방지할 수 있습니다.

시카고 대학의 사회학자 레만 교수가 혼외정사의 경험이 있는 기혼 남녀를 대상으로 심층 면담을 해보았더니 남녀 모두 단지 섹스가 좋아서 외도를 한 건 아니었다고 합니다. 그들은 '존중 받는다는 느낌', '편안하다는 느낌', '누군가 나를 배려해 준다는 느낌', '내가 중요한 사람인 것 같다는 느낌' 등 감정적 보상을 위해 배우자 아닌 이성을 찾아 혼외정사를 나누었던 것입니다. 결국 배우자로부터 소외되고 손상당한 자존심을 집 밖에서 위로받고 채워 넣으려는 정서 통장의 문제였던 것입니다.

임신 중이거나 출산 직후, 한시적 프로젝트나 승진시험 등으로 양쪽의 욕구에 불균형이 있을 때라 해도 친밀감을 표시하는 다양한 방법이 있습니다. 그리고 섹스 문제가 일시적인지, 과거 상처 때문인지, 다른 욕구 불만에 대한 반발인지 원인을 알아내야 합니다. 무엇보다 어떤 경우에도 섹스를 무기로 삼지 말아야 부부 사이에 순수한 친밀감을 나눌 수 있고, 건강 통장, 정서 통장, 도우미 통장을 풍족하게 할 수 있습니다.

요컨대 '섹스 없는 부부도 잘 산다'는 말은 라이프 통장의 90퍼센트를 소모하고도 10퍼센트의 만족을 얻기 힘든 상태로 살겠다는 이야기일 뿐입니다. 따라서 섹스 문제는 가능한 정확한 원인을 찾아서 조속히 해결하는 편이 바람직합니다.

부부는 닮아야 잘 산다?

여행을 가면 곳곳에서 젊은 남녀가 똑같은 색상의 셔츠에 똑같은 색상의 바지를 쌍둥이처럼 입고 다니는 모습을 종종 봅니다. 멀리서 봐도 신혼 부부라는 것을 바로 알 수 있습니다. 물론 같은 옷을 입고 동질감을 느끼려고 하는 것을 탓할 생각은 조금도 없습니다.

"우리 부부는 골프를 같이 쳐요", "둘 다 영화광이에요" 같은 말을 자주 듣다보면 공동의 취미 생활을 갖고 있지 않은 부부들은 불안해질지도 모릅니다. 우리도 뭔가를 함께해야 되지 않을까? 그래서 신혼 부부들은 일단 똑같은 옷부터 사서 입고 결혼한 후에는 마음에도 없는 배우자의 취미를 함께 즐기려고 애써 노력합니다. 그렇지만 과연 부부는 똑같을수록 잘살까요?

같아야 잘 산다는 통념과는 달리 연구에 따르면 부부의 공동 취미생활은 결혼 행복도나 이혼율과 별 상관이 없는 것으로 나타납니다. 하지만 부부의 결혼 만족도는 한쪽이 좋아하는 것을 다른 쪽이 인정해 주느냐, 아니냐에 따라 크게 좌우된다고 합니다.

어느 부인은 남편이 주말마다 낚시하러 가는 게 미워서 이십여 년을 다퉜다고 합니다. 저는 그 남편에게 물었습니다. "낚시를 해서 얻는 게 무엇이지요?" 그랬더니 그는 고기를 잡는다는 것 자체가 좋다기보다 한 주 동안 과열된 머리를 식히기에 안성맞춤인 것 같아 일요일이면 새벽에 집을 나선다는 것이었습니다. 또 낚시 동호회원들과 한잔하며 스트레스 푸는 것도 큰 낙이라고 했습니다. 그에게는 낚시가 한 주 동안 지출한 건강 통장, 정서 통장, 도우미 통장을 채워주는 일거삼득의 에너지 원천이었던 것입니다.

저는 그 부인에게 남편이 낚시를 함으로써 얻는 라이프 통장의 이득을 말해 주며 당신은 어디에서 그것을 얻느냐고 하니까 한참 생각하다가 교회 가는 게 그 역할을 하는 것 같다고 했습니다. 부인 생각에는 남편도 함께 교회를 가면 좋을 텐데 낚시에 돈과 시간을 헛되게 보내는 것 같아 싸워가면서 말리려 했다는 것이지요. 저는 이 부부에게 각자 라이프 통장을 채우는 방식을 인정하고 허용하면 둘의 관계가 훨씬 부드러워질 거라고 말해 주었습니다.

한 달 후에 그 부인이 다시 연락을 해왔습니다. 예전에는 종일 낚시터에 앉아 물만 바라보며 시간을 허비하는 남편을 도무지 이해할 수 없었다고 합니다. 그래서 일요일마다 주례 행사처럼 싸웠다는 것입니다.

하지만 낚시가 남편의 라이프(건강, 정서, 도우미) 통장을 채워준다고 생각하니 이제는 도시락에 간식까지 싸줘서 보내게 되었고, 그러다 보니까 남편도 너무 좋아하면서 잡은 물고기를 집으로 가져와서 가족들도 좋아하게 되었다고 했습니다. 이십 년 동안 끌어온 부부 문제가 이렇게 간단하게 해결될 줄 몰랐다고 하더군요.

서로 다름을 인정하라

이처럼 배우자의 욕구를 인정하지 않고 반드시 나와 같게 맞춰야겠다고 마음먹는다면, 그건 그 사람의 존재 가치를 무시하는 것과 같습니다. 어느 부부건 매번 싸워도 좀체 서로의 견해가 좁혀지지 않는 문제가 있기 마련인데, 대개 진짜 쟁점은 제쳐놓고 누가 옳으냐 그르냐, 누가 더 잘났냐 못났냐를 따지면서 라이프 통장을 허비합니다.

예를 들어 술 마시는 것에 대한 부부 싸움의 진짜 이슈가 재정 통장과 건강 통장의 지출 문제라면 초점을 돈과 건강에 맞춰서 무엇을 얼만큼까지 양보하고 얼만큼까지 인정할 것인지 유연성을 가지고 서로 타협점을 찾는 게 문제 해결의 지름길입니다.

이밖에도 결혼 전에 알았든 몰랐든 한 지붕 아래 살다보면 여러 가지 차이점으로 놀라고 속상하고 걱정되는 적이 한두 번이 아닐 것입니다. 아무리 살아보고 결혼한 사람들일지라도 서로를 속속들이 다 알 수는 없습니다. 더구나 고쳐가면서 산다는 것은 아주 큰 착각입니다. 배우자를 고치겠다는 생각을 버리는 순간 나 자신이 자유로워지고, 마음에 여유가 생기게 됩니다.

30년 넘게 살아온 부부 가운데 금슬이 좋은 부부와 노상 다투고 불행한 부부의 차이를 비교해 보았더니 후자는 배우자를 고치려는 사람들이었다고 합니다. 왜 배우자를 고치는 게 힘만 들고 효과가 없느냐 하면 한 사람이 지금의 모습을 갖게 되기까지에는 긴 '역사'가 있기 때문입니다. 그 집안의 전통과 유전자는 물론 어릴 때부터 겪은 경험, 감정, 기억, 가치관 등 모든 것이 엮어져 오늘의 그와 그녀가 형성되었기에 쉽게 고칠 수가 없는 것입니다. 단 본인이 원해서 스스로 변화를 추구한다면 바뀔 수 있습니다. 문제는 어떻게 본인 스스로가 변화를 원하게 하는가이겠지요.

만일 배우자를 고치지 않고는 도저히 못 살겠다는 생각이 든다면 상대의 어떤 행동이 나의 재정, 건강, 정서, 도우미 통장을 훼손하는가 '진짜 쟁점'을 살펴보고 이 점을 알리십시오. 남의 '성격'을 바꾸기는 힘들어도 '행동'을 바꾸기는 쉽습니다. 어떤 '구체적인 행동'이 라이프 통장을 어떻게 고갈시키는지 알려주면 대부분은 변화를 시작하더군요. 그래서 이 책의 제목을 '부부 바꿔치우기' 또는 '부부 싸움 주도권 잡기'가 아니라 '부부 리모델링'이라고 붙인 것입니다.

행복한 결혼은 상대방을 뜯어고치려는 돌 같은 의지와 '하늘이 두 쪽이 나도 절대로' 따위의 당위성을 버리는 데서 출발합니다. 세상에서 스스로 바꿀 수 있는 사람은 자기 자신뿐입니다. 자신부터 변하면 상대에게 어떤 영향이라도 주게끔 되어 있습니다. 상대의 똑같은 행동도 자신이 반응을 달리 하면 변화가 생기게 됩니다. 내 자신의 행동부터 바꾸면 부정적 에너지를 긍정 에너지로 쓸 수 있습니다. 적어도 서로 부정적인 에너지가 부딪쳐 폭발하는 파괴적 전쟁은 막을 수 있습니다.

이제 '부부는 같아야 잘 산다'라는 잘못된 신화를 버리고 '서로 다름을 인정하라'로 바꾸면 마음의 평화도 얻고 스트레스 지수를 높이는 건강과 정서 통장의 지출을 한결 줄일 수 있습니다.

부부의 가사 분담, 50대 50은 철칙이다?

맞벌이 부부가 급증하는 요즘 가사 분담은 부부 사이의 주된 갈등 사유가 되었습니다. 불과 몇십 년 전만 해도 남자는 '밥벌이', 여자는 '살림'이라는 이분법이 있어 가사 분담은 싸움의 소재도 못 되고 오히려 집안일을 거드는 남자를 변변치 못한 사내라고 조롱하던 분위기였지요.

그러나 이제는 이런 이분법이 사라졌습니다. 평생직장은커녕 3, 40대 조기 퇴직과 이직이 흔해져서 요즘은 아내도 돈을 벌어야 기본 생계가 유지되는 경우가 많습니다. 남녀가 함께 생계비를 버는데 집안일도 분담하는 게 당연한 게 아닌가요? 그래서 남편이 얼만큼 가사 노동에 참여하느냐에 따라 그 가정이 얼마나 민주적이고 화목한지를 따지는 사람들도 많습니다.

그런데 현실을 보면 아내가 남편보다 더 수입이 많은 가정에서조차 가사의 70~80퍼센트는 여전히 아내의 몫인 경우가 많습니다. 특히 아이들이나 집안 어른이 아플 때 여자는 병가를 내거나 조퇴를 해도 남자는 대부분 그러지 않습니다.

요즘은 한국의 남자들도 불과 십여 년 전에 비하면 가사를 돕겠다는 의식이 높아진 것은 사실이지만 여자들의 관점으로 보면 '아직 멀었다'고 합니다. 그래서 부부 싸움이 늘게 되지요.

한국 남자들은 뼛속까지 가부장 이데올로기에 젖어 있어서 쉽게 바뀌지 않을 거라고 비관하는 여성도 있습니다. 하지만 우리나라보다 여성의 경제 참여 역사가 긴 구미나 심지어 공산주의 국가에서도 가사 분담 50퍼센트는 신화에 불과합니다.

실제로 이혼한 부부들을 분석한 결과 가사 분담을 공평히 한다고 부부 갈등이 줄어들지는 않는다는 사실이 밝혀졌습니다. 이를테면 가사를 절반씩 분담하는 부부라고 해서 남편이 10퍼센트밖에 안 도와주는 부부보다 덜 싸우는 건 아니라는 겁니다.

가사 분담이 갈등이 되는 진짜 원인은 '해석의 차이'입니다. 여자들은 남편이 집안일 도와주는 것을 '사랑의 표시'라고 해석합니다. '내가 이렇게 힘든데 집안일을 안 도와준다는 건 날 사랑하지 않는다는 증거야!' 그러니 설거지할 때마다 빨래 갤 때마다 마음에 앙금이 켜켜이 쌓이는 것입니다.

그러나 '센스 없는' 남자는 쓰레기 봉투 내다버리는 것, 청소기 돌리는 것, 설거지하는 것은 그냥 귀찮은 일일 뿐 아내를 사랑하는 것과는 무관한 일로 봅니다. '집안일은 집안일이고 아내는 아내다, 그러니 쓰레기 한 번 안 버렸다고 토라지는 아내를 이해하기 어렵다. 그래, 사랑의 표시로 한 번 해줬다 치자. 쓰레기가 어디 일 년에 한 번 나오는 건가? 일주일에 적어도 서너 번씩은 쌓이는 게 쓰레기인데 그렇게 자주 사랑의 표시를?' 남편들은 이게 도무지 납득이 가지 않습니다.

그럼 행복한 부부는 어떻게 이 해석의 차이를 줄이며 살까요? 먼저 아내 쪽을 보자면 '가사 분담=사랑'이라는 공식을 버리고, '여자가 일하면 마땅히 남자도 가사를 나눠야 한다'는 당위성을 버려야 합니다. 논리는 감정이 아니기 때문이지요. 논리를 앞세우다 감정을 다치는 일이 얼마나 많은가요? 공식과 논리를 빼면 일단 말투에 짜증과 비난이 섞이지 않을 것입니다.

이제 남편이 해주기 원하는 일을 명료하게 요청해 보십시오. 신기하게 일이 풀리기 시작할 것입니다. 일일이 말로 요청하기 치사한 생각이 드는 것은 바로 '알아서 해줘야 사랑이지, 누워서 절 받는 식의 사랑은 싫다'는 당위성이 앞서기 때문입니다. 이런 관념적 해석을 빼고 사실만 알립시다. 바쁘면 리스트를 적어 냉장고 문이나 컴퓨터 스크린에 붙여놓습니다. 그 대신 남편이 일을 처리할 수 있는 시간적 여유를 주어야 합니다.

완벽주의 여자들은 '자신이 원하는 바를 원하는 즉시, 원하는 방식대로' 남편이 도와주지 않으면 못 참습니다. '저 사람을 믿느니 차라리 내가 해버리는 게 속 편하지……' 하고 스스로 처리해 놓는 바람에 남편을 가사일에서 뒷걸음치게 만듭니다.

남편이든 아내든 상대의 불평과 명령은 마음의 귀를 닫게 하는 지름길입니다. 기분이 나쁘기 때문이지요. 반대로 요청과 부탁을 들어줄 때에는 자신이 가치 있는 존재가 된 듯해 뿌듯한 마음이 듭니다.

남편은 아내의 부탁을 무시하거나 거절하지 말고 처음에는 능숙하게 아내만큼 잘하지 못하더라도 계속 노력하는 모습을 보이는 게 중요합니다. 그리고 가사를 50퍼센트 이상 돕지 못하겠거든 고마움이라도 자주 표현하세요. 실제로 많은 아내들이 원하는 건 힘든 걸 알아주는 마음이라고 합니다.

가사 분담은 '선심'이 아니라 '습관'이다

가정을 살리는 길은 어쩌다 한 번의 '선심'이 아니라 '습관'입니다. 매일 집이 어질러지고 빨래가 쌓이고 쓰레기가 나오는 건 산다는 증거입니다. 이 삶의 현장을 도피해서 컴퓨터에 빠지고 외식으로 해결해 봤자 미봉책에 불과합니다. 아내 또한 가사 분담 50퍼센트만 고집하다 이혼하는 것은 병 고치려다 사람 죽이는 일입니다. 부부는 매순간 공평하지 않고 공평할 수도 없습니다. 살다보면 아플 때도 있고 늙을 날도 옵니다.

둘 다 어떻게 지치지 않고 다치지 않는가 하는 방법을 찾는 길이 공평의 당위성을 주장하는 것보다 만족할 만한 결과를 가져옵니다. 일을 줄이는 것, 직장과 가까운 곳으로 집을 옮기는 것, 집안 청결에 대한 기준을 낮추는 것, 시간과 우선 순위의 조절 등 서로의 마음을 다치지 않고 창조적으로 문제를 해결할 수 있는 방법을 찾는 게 평등 이데올로기를 무기로 삼는 것보다 훨씬 효과적입니다.

결국 가사 분담은 50대 50으로 공평해야 화목하다는 신화는 그럴듯한 관념일 뿐 실제 행복한 부부들이 사는 모습을 관찰해 보니 얼마나 도와주느냐는 별 상관 관계가 없는 것으로 입증되었습니다. 그보다는 서로가 얼만큼 양보와 타협을 하느냐, 그리고 가사 분담을 어떻게 해석하느냐가 이 문제를 푸는 관건입니다.

아내의 목소리가 커야 일이 잘 풀린다?

결혼을 앞둔 예비 부부에게 흔히 선배들은 '신혼 초에 기선을 확실하게 잡아야 한다'고 충고하곤 합니다. 경상도 우스갯소리에 '먼저 못된 게 장땡이다!'라는 표현이 있답니다. 관계의 시작부터 주도권을 잡아놓아야 나중에도 계속 자신의 의견을 강하게 주장할 수 있다는 뜻이지요. 이 말은 신혼 때뿐 아니라 결혼 생활 내내 이어져 자신의 주도권을 확인하고 기 싸움을 하기 위해 전쟁을 불사할 때가 많습니다. 차분히 생각해 보면 그냥 넘어갈 만한 일인데도, '내가 이만큼 화났다'는 것을 보여주기 위해 더 크게 싸움을 벌이는 것이지요.

특히 요즘은 가정 내 여자들의 발언권이 높아져 싸움을 할 때도 여자들이 앞장서 목청을 높일 때가 많습니다. 또 '못된 여자가 더 잘 산다'는 말도 나오고, 남자들은 원래 철이 늦게 드는데다가 요즘 마마보이들이 많아서 아내가 남편을 깨우쳐가면서 살아야 한다는 주장이 그럴 듯하지요. 억울함을 속으로 삭이다가 화병 들고 골병 들어봤자 여자만 손해지 누가 알아주느냐는 말도 공감을 얻습니다.

실제로 부부가 서로 목소리를 높여 싸우고 나면 갈등이 해소되고 문제가 통쾌하게 풀릴까요? 특히 아내 쪽에서 큰 소리를 내야 마지못해서라도 남편이 말을 듣게 될까요?

지난 30여 년 동안 부부 싸움과 이혼에 대해 체계적이고 과학적인 연구를 해온 존 가트맨과 줄리 가트맨 박사는 부부가 언쟁하는 모습의 첫 3분만 보면 94퍼센트의 정확도로 이혼의 가능성을 맞출 수 있다고 합니다. 다시 말해 부부 싸움하는 모습을 비디오로 녹화해서 보면 첫 시작부터 아내 쪽의 목소리가 거칠고 공격적으로 나오면 나머지 내용을 더 들을 필요도 없이 이 부부는 결국 이혼하리라는 예측이 큰 오차없이 맞더라는 것입니다. 이는 부부 싸움의 '내용(콘텐츠)'이 폭력, 외도, 도박 등 아주 심각한 사유이든 치약 짜는 습관의 차이 같은 비교적 사소한 내용이든 상관이 없더라는 것입니다.

즉 싸움의 '내용' 때문에 헤어지는 게 아니라 싸우는 '방식' 때문에 이혼한다는 뜻이며, 주도권은 여자에게 있다는 것입니다. 왜 하필 여자에게만 큰소리치지 말라는 건지, 왜 이혼의 책임을 여자에게 떠넘기는지 이상하지 않습니까?

가트맨 박사 부부의 설명은 이렇습니다. 일단 여자의 목소리가 거칠고 공격적으로 나오면 남자들은 급격히 혈압이 치솟고 맥박이 빨라지며 호흡이 가빠지는, 이른바 '이성마비 상태' 또는 '감정의 홍수 상태(flooding)'에 쉽게 빠진다고 합니다. 심장 박동이 1분에 75회에서 95회 이상으로 빨라지고 아드레날린이 치솟고 혈당이 올라가서 신체적으로 견디기 힘들어집니다. 이렇게 되면 아내가 무슨 말을 해도 귀에 들어오지 않고 '공격이냐 도피냐' 극단적인 양자택일의 전투 태세로밖에 대응하지 못하게 되지요.

또 남자들은 여자에 비해 충격 흡수력이 약하고 한번 올라간 호흡과 맥박이 정상치로 내려오는 데 걸리는 시간이 평균 20분 이상 걸리는데, 여자들은 그렇게 쉽게 혈압이 오르지도 않지만 흥분이 가라앉는 데 걸리는 시간도 비교적 짧습니다.

휴전 신호를 오해하지 마라

공격이냐 도피냐 양자택일 중 그나마 도피 쪽을 택하는 남편은 맞고함을 치거나 물건을 집어던지거나 폭력을 행사하는 남편보다 덜 파괴적이라고 볼 수 있습니다. 남편이 고함치는 아내를 피해 밖으로 나가버리든지 베란다에 나가서 담배라도 피워댄다면 이것은 잠시 후퇴하여 숨을 고르고, 적어도 극단적인 행동을 저지하기 위한 힘겨운 자기와의 투쟁으로 볼 수 있다고 가트맨 박사는 말합니다.

그런데 이런 노련한 전문가의 분석과는 달리 아마추어일 수밖에 없는 아내들은 그동안 참아왔던 분하고 억울한 심정을 주체할 수 없어서 댐의 수문을 열어놓듯 말문을 터뜨렸는데, 남편이 무표정하게 '신경을 꺼버리고' '딴청'을 피우려고 밖으로 나가는 것 같아 견디기 어려운 모욕감을 느끼게 됩니다. 남편에게 번번이 무시를 당한다고 해석하기 때문입니다.

이럴 때 아내들은 기왕 꺼낸 김에 끝까지 따라가서 속 시원히 마음속에 있는 말을 쏟아내려 하기 쉬운데 이런 일이 반복될수록 해결은커녕 남편의 수명은 짧아지니, 죽든가 이혼하든가 결말은 비극적일 수밖에 없다는 것입니다.

이런 남녀의 차이를 제대로 이해한다면 능동적으로 부부 싸움의 주도권을 잡고 화목한 가정을 이끌어나갈 수 있는 열쇠가 아내의 손에 있다는 것으로 해석할 수 있을 것입니다. 그렇다면 이는 어쩌면 여성에게 축복일 수도 있겠습니다.

부부 싸움의 주도권은 여자에게 있다

가트맨 박사의 처방 또한 옛날 우리 할머니들이 받았을 법한 가정교육과 크게 다르지 않습니다. 부부 사이에 불만이 있거나 다툴 일이 생기면 아내 쪽에서 먼저 목소리 톤을 낮추고 부드럽고 조심스럽게 말을 꺼내라는 것입니다. 미소를 띠면 더욱 효과적이고 어깨에 기대거나 손을 잡는 비언어적 행동까지 동원하면 대개는 아내가 원하는 대로 남편이 따라온다는 것입니다. 왜냐하면 이럴 때 단순한 남자의 몸은 혈압이 내려가고 엔돌핀이나 세로토닌이 분비되어 안정감을 느껴 이성적인 사고력도 최고조가 되기 때문이라나요.

이런 상태에서 듣는 아내의 요구 사항은 자장가처럼 소록소록 귀에 들어오고 기억에 뚜렷이 입력된다지요. 바가지 긁는 마누라의 요청에는 마이동풍이던 영감도 애첩의 코맹맹이 간청에는 홀랑 넘어가는 이유가 바로 여기 있었던 것입니다.

어쩌면 여자만 참으라는 불공평한 말 같겠지만 새겨보면 이혼을 하느냐, 원하는 것을 평화롭게 얻느냐의 주도권이 여자에게 달렸다는 것으로 해석할 수도 있지 않을까요? 아무튼 부부 사이가 좋지 않을 때는 아내가 더욱 정신을 똑바로 차리고 주도권을 꽉 잡아야 한다는 건데,

그렇다면 여자들의 화는 어떻게 처리해야 할까요?

심리학자들의 연구에 따르면 화는 낸다고 사라지는 것이 아니라, 화를 내면 낼수록 더 화가 쌓인다고 합니다. 또 물건을 집어던지거나 욕설을 하면 스트레스가 해소될 것 같지만 실제로는 혈압, 맥박, 스트레스 호르몬 분비량 등의 수치만 높아집니다. 화가 화를 부른다는 뜻이지요.

심리적으로 볼 때 화(분노)의 정체는 두려움, 상처, 또는 좌절입니다. 그래서 화를 내고 언성을 높이기 전에 무엇이 나를 두렵게 하는가, 무엇이 나의 마음에 상처를 주는가, 무엇 때문에 좌절감을 느끼는가 스스로의 내부 소리에 먼저 귀를 기울여보십시오. 그런 뒤 상대를 비난하지 말고 당신의 힘든 감정을 표현해 보십시오. 당신이 진짜 전하고 싶은 것은 지금 얼마나 힘든지, 즉 두려움, 슬픔, 외로움 등 상처받은 감정을 남편이 알아주기를 바라는 거 아닌가요?

이야기를 꺼낼 때 "당신을 비난하려는 게 아니라 내가 느낀 서운한 마음을 이야기하고 싶다"라고 시작하고 되도록 바라는 것의 요점을 간결하게 말하십시오. 옛날 역사를 다 꺼내지 말고 현재 일어난 상황에 대해서만 말하십시오. 또 "난 이런저런 게 싫다", "당신은 이런저런 걸 안 해준다"는 부정적인 말로 하지 말고 "이렇게 해주기를 원한다"고 긍정적으로 말하십시오. '불평'하지 말고 '요청'하라는 뜻입니다.

결국 네 번째 신화는 틀린 것으로 판명이 났습니다. 과학적으로 '아내의 목소리가 크면 이혼을 하거나 남편이 일찍 죽는다'는 것이 밝혀졌기 때문이지요. 물론 남녀 모두 화를 다스려야 하지만 공격성을 유발하는 남성 호르몬이 평균적으로 남자의 10분의 1밖에 나오지 않는 여성 쪽에서 먼저 화를 다스리고 화해 분위기로 방향을 이끌어나가는 것이 생리적으로 훨씬 쉽습니다.

안 싸우는 부부가 더 행복하다?

행복한 부부는 싸우지 않는 부부일까요? A씨 부부는 고양이와 개처럼 아웅다웅 다투며 삽니다. 반대로 B씨 부부는 철옹성같이 각각의 고지를 틀고 앉아 부딪칠 일이 없습니다. 10년 뒤 과연 어느 부부가 헤어졌을까요? 답은 거의 안 싸우던 B씨 부부랍니다. 부부가 싸운다는 건 아직 희망이 있기 때문입니다. 희망이 없다면 자신의 의견을 상대에게 전달해 보려는 노력도 하지 않을 것입니다. 싸움을 한다는 것은 상대에 대해 애정과 희망이 있다는 반증입니다.

저희 집 뒤에는 약수터가 있습니다. 새벽이나 주말에는 물병을 담은 배낭을 지고 올라갔다 내려오는 사람들을 많이 보아왔기에 약수터가 있다는 것을 알았습니다. 어느 날 저도 약수를 받으러 가자고 마음먹고 빈 물병을 잔뜩 지고 산으로 올라갔는데, 한참을 헉헉 올라가도 약수터가 보이지 않았습니다. 내려오는 사람들에게 물어도 그냥 "한참 가면 나와요" 하고 두리뭉실한 대답만 할 뿐 자세히 가르쳐주지를 않았습니다. 그만 포기하고 돌아갈까 했지만 약수터가 있다는 사실을 믿었기에 끝까지 가보기로 했습니다. 다 가보니 길이 좀 가파르긴 했지만 집에서 겨우 2킬로미터 정도밖에 떨어지지 않은 곳이었습니다. 그 이후로는 거의 매일 운동삼아 다니게 되었습니다.

시카고 대학의 가족 사회학자 린다 와이트 교수는 미국에 이혼이 유행병처럼 확산된 주원인 중 하나는 희망에 대한 믿음이 약해졌기 때문이라고 분석합니다. 특히 양쪽 중 누가 잘못하지 않아도 이혼 성립이 가능한 소위 '무결함 이혼법(no-fault divorce law)'이 통과된 후로는 양쪽 다 가정을 지키려는 노력을 소극적으로 하게 되었다고 합니다.

싸우는 부부, 안 싸우는 부부

그렇다고 싸우는 부부가 무조건 잘 산다는 뜻은 결코 아닙니다. 싸움에도 두 종류가 있습니다. 쉽게 말해 '쿨하게' 하는 싸움과 '지겹게' 하는 싸움이 있습니다. '쿨하게' 하는 싸움은 자신의 요구 사항을 분명히 말하되 부드럽게 시작하고, 중간에 화가 너무 나면 좀 식혀가면서 상대방의 영향력을 받아주는 아량과 타협의 여지를 두며 하는 싸움입니다. 이 정도로 쿨하다면 싸움이 아니라 스포츠 경기라 해야 할 것입니다. 반대로 '지겹게' 하는 싸움은 싸울 때마다 똑같은 말을 되풀이하고, 서로 자기가 옳다고 주장하며 기물이 파손되거나 한 사람이 지쳐 떨어져야 끝이 나는 소모전입니다.

마찬가지로 싸우지 않는 부부에도 두 종류가 있습니다. 그 한 종류는 일시적으로 감정을 가라앉히고 자기 자신을 되찾은 뒤에 의견 조정을 해보려는 부부입니다. 이들은 자신을 다스리기 위해서도 시간을 갖지만 대개는 자녀에게 피해를 주지 않기 위해 서로가 감정의 극단으로 치닫는 것을 견제하는 것입니다.

싸우지 않는 또 다른 부부는 '너는 너, 나는 나' 식으로 선을 긋고 각자 자기 식대로 사는 사람들입니다. 후자는 겉으로만 말을 하지 않을 뿐 속으로는 온갖 비난, 경멸, 자기 합리화를 합니다. 마음 속에 부글부글 끓고 있는 생각들이 입만 꾹 다물고 있다고 입 속에 갇혀 있을 거라 믿는다면 큰 오산입니다. 말로 전하는 메시지는 7퍼센트뿐이고 나머지 93퍼센트의 커뮤니케이션은 목소리, 눈빛, 표정, 태도 등으로 전달된다는 사실을 기억하십시오.

7퍼센트의 말로 안 싸운다고 하지만 말보다 더 확실한 93퍼센트로 매일 냉전을 치르는 부부는 집 안의 기운을 오염시킵니다. 특히 자녀가 있다면 자녀들은 증오와 멸시의 독가스를 매일 들이마시며 사는 셈입니다. 간접 흡연도 직접 흡연만큼 나쁘다는데 부모의 독가스가 가득 찬 집에서 자라는 아이들의 심성은 얼마나 오염될까요? 부드럽고 따스한 기운이 감돌게 할 방법이 없는지 고려해 보는 게 좋겠습니다.

따라서 다섯 번째 신화인 '안 싸우는 부부가 더 행복하다'는 믿음은 그릇된 것입니다. 이제부터는 효과적인 대화법과 싸움 기술을 익혀야 발전이 있다는 과학적인 근거에 바탕을 두고 희망을 새롭게 가져보시기 바랍니다.

4장 부부 리모델링 2단계

결혼을 위협하는 외부의 적을 파악하기

부부의 라이프 통장을 고갈시키는 공동의 적

저희 가족은 17년 동안 이사를 하지 않고 한 집에서 살았습니다. 그동안 가족이 늘고 친정 아버지를 모시느라 집을 여러 번 리모델링하게 되었습니다. 처음에는 경험이 없어서 전문가들이 어련히 잘 알아서 하겠지 하고 맡겼다가 몇 번 불필요한 공사를 한 적도 있었고, 반대로 꼭 우선 해야 하는 공사를 빠뜨리고 겉부터 고치다가 나중에 큰 돈 들여 다시 다 뜯어고치느라 고생한 적도 있습니다. 차라리 이사를 갈 걸 하고 후회한 적도 있었지만 워낙 기본이 튼튼한 집이고, 양지 바르고, 마당 넓고, 전망 좋고, 학교 가깝고…… 등등 좋은 점이 많아 고치며 살기로 한 것이지요.

이 책의 제목도 집을 리모델링하면서 겪었던 수많은 크고 작은 시행착오에서 얻은 힌트입니다. 집을 고칠 때 경험이 많고 양심적인 건축

가라면 의뢰인이 원하는 것을 먼저 잘 들은 뒤에 가능한 집의 장점을 최대한 살리되 비용과 부작용은 줄이도록 하겠지요. 반대로 성급하거나 기술이 없는 사람은 오히려 집을 더 망가뜨리는 수가 있습니다.

마찬가지로 부부 치료를 받다가 오히려 더 큰 상처를 받거나 이혼하는 사람들도 많습니다. 저는 부부 불화의 보여지는 증상만 보고 바로 성격 문제로 진단하고 심리 치료를 한다는 것은 매우 위험하다고 생각합니다. 지붕이나 벽지 같은 외부의 문제인지, 아니면 골조나 배관같이 눈에 안 보이지만 집을 유지하는 근간의 문제인지를 먼저 정확히 파악해야 합니다. 문제를 확실히 진단한 후에라야 비용과 후유증을 최소한으로 할 수 있도록 단계적인 처방을 내릴 수 있습니다.

저는 지금까지 부부 치료를 하면서 정말 '구제 불능이다'라는 생각이 든 사람은 한 명도 못 보았습니다. 대개는 그저 사는 게 힘든, 지극히 정상적이고 평범한 사람들입니다. 하지만 너무나 안타깝게도 부부가 살다가 있는 정 없는 정 다 떨어지면 서로를 '구제 불능'으로 여기게 되더군요. 그래서 배우자를 개조하거나 이혼하면 고통이 덜하지 않을까 하는 희망으로 저를 찾아오는 분들이 꽤 있습니다.

하지만 지금 결혼 생활이 힘들다면 혹시 외부의 적 때문에 위협받고 있는 라이프 통장의 고갈을 배우자 탓으로 돌리고 있지나 않은지, 자신에게 부족한 라이프 통장을 배우자가 채워주기만을 요구하는 게 아닌지, 무엇이 배우자가 가장 절실히 바라는 통장인지를 먼저 점검해 봐야 할 것입니다. 그래야 오늘 부부 싸움의 '주제'는 무엇이고 진짜 '쟁점'은 무엇인가를 알 수 있습니다. 여기서 적이란 네 가지 라이프 통장 중 적어도 한 가지 이상에 막대한 지출을 초래하거나 심한 불균형을 초래하는 요소라는 뜻입니다.

무엇보다 부부 사이를 위협하는 공동의 적이 무엇인지 정체를 알아야 합니다. 그래야만 둘이 싸우느라 에너지를 허비하지 않고 공동으로 대처할 수 있게 됩니다. 그리고 대처할 궁리를 같이 하다 보면 서로가 소중한 존재라는 것도 깨닫게 될 것입니다.

주위를 둘러보면 비슷한 악조건에서도 얼마든지 어려움을 헤쳐나가고 다정한 결혼 생활을 유지하는 부부도 많습니다. 암 때문에 건강 통장이 바닥이 났던 가수 양희은 씨는 남편과 함께 투병하여 병마를 극복하고 매우 다정하게 살고 있다지요. '밥 퍼 목사님'으로 유명한 최일도 목사와 사모님은 남을 도와주는 도우미 통장의 출납이 심한 적자 쪽으로 기울자 재정 통장과 정서 통장에 위협을 느껴 잦은 부부 싸움을 했지만, 결국 대화로써 타협하고 화해하여 부부 위기를 잘 극복했다고 합니다. 가난한 시각장애인이던 강영우 미국 대통령 보좌관은 불우한 시절 아내(석은옥 여사)로부터 용기를 얻었고, 둘이 팀워크로 어려움을 극복하여 이제는 미국 정부 차원에서 다른 신체장애자를 돕는 거물급 도우미로 일하고 있습니다.

이렇게 특수한 사람들뿐 아니라 조금만 관심있게 눈여겨보면 합심하여 외부의 적에 잘 대처해 나가는 부부가 많습니다.

이 장에서는 가정을 위협하는 적, 즉 외부의 위협 요소에 대해 알아보고 그 대처 방법을 모색해 보고자 합니다.

결혼 생활을 뒤흔드는 불안한 경제

최근 결혼을 위협하는 가장 큰 적은 경제불황과 고용 불안정이 아닐까 합니다.

어느 날 대기업 임직원들을 대상으로 한 특강을 마치고 나오려는데 40대 초반의 남자분이 제게 다가왔습니다. 그분은 제게 강연 내용 중 가장 마음에 와 닿았던 것은, 부부에게 위기가 있을 때 서로를 원망하고 미워하기보다 먼저 둘의 관계를 위협하고 있는 외부의 적이 무엇인지를 정확히 알아야 한다는 말이었다고 했습니다. 그러면서 요즘 3, 40대 가장들이 집 밖에서 어떤 위기감을 느끼며 어떤 스트레스를 받고 있는지 주부들은 상상도 못할 거라 하더군요.

그렇습니다. 결혼은 남자들에게만 유리한 제도이며 여자들을 억압하고 착취하기 위한 수단이라는 주장은 이제 설득력이 없습니다. 결혼 생활을 유지하는 것 자체가 남녀 모두에게 점점 더 힘들어지고 있기 때문입니다. 하지만 부부를 힘들게 하는 외부의 적을 정확히 안다면 앞으로는 서로를 '원수'로 대하지 않고 '동지'가 될 수 있지 않을까요?

은행 대리인 이대희(39세) 씨는 매일 출근할 때마다 혹시 내일부터 나오지 말라는 소리를 들을 것 같아 내심 불안합니다. 지난 몇 해 사이에 직원 수가 3분의 1로 줄어서 업무량이 훨씬 많아졌지만 피곤한 기색을 보일 수 없어서 늘 웃는 얼굴로 고객을 대하고 과다한 업무량도 불평없이 받아들입니다.

유난히 무덥던 어느 날, 퇴근 후 신임 지점장 환영회에 빠질 수가 없어 마지못해 참석했다가 피곤한 몸을 이끌고 집에 돌아오니 딸과 아내가 여름 휴가는 언제 갈 거냐 묻습니다. 이대희 씨는 피곤해 대꾸조차 하기 싫습니다.

이대희 씨는 채널을 돌려 야구 중계를 봅니다. 어쩜 그렇게 딸의 질문을 묵살하느냐고 아내가 핀잔을 줍니다. 아이의 질문에 즉각 반응을 해주지 않으면 자녀 교육상 좋지 않다며 아내의 잔소리가 시작됩니다. 이대희 씨는 고함을 버럭 지릅니다. "다 꼴보기 싫으니 조용히 좀 해!"

아내는 남편이 원망스럽습니다. 남편은 아내가 밉습니다. 어린 딸의 마음은 고래 싸움에 새우 등 터지듯 상처를 받습니다.

직장 일로 과다한 스트레스를 받고 있는 이대희 씨의 속사정을 모르는 아내의 성화는 남편의 감정을 자극하는 '촉발제'일 뿐 진짜 적은 아닙니다. 정작 이 부부의 결혼을 위협하는 외부의 적은 고용 불안정이라 하겠습니다.

고용 불안정은 불경기, 물가 상승, 직장 내 경쟁 심화, 미래에 대한 불안감 등 뱀의 머리가 여럿 달린 메두사처럼 변화무쌍한 모습으로 이대희 씨를 위협합니다. 더우기 그는 외벌이 가장이라 고용 불안정은 가정의 재정 통장을 직접적으로 위협하기에 아내와 딸의 요구 사항이 다 '돈 쓰자'는 소리로 들릴 수밖에 없습니다.

전문직이건 비전문직이건 모두가 실업에 대한 불안을 안고 살 수밖에 없는 세상이 왔습니다. IMF 환란 이후 30대와 40대 조기퇴직도 비일비재합니다.

남편과 제가 1998년에 함께 쓴 졸저 『한국인이 반드시 일어설 수밖에 없는 7가지 이유』에서도 저희는 30대 조기퇴직을 예견한 바 있습니다. 고졸 노동력의 실업률뿐 아니라 대졸 화이트칼라의 고용 불안정은 앞으로 전세계적으로 지속될 흐름이지 한국만의 일시적 현상이 아닙니다.

이런 고용 불안정의 시기에는 다른 어느 때보다 가정의 네 가지 라이프 통장 관리를 잘해야 합니다. 재정 통장이 크게 불어날 가능성이 적다면 돈이 들지 않는 쪽으로 건강 통장과 정서 통장을 늘리는 데 좀 더 신경을 쓰고, 부부가 서로 도우미 역할을 해야 재정 통장의 위기를 보완할 수 있습니다.

하지만 돈이 부족하고 직업이 불안하면 아내도 남편도 둘 다 마음의 여유가 줄어들 수밖에 없습니다. 남편은 밖에서 풀지 못하는 스트레스를 아내에게 퍼붓게 되고, 아내는 남편이 돈도 못 버는 주제에 성격까지 나빠져서 못 살겠다는 말이 나옵니다. 외부의 적을 놔둔 채 둘이 서로 적이 되어 다투면 그나마 줄고 있는 라이프 통장에서 부부 싸움에 허비하는 지출이 얼마나 더 크겠습니까?

다음 질문들에 해당되면 답을 체크해 보시기 바랍니다.

✔ 불안한 경제 상황, 나의 위기의식은?

1. 안정된 직장이 없다. ☐
2. 버는 것보다 쓸 데가 항상 더 많다. ☐
3. 언제 해고될지 몰라 불안하고 초조하다. ☐
4. 일이 즐겁지 않다. ☐
5. 출근하면서부터 퇴근 시간을, 월요일부터 토요일만 기다린다. ☐
6. 직장을 잃을지 모른다는 생각만 해도 가슴이 답답하다. ☐
7. 직장은 나의 자존심이다. ☐
8. 성공이란 직장에서 인정받고 출세하는 것이다. ☐
9. 성공을 위해 건강과 가족을 희생할 각오로 산다. ☐

위에 체크된 항목 수가 많을수록 재정 통장의 위기감을 높게 느낀다는 반영입니다. 중요한 점은 수입이 줄어들 것 같다는 두려움만큼이나 고용 불안정으로 인하여 자신의 존재 가치가 손상당하게 될까 걱정하는 마음도 크다는 사실일 것입니다.

대처 방법

'경제 이혼'이라는 신조어가 생겨났을 정도로 돈 문제로 인한 가정 파탄이 급속히 늘고 있습니다. 2003년 통계청 발표에 따르면 배우자의 부정이나 건강 문제로 인한 이혼은 줄어드는 반면 경제난에 따른 이혼은 지난 10년 사이에 7배나 증가한 것으로 나타났습니다. 이혼 부부 100쌍 중 14쌍이 경제 문제로 헤어진다는데, 내수 침체 등 경제 전반에 불안감이 확산되면서 경제 이혼은 앞으로 더 늘어날 추세라고 합니다.

경제 이혼은 언뜻 보기에는 돈만 생기면 해결될 문제인 것 같지만 '돈 문제는 돈으로 못 푼다'는 게 정설입니다. IMF 위기 때 이미 수많은 사례를 보았듯이 갑작스런 퇴직이나 사업 실패를 겪고 그 때문에 파탄이 나는 가정도 있는 반면, 반대로 위기에 처해보니 세상에 소중한 건 가족뿐이라며 오히려 전화위복의 계기로 삼은 가정도 많습니다.

사회학자, 경제학자, 미래학자들은 한결같이 새로운 테크놀러지의 개발과 지구촌 경제의 가변성 때문에 어느 나라에 살든, 어떤 직업을 가지든 안정을 보장해 주는 직업은 이제 없을 거라고 예측합니다. 하지만 저는 이런 시대에도 분명히 생존할 수 있는 전략이 있다고 생각합니다. 찰스 다윈은 적응자는 생존하고 부적응자는 도태된다고 하지 않았습니까?

저는 정보시대, 불확실 시대의 경제불황과 고용 불안정을 극복하는 방법을 크게 넷으로 정리해 보았습니다.

성공의 키워드를 '직장형'에서 '가정형'으로 바꾸자

이제 '가족친화적 고용정책'을 모르는 기업주는 글로벌 인재를 스카우트할 수 없습니다. 동시에 가족친화적인 인재가 아니면 세계적 기업에 취업을 못하는 시대가 왔습니다. 이미 미국, 캐나다와 서유럽 선진국에서는 고용인의 가정 화목이 생산성과 직결된다는 연구에 기초하여 인재를 뽑을 때 그(녀)가 가정적으로 얼마나 화목한지를 주요 심사 기준으로 삼고 있습니다. 삼성에서도 세계적인 수퍼급 인재를 뽑아올 때 거액의 연봉만 제공하는 게 아니라 그 배우자가 한국 생활에 만족할지, 자녀 상황은 어떠한지 등을 헤아려 가족친화적 조건을 제공한다고 하지요.

그 이유는 간단합니다. 두뇌가 아무리 명석하고 재주가 좋아도 가정에 문제가 있으면 능력의 50퍼센트도 활용을 못하기 때문입니다. 이를테면 아이큐 150짜리 직원을 뽑았는데 부부 불화로 이혼하고 자녀 문제로 골치를 앓다보면 아이큐 100짜리 직원보다 못한 생산성을 보인다는 것입니다. 전문직 종사자들을 대상으로 한 연구에서도 가정의 불화는 대략 그 악영향이 10년 정도 지속된다고 합니다. 아이큐 150의 인재가 10년 동안 재능의 반밖에 역량을 발휘하지 못한다면 고용주로서는 이만저만한 손해가 아니지요.

이는 물론 수퍼급 인재뿐만 아니라 모든 고용인들에게 다 해당되는 사항입니다. 그래서 선진국형 기업은 육아와 보육 시설뿐 아니라 고용인들의 건강과 심리 상담, 부부 관계 개선 프로그램까지 제공합니다. 독일에서 공부할 때 독일 굴지의 제약회사와 자동차 회사에서 사원들의 인간 관계 문제를 담당하는 전문 심리 치료자를 아웃소싱하는 프로그램을 배운 적이 있습니다. 회사는 사원에게 인간 관계 프로그램만 제공해 줄 뿐 심리 치료 과정의 사적 비밀은 완전 보장해 주기 위해서 아웃소싱을 하고 있었습니다.

한국 최초의 헤드헌터로 유명한 유순신 대표는 "가정의 화목은 (경제가) 어려울 때일수록 더욱 빛이 난다…… 진정 성공한 직장인의 모습을 갖추고 싶다면 당장 오늘부터 나와 가족 사이의 신뢰를 쌓기 위한 노력을 시작하라"고 합니다. 요컨대 경제불황, 고용 불안정의 적에게 대응하는 최고 전략은 화목한 가정 이루기에서부터 출발한다는 말입니다.

부부의 자산 가치를 정확히 파악하자

경제가 어려울 때일수록 돈 쓰는 문제는 부부의 신경을 예민하게 만드는 사안입니다. 그런데 부부가 돈 문제로 다툴 때 자세히 보면 돈을 얼마 썼느냐보다는 돈에 대한 기본 개념이 다르기 때문에 충돌이 일어나는 경우가 많습니다. 예를 들어 아내가 새 차를 사자고 할 때 남편은 현재 쓰고 있는 중고차도 잘 굴러가는데 왜 큰 돈을 들이냐고 반대합니다. 아내는 홧김에 "남자가 어쩜 그렇게 짠돌이냐"고 인신공격을 합니다. 자존심이 상한 남편이 가만히 있을 리가 없지요. "흥, 돈도 없는 주제에 허세만 부리던 집에서 보고 자란 게 그것밖에 없으니…… 쯧." 처가를 비난하는 쪽으로 불을 확산시켰습니다. 이제 집안 싸움으로 불바다가 될 것은 뻔한 일입니다. 겨우 진화 작업을 할지라도 상처가 크게 남을 것입니다. 왜 이렇게 문제가 커졌을까요?

차 사는 문제는 돈 쓰는 문제이고, 경제 문제인데 이것을 인신공격의 무기로 삼았기 때문이지요. 둘은 공동의 문제를 풀기보다 서로를 파괴하기에 바쁜 원수지간이 됩니다. 이럴 때는 불이 더 번지지 않게 재빨리 문제의 핵심으로 돌아가야 합니다. 핵심은 차를 살 여유가 있는가, 차를 사서 가족이 얻을 이점과 치뤄야 할 대가가 무엇인가를 정확히 아는 것입니다.

연필과 종이를 가져와 적어봐도 좋고 통장을 꺼내봐도 좋습니다. 막연한 생각과 의도만 가지고 싸우는 것은 시간 낭비입니다. 안 그러면 인격 모독을 함으로써 정서 통장에 손상을 입거나 부모형제를 싸잡아 흉봄으로써 도우미 통장까지 다치게 할 수 있으니, 돈 문제로 초점을 확실히 묶어둔 채 문제 해결을 하도록 해야 합니다.

경제 문제로 인한 싸움은 돈에 대한 개념이 달라서 일어나기도 하고, 어릴 때 갑자기 집안이 기울었거나 하는 개인적 기억으로 인해서 돈에 대한 불안감이 높기 때문일 수도 있고, 또 근본적으로 돈 쓰는 습관이 다르기 때문일 수도 있습니다.

이런 '보이지 않는' 기억이나 상징적 의미를 상대로 싸운다는 것은 유령과 싸우는 것처럼 헛수고일 뿐입니다. 실체를 직면하려면 먼저 서로의 '인생 대본'(6장 참조)을 무비판적으로 경청하는 것이 첫 과제입니다. 그런 뒤에 약간의 가변성을 허용할 수 있는 사항과 양보할 수 없는 사항으로 나눕니다. 한 치도 양보할 수 없는 사항들은 (남에게는 아무리 수수께끼같이 보인다 해도) 당사자에게는 아주 소중한 추억이나 아픈 경험 등, 특별한 상징적 의미가 있으므로 가능한 다치지 않도록 하는 게 좋습니다. 불가피한 경우에는 조심스럽게 다루어야 하고 심리적 문제를 수반할 경우 전문가의 코치를 받는 것이 안전합니다.

서로 마주앉아 현재 자산이 얼마인지, 통장에 얼마가 있는지, 이번 달 지출이 얼마인지, 특별 지출이 얼마인지 등 정확한 수치를 놓고 그에 따라 액수, 방법, 시기 등에 대해 최소 단위로 나누어 조금씩 양보하고 타협하며 서로가 동의할 만한 선까지 조정하다 보면 한결 가까워진 느낌이 들 것입니다.

자신의 자산 가치를 끊임없이 창출하자

경제 구조가 끊임없이 바뀐다는 것은 새 시대에 필요한 인재상이 계속 달라진다는 뜻입니다. 예를 들어 산업시대에는 충직하게 사장의 말을 잘 듣는 예스맨이 총애를 받았지만, 정보시대에는 창의력이 반짝이는 아이디어맨이 각광을 받습니다. 농경시대의 자산 가치는 농사를 지을 수 있는 땅, 즉 토지에서 창출되었고, 산업자본주의시대의 자산 가치는 돈, 즉 자본에서 창출되었습니다. 그렇다면 지식정보시대에는 어디에서 자산 가치가 형성되겠습니까? 당연히 지식과 정보이지요. 이제 대학 졸업장은 그냥 '지식 소비 영수증'에 불과하고 어떤 직업도 평생 새 정보와 기술을 배우지 않으면 살아남지 못하는 환경으로 바뀌어 가고 있습니다.

미시간 공대에 재직하는 저의 남편은 제자들의 추천서를 써주면서 그들의 이력서가 불과 5년 전과 비교해 보아도 현격하게 달라진 것을 알 수 있다고 했습니다. 한마디로 예전에는 '명사(무슨 대학 무슨 학과 출신)'와 '숫자(몇 학점을 이수하고 평점 몇 점을 받았나)'가 중요했는데 이제는 '동사(어떤 경험을 해봤고 어떤 일을 할 수 있다)' 위주로 이력서의 내용이 근본적으로 바뀌었다는 것입니다.

결국 21세기는 끊임없이 새로운 것을 배우고 실천하는 사람에게 기회가 오는 시대입니다. 시대 흐름을 정확히 알고 흐름에 맞는 전략을 세우는 사람은 부부 싸움하느라 체력과 시간을 허비하는 대신 시대에 맞는 공동 대응 전략을 세우기 바쁠 것입니다.

제가 이런 말씀을 드리면 전업주부들은 '우리의 자산 가치는 어디에서 찾나요?' 하고 반문하기도 합니다. 저는 생활 속의 모든 활동에서 정보 가치를 창출할 수 있다고 단언합니다. 임신부터 출산, 육아, 살림, 음식 만들기, 집 관리하기, 장 담그기, 친인척 관리하기, 좋은 물건 싸게 구입하기, 취미 등 생활 속의 수천 수만 가지 일상사가 '정보거리'입니다. 그리고 이런 정보를 잘 활용하면 가족의 재정, 건강, 정서, 도우미 통장이 풍요로워집니다. 꼭 밖에 나가서 돈을 벌어야만 자산 가치가 불어나는 게 아니라는 뜻이지요.

저의 한 고등학교 동창생은 전업주부로, 동창회 '쉼터'의 인터넷 사이트를 개설하여 관리하고 있습니다. 이 사이트에는 일상사의 정보 교환부터 건강에 대한 정보, 정서를 채울 수 있는 유머방, 추억방, 노래방, 함께 하고 싶은 글, 기도방 등 여러 정보 공유의 터[場]가 있고 무엇보다 육아, 살림, 고민거리가 있을 때 즉각 도와줄 도우미들이 많습니다. 840여 명이나 되는 동문 회원들의 라이프 통장을 살찌우게 하는 훌륭한 사이트인 것입니다. '홍 두목'이라는 애칭으로 불리우는 홍영희 방장은 기존의 '돈(재정 통장)'으로만 환산할 수 없는 엄청난 부의 소유자이며, 동시에 그 부를 840여 명의 회원들과도 공유하고 있는 정보시대의 부자라고 생각합니다.

소득 키우는 데에만 신경 쓰지 말고 욕심을 줄이자

10억 벌기가 유행처럼 번져 많은 사람들이 돈 버는 데 신경을 쓰지만, 저는 돈을 적게 쓰는 것도 결과적으로 보면 돈 버는 일 못지않게 중요하다고 생각합니다. 돈을 적게 쓰는 방법 중 하나는 욕심을 줄이는 것입니다.

저는 행복의 비결은 기본 욕구는 충족하되 한없는 욕망을 절제하는 균형감각에 있다고 생각합니다. 사람의 욕망은 한이 없습니다. 어느 선에서 제한을 두지 않으면 몸무게가 200킬로그램이 넘어도 계속 먹으려 한다거나 1천억 재산을 1천5억 원으로 증식하려다가 망하는 우를 범하기도 합니다.

네 가지 라이프 통장을 잘 관리하는 핵심 비결은 절제와 균형입니다. 지나친 결핍도 문제이지만 동시에 지나친 욕심도 불행과 병을 자초하니까요. 물질적으로 궁핍하던 시절에는 자연히 먹고 쓰는 일을 절제하며 살 수밖에 없었습니다. 또 형제자매가 많고 제사와 명절 때 일가친척들과 자주 만나며, 남의 집 밥 숟가락까지 알고 지내는 마을 공동체에서는 서로 참고 양보하는 정신적 절제도 자연스럽게 이루어졌습니다.

하지만 가만히 앉아 있어도 텔레비전 광고에서 끊임없이 먹을 것을 보여주며 유혹하고 모두가 바쁘게 사는 현대에서는, 운동이나 다이어트처럼 의식적으로 노력하지 않으면 육체적으로나 정신적으로 절제하며 살기가 무척 어렵습니다. 욕구 충족만큼이나 어려운 것이 욕구 절제일 것입니다. 요컨대 돈은 버는 것만큼 절제하며 잘 쓰는 일도 매우 중요합니다.

복잡한 현대 생활의 스트레스

현대 도시인들은 소음과 공해에 노상 노출되어 있기에 대부분 무감각하게 살고 있고 표정은 어둡게 일그러져 있습니다. 고통스럽기 때문이지요. 복잡한 도시 생활은 스트레스를 주고 특히 시간이 부족해 우리를 항상 허덕이게 만듭니다.

회사원 장형근 씨(32세)는 출근 때마다 버스에 지하철에 모든 기동력을 다 동원해도 겨우 지각을 면할 때가 허다합니다. 걷고 뛰는 것이 운동이 되기는커녕 매연을 들이마셔서 쉽게 피로가 몰려옵니다.

회사에서는 차마 교통 때문에 스트레스를 받는다는 말을 꺼낼 수가 없습니다. 아침마다 교통 지옥에 시달리기야 누구나 매일반이고 고작해야 전철역 가까운 역세권 아파트로 이사하라는 조언 아닌 조언을 들을 게 뻔하기 때문입니다.

온갖 소음과 공해에 찌들어 집에 들어온 장형근 씨에게 아내는 집에서 종일 아기 보느라 힘들었다고 투정하며 아기를 안겨줍니다. 장형근 씨는 버럭 소리를 지릅니다. "집에서 편하게 지내면서 뭐가 힘들다고 불평이야! 차라리 내가 집에 들어앉아 아기를 볼 테니 당신이 나가서 돈 벌어와!!"

남편의 거친 반응에 화가 난 아내는 큰 소리로 되받습니다. "흥, 쥐꼬리만큼 버는 주제에 유세 한번 대단하시군!"

서로 힘든 것을 못 알아줘 섭섭하고 원망스러운 마음에 티격태격하는 정황이 그려집니다. 이런 부부 싸움은 온갖 스트레스에 찌들린 도시 부부들에게 아주 흔한 경우입니다. 스트레스에 시달리는 도시 근로자는 계속해서 급증하고 있습니다.

스트레스는 몸을 자극하는 모든 외부적 요인에 대한 뇌신경체제의 반응입니다. 흔히 정신적 스트레스를 생각하기 쉽지만 눈, 코, 귀로 들어오는 모든 신체적 스트레스 또한 사람을 대단히 피곤하게 합니다.

또 어쩌다 듣는 소음이라면 쉽게 회복이 되겠지만 현대 도시인은 상당한 소음에 지속적으로, 무방비 상태로 노출돼 있습니다. 말초혈관이 수축하고 집중력이 저하될 정도로 강도 높은 수준이라고 합니다.

시간 부족과 오염된 환경이 바로 결혼 생활마저 힘들게 하는 적이라는 걸 생각해 보신 적이 있습니까? 도시의 부부들은 부부 싸움을 할 때 서로가 죽도록 미워서라기보다는 시간 부족, 교통난, 공해, 소음 등 환경적 스트레스 때문에 사소한 일에도 벌컥 화가 나거나 섭섭한 게 아닌지 생각해 봐야 합니다.

✔복잡한 현대 생활, 나는(우리 부부는) 어떻게 지내고 있나?

1. 시간에 항상 쫓긴다.	☐
2. 집과 일터 외에 길거리에서 보내는 시간이 많다.	☐
3. 출퇴근에 빼앗기는 시간이 많다.	☐
4. 맞벌이 부부다.	☐
5. 가사나 육아를 도와줄 사람이 없다.	☐
6. 인터넷에 매달려 보내는 시간이 하루에 두 시간 이상이다.	☐
7. 만성 피로감을 느낀다.	☐
8. 주말에는 꼼짝도 하기 싫다.	☐
9. 쉽게 짜증이 난다.	☐
10. 매사에 의욕이 없다.	☐
11. 종교 활동에 할애할 시간이 있으면 차라리 자겠다.	☐

체크된 항목 수가 많을수록 건강과 정서 통장의 위기감을 높게 느낀다는 반영입니다. 중요한 점은 실제 시간이 부족한 것만큼 마음의 여유도 없고 항상 일에 쫓기는 것 같은 불안감이 동반된다는 사실입니다. 스스로가 시간의 주인이 아니라 노예 상태가 되었다는 뜻이지요.

대처 방법

요즘 '바쁘다, 바빠'를 입에 달고 살지 않는 사람이 얼마나 될까요? 이것도 해야 되고 저것도 하고 싶은데 시간이 없어 탈입니다. 시간 부족은 현대인의 피할 수 없는 운명인지도 모르겠습니다. 하지만 똑같이 하루 24시간을 쓰는데도 여유로운 사람과 허덕이는 사람이 있습니다. 스티븐 코비는 이들의 차이는 '우선 순위'의 있고 없음에서 판가름이 난다고 했습니다.

많은 경영학 연구서를 보면 놀랍게도 뛰어난 성취를 한 사람들이 오히려 더 시간을 여유롭게 사용한다고 합니다. 결국 시간에 쫓겨 허덕이거나 일에 질질 끌려다니는 사람은 시간을 주도하지 못하고 시간의 노예가 되어 살기 때문이라는 것이지요.

저는 바쁜 직장인들을 대상으로 강의할 때 가끔 큰 유리병을 단상 위에 올려놓습니다. 그리고 청중 중에 자원자를 한 명 선정하여 책, 장난감, 펜, 꽃, 컵, 수첩, 전화기 등 주변에 있는 물품들을 모아서 이 병에 넣어보라고 합니다. 생각하지 않고 곧바로 눈에 보이는 대로 넣던 사람은 반도 못 넣고 병이 다 채워지지만, 넣기 전에 잠시 무엇부터 넣을까 생각한 뒤에 큰 것부터 순서대로 넣는 사람은 의도했던 것들을 다 넣고도 여백이 남는 것을 여실히 보여줍니다. 유리병이 하루 24시간이라면, 일 년 365일이라면, 아니 백 년도 안 되는 우리의 일생이라면 어떻겠습니까?

우선 순위를 정하라

원래 유리병을 이용하여 '중요한 것부터 먼저 하라'고 우선 순위를 강조한 사람은 스티븐 코비였지만 그는 큰 돌멩이와 작은 돌멩이를 비유로 들었습니다. 저는 큰 물건과 작은 물건뿐 아니라 탄력성이 있는 물건과 고형물체도 섞어서 보여줍니다. 왜냐하면 같은 크기라도 유연성이 있으면 유리병에 넣기가 훨씬 쉽기 때문이지요.

저는 두 아이의 엄마, 주부, 직장인, 외며느리, 또 친정아버지를 보살펴 드리는 막내딸로 일인다역을 맡고 살아왔기에 그날그날 우선 순위를 정하지 않았더라면 아마 오래 전에 쓰러졌을 것입니다. 지금같이 비교적 건강을 지켜가면서 즐겁게 여러 일을 할 수 있는 가장 큰 비결은 우선 순위를 정하되 유연성을 가졌기 때문이라고 생각합니다.

예를 들어 아이들이 어렸을 때와 친정아버지를 모셨을 때에는 제 강의 시간을 줄이고 남편과 같은 시간에 강의를 하지 않음으로써 혹시 아이들이 아프거나 하면 둘 중 하나는 집에서 아이와 함께 있도록 유연성을 가졌습니다.

깨지기 쉬운 인생이라는 유리병 속에 건강, 가정, 직장, 돈벌이, 취미생활 등 원하는 것을 모두 채워 넣고 싶으면 우선 순위를 정함과 동시에 시간적, 순차적 유연성을 가져보시라고 권하고 싶습니다.

시간 점검표로 시간을 관리한다

다음은 일주일 단위로 시간을 관리하는 방식입니다. 직접 적어보면서 자신이 시간을 어떻게 쓰고 있는지 점검해 보시기 바랍니다.

아래 각 항목에 몇 시간을 쓰는지 적어보십시오. 시간은 일주일 단위입니다. 수면을 예로 들어보겠습니다. 평일에는 하루 평균 7시간 자고, 주말에는 9시간 잔다면 수면 항목 옆에 51 시간을 기입하십시오(6일 × 7시간 + 1일 × 9시간=주 51시간).

항목	시간
1. 일(직장에서 보내는 시간)	
2. 출퇴근(길에서 보내는 시간)	
3. 잠	

4. 식사

5. 신체 관리(샤워, 화장 등)

6. 건강 관리(운동이나 산책 등)

7. 휴식(혼자 보내는 시간)

8. 자녀와 함께 보내는 시간

9. 부부가 함께 보내는 시간

10. 가사 노동

11. 시가나 처가 가족들과 보내는 시간

12. 사교(남과 함께 보내는 시간)

13. 종교(신앙 활동에 보내는 시간)

14. 기타

합계

총합이 168시간과 얼마나 차이가 납니까?(일주일은 168시간입니다) 대략 10시간 정도의 차이는 크거나 적거나 전혀 문제가 되지 않습니다. 시간을 정확히 따져보지 않았기 때문이지요. 하지만 시간 차이가 크면 클수록 시간 관리가 허술하다는 증거입니다.

만약 합이 168시간보다 10시간 이상 크다면 생활의 우선 순위를 다시 고려하셔야 합니다. 만일 합이 168시간보다 10시간 이상 적다면 기타 또는 '개인 시간'을 제대로 계산했는지 체크해 보십시오. 우리는 일반적으로 개인 시간을 적게 책정합니다. 두 경우 다 시간을 잘못 쓰는 것입니다. 합이 168시간이 되도록 각 항목에 할애된 시간을 조정해 보시기 바랍니다.

만일 합이 168시간과 20시간 이상 차이가 난다면 문제가 심각합니다. 또한 각 항목별로 시간을 계산하는 데 어려움이 많다면 생활에 리듬이 없을 확률이 높습니다. 이 역시 좋은 경우가 아닙니다. 크게 보아 1과 2 항목은 재정 통장을 위한 시간이고 3~7은 건강 통장을 위한 시간입니다. 8~10은 가족을 위한 시간이며 11~13은 도우미 통장을 위한 시간입니다. 8~10이 정서를 채우는 시간인지 싸우느라 정서를 탕진하는 시간인지 생각해 보시기 바랍니다. 혹시 8~10이 정서를 고갈시킨다면 14 기타 항목에 스스로 정서를 채우는 시간을 만들기를 권합니다.

여유는 저절로 생기는 것이 아닙니다. 여유는 만드는 것입니다. 독자분들도 시간이 남아서 이 책을 읽고 있는 것은 아닐 것입니다. 어렵게 여유를 만드셨겠지요.

결혼은 장기전이다

저희 부부는 아이들이 어릴 때 두 사람의 시간을 합쳐 하루를 48시간으로 만들었습니다. 밤에 아기가 깨서 젖을 주어야 할 경우는 제가 밤새 돌보고 새벽에는 남편이 아기를 돌보다 학교에 출근했습니다. 그러면 저는 그 뒤를 이어받아 다시 아기와 놀아주고 오후에 남편이 퇴근하면 제가 쉬고 남편이 아기를 보고, 제가 저녁을 준비하면 남편이 설거지하는 식으로 둘이 교대로 시간을 엮어나갔습니다. 아마 각자 24시간을 차지하려고 했다면 서로 피곤해 늘 스트레스를 받았을 테지만 24시간을 합쳐 48시간에서 먼저 아기에게 필요한 시간을 충분히 주고 나머지는 저희 둘이 형편껏 나눠 썼습니다. 이렇게 시간을 공유함으로써 아기가 태어남과 동시에 벌어지는 핵가족 부부의 시간 부족 위기를 무사히 넘길 수 있었습니다.

요즘 맞벌이 부부가 늘고 있는데 각자 24시간을 다 쓰고 부족한 시간을 배우자로부터 얻고자 한다면 그야말로 매일이 싸움의 연속이 될 것입니다. 둘 사이에 자녀가 있다면 자칫 자녀가 충분히 잠자고 놀고 먹을 시간마저 부모의 스케줄에 맞추게 할 수밖에 없습니다. 곤하게 자는 아이를 새벽에 깨워서 빨리빨리 아침 먹이고 빨리빨리 옷갈아 입혀 서둘러 놀이방에 데리고 가고, 저녁 때는 늦게까지 놀이방에서 엄마나 아빠가 데리러 오기를 기다리게 합니다. 바쁜 맞벌이 부부는 어쩔 수 없이 자녀의 유아 시절을 빼앗는 것입니다.

저는 결혼 생활도 장기 전략을 세워 서로의 시간을 합쳐서 공유하다 보면 각자가 할 수 있는 것보다 훨씬 많은 일을 성공적으로 할 수 있다고 믿습니다. 저희 부부는 둘 다 박사 학위를 마칠 무렵에 결혼을 했지만 남편이 먼저 자리를 잡을 때까지 제가 전업주부 역할을 맡았고, 둘째 아이가 유치원에 들어간 이후에는 남편이 아이들과 놀아주는 시간을 대폭 늘리고 살림도 많이 돌봐주어 제가 일을 하는 데 지장이 없도록 도와주었습니다.

저희 부부가 20여 년 결혼 생활을 용케 견뎌온 비결은 앞서 말씀 드렸던 양보와 타협, 그리고 유연성과 우선 순위를 개인 단위로서뿐만 아니라 부부 단위로 계획할 수 있었기 때문이라고 생각합니다.

이렇듯 각 가정의 노력도 필수지만 기업들도 가족친화정책을 좀더 확산해야 합니다. 한국 스티펠의 권선주 사장은 자신이 주부로 어머니로 사느라 많은 꿈을 버렸던 아픈 기억이 있기에 고용주가 된 후에 여사원들의 육아 문제를 적극적으로 이해해 준다고 합니다. 예를 들어 상당히 이른 편인 1994년부터 주5일제를 실시했는가 하면 오후 5시 30분이 되면 직원들에게 무조건 퇴근을 강요하고, 또 아침에 잠자는 아내를 깨우지 말라는 뜻에서 사내 카페테리아에 모여 아침 식사를 함께 하게 하는 독특한 전통도 만들었다지요. 이렇게 앞서가는 기업주가 늘어나고 질 좋은 보육 시설이 충분해지고 국가가 적극 지원을 해준다면 핵가족 부부의 부담은 훨씬 줄어들 것입니다.

하지만 국가나 정책이 바뀔 때까지 우리가 늙지 않고, 우리들의 소중한 자녀가 자라지 않고 가만히 기다리는 것은 아닙니다. 하루가 다르게 자라나는 자녀를 위해 부모가 서로의 24시간을 합치거나 커리어 쌓기를 순차적으로 한다든가 성공과 출세를 미루고 가정과 자녀에게 시간을 할애한다면, 비록 돈은 적게 벌지 모르고 출세도 늦어질지 모르지만 부부의 가장 소중한 공동 자산인 자녀에게는 확실한 혜택을 줄 수 있고, 가족의 건강과 정서적인 자산을 잃지 않을 것입니다.

시간 부족 때문에 부부 사이에 불화가 있다면 둘의 시간을 24시간씩 따로 쓰지 말고 합쳐서 48시간 단위로 공유하며 우선 순위를 자녀와 가족에 두는 방법을 고려해 보시기 바랍니다. (단, 이를 위해서는 자녀가 태어난 이상 이혼하지 않겠다는 확고한 전제조건부터 실행되어야 합니다.)

다운시프팅한다

우리는 종종 이상한 법칙에 얽매여 삽니다. '성공이란 남보다 치열하게 경쟁하여 남보다 앞서고 돈 많이 버는 것이다'라는 법은 헌법에도 없는데 왜 수많은 사람들 머릿속에는 마치 바위에 새겨진 십계명처럼 군림할까요?

혹시 다운시프트(downshift)족을 아십니까? 다운시프트족은 치열한 생존 경쟁에서 자진 이탈해서 재정적인 수입과 사회적 지위에 연연해

하지 않고 느긋하게 삶을 즐기고 싶어하는 사람들을 말합니다. 유럽과 미국에서 유행하고 있는데, 원래 일벌레로 소문난 영국인들 사이에서 가장 눈에 띄게 증가세를 보이고 있다고 합니다.

남보다 좀더 많은 연봉을 받고 좀더 빨리 승진하려는 신분상승형, 출세지향형과는 정반대로 '좀 덜 벌고 천천히 살자'는 다운시프트형 느림보족이 유럽에서는 지난 6년간 30퍼센트나 증가했고 앞으로 훨씬 더 증가할 것으로 전망됩니다.

이들 중에는 중산층 전문직이 많고 금융업이나 법조계, 정보통신업계 종사자들이 많은데 평소 '느리게 사는 의미'를 피부로 느끼기 때문으로 분석됩니다. 이들은 정기 급여와 연금을 일찌감치 포기하고 재택근무나 마음에 맞는 자영업을 택하거나 아예 주거지를 도시 외곽이나 전원으로 옮기는 경우도 드물지 않습니다.

다운시프팅은 고소득 전문직 여성들 사이에도 확산되고 있습니다. 최근《뉴욕타임즈 매거진》기사에 따르면 2003년 미국 예일대 학부 졸업생의 50퍼센트가 여성이고, 버클리 법대는 63퍼센트, 하버드대 46퍼센트인데, 이들은 거액의 연봉으로 스카우트를 받아 사회 생활을 시작하다가 가정과 육아를 위해 자발적으로 반업제로 근무 시간을 줄이거나 직장을 떠나는 예가 속출하고 있다고 합니다. 이 여성들은 성공의 개념을 새롭게 정의하면서 "성공이란 만족, 균형, 맑은 마음을 갖는 것"이라고 주저없이 말합니다.

한국에서도 다운시프팅을 하는 예가 종종 대중매체에 소개되고 아무리 도시 생활이 주는 스트레스가 많다 해도 이런 선택을 하기는 쉽지 않을 듯합니다. 또 고소득 전문직을 가진 배부른 사람들이나 그런 선택권이 있지, 하루 벌어 하루 사는 저소득층은 꿈도 못 꿀 일이라

반박하실 분도 많을 것입니다. 대부분은 그냥 생각뿐이지 막상 이사를 가려면 집값 문제, 아이들 학원 문제 등등의 걱정으로 망설이게 됩니다.

하지만 전문가들은 주5일제가 정착되면 사회 전체가 '일'을 위해 살던 시대에서 '가족의 행복'을 위해 사는 시대로 질적인 변화가 일어날 것이라고 예측합니다 .

저는 무엇인가를 얻기 위해서는 치러야 할 대가가 분명 있다고 생각합니다. 무엇을 얻을지 무슨 대가를 치를지는 당연히 각자의 선택이겠지요. 도시 생활의 스트레스가 건강을 해치고 정서를 고갈시키며 결혼생활을 위협할 만한 적이 된다면, 공기 맑고 인심 좋은 작은 도시로 거주지를 옮겨보는 것도 하나의 해결책이 될 수 있지 않을까 합니다.

복잡한 대도시를 탈피하는 것은 어디까지나 개인의 취향이고 선택사항일 뿐입니다. 형편상 대도시를 떠날 수 없는 분들도 많을 테고, 또 대도시에 사는 것이 더 편하고 즐거운 사람도 많을 것입니다. 어디에 살든 스트레스에서 오는 건강 손실과 정서 손실을 막을 수 있는 나름대로의 방식을 찾아보시길 바랍니다.

'처가'와 '시댁', 갈등하는 가족 문화

결혼한 지 3년 된 권혁(32세, 사법연수생) 씨와 유미혜(29세, 그래픽 아티스트) 씨는 명절 때마다 한번도 기분 좋게 보내본 적이 없습니다. 권혁 씨는 장남, 유미혜 씨는 외동딸인지라 양쪽 부모의 기대와 총애를 아낌없이 받고 자란 만큼 결혼 후에도 양가의 영향력이 부딪히는 때가 많습니다.

유미혜 씨의 부모님은 외동딸의 든든한 앞가림이 되어주어야 할 사위가 자기 부모 눈치 보느라 미지근한 태도를 취하는 게 괘씸합니다. 또 은근히 출가외인을 기대하는 사돈에게 봉건시대를 못 벗어난 촌스러움과 답답함을 느낍니다.

유미혜 씨에게 더욱 스트레스를 주는 것은 아들을 낳아야 한다는 시부모님의 성화라고 합니다. 아기를 낳으면 여자가 훨씬 힘드니 경력부터 쌓고 천천히 낳아도 된다는 친정부모님과 너무 대조적이라 시댁에 전화 드리기조차 부담스럽다고 합니다.

한편 권혁 씨는 장남 노릇 하기도 벅찬데 장인 장모가 데릴사위 역할을 기대하는 것이 늘 버겁습니다. 연휴면 골프 치자, 외식하자며 불러내는 것도 달갑지 않습니다. 사위 노릇 얼마나 잘하는지 평가받는 것 같아 불쾌한 기분마저 든답니다. 권혁 씨는 고된 사법연수 과정을 밟고 있는데 아내와 양쪽 부모의 요구 사항이 너무 많아 심신이 고달프다고 합니다.

이 부부는 비교적 재정 통장이나 건강 통장, 정서 통장에는 큰 문제가 없지만 도우미 통장이 바로 불화의 씨라고 하겠습니다. 자녀의 수가 급격히 감소한 1965년 이후에 출생한 부부들에게 양가 부모의 기대와 요구는 매우 높을 수밖에 없습니다. 예전처럼 형제자매가 대여섯이라면 부모의 기대감도 확산되고 효도도 여럿이 분배할 텐데, 한두 자녀에게 농축되어 있으니 자녀의 처지로서는 부모에게 많이 받은 만큼 구속감도 크고 부담스럽습니다.

또 공자 왈 한마디면 누구나 알아듣고 통하던 조선시대의 가족 문화는 사라지고 이제는 사람마다 기대치도 다르고 역할 한계도 모호해졌습니다. 딸 아들의 역할, 남편 아내의 역할, 사돈간의 거리감도 기준이 없고 제각각입니다.

이렇게 혼란스러운 이유는 우리의 가족 형태가 가부장 확대가족, 핵가족, 무자녀 맞벌이 가정, 동거 부부, 편부모 가정, 이혼과 재혼 가정 등으로 너무 빨리 변하느라 미처 모두가 동의할 만한 기준이나 규범이 정립될 시간이 없었기 때문입니다. 원가족과의 불화로 이혼하는 부부가 비일비재한 것도 역할과 기대감에 대한 합의 없이 일방적인 행동 때문에 벌어지는 경우가 아니겠습니까?

저는 권혁 씨와 유미혜 씨의 양가 부모님들을 모두 만나보았습니다. 개인적으로는 모두 훌륭한 분들이었습니다. 단지 이들은 각자 가지고 있는 가족이라든지, 인척관계에 대해 '내 기준이 이러하니 남도 마땅히 그래야 하는 것 아니냐'고 기대하기에 마찰과 갈등이 커진 것입니다.

진짜 외부의 적은 급작스런 핵가족화로 인해 아직 정립되지 않은 가치관의 충돌인데 이 진짜 외부의 적을 인식하지 못하니 마치 서로가 잘못해 그런 것처럼 상대방을 적으로 삼게 된 것입니다.

✔ 시댁과 친정 문제로 이렇게 대립한 적이 있다

1. 명절 때 어느 쪽 부모님을 먼저 찾아뵐지로 다툰다. ☐
2. 가족 대소사 때마다 부부 싸움을 한다. ☐
3. 우리 집 가풍이 배우자 가풍보다 우월하다고 믿는다. ☐
4. 한쪽 식성 위주로 음식을 먹는다. ☐
5. 사돈끼리 은근히 경쟁하고 자존심 대결을 한다. ☐
6. 친인척 가운데 만나기 싫은 사람이 있다. ☐
7. 너희 집에서는 그렇게 배웠냐고 비난조로 말한다. ☐
8. 처가 식구나 시가 식구 흉을 본다. ☐
9. 한쪽 집에만 왕래한다. ☐

체크된 항목 수가 많을수록 도우미 통장의 위기감을 높게 느낀다는 반영입니다. 중요한 점은 기대와 역할에 대한 경계의 모호함 때문에 갈등과 불화가 커진다는 사실입니다. 이때 기준과 경계를 확고히 설정할 사람은 바로 결혼한 부부 당사자들입니다. 부모로서는 자녀들이 잘

사는 게 소원이라 도와주고 싶어서 경계를 넘어서는 일도 서슴지 않겠지만, 결과적으로 본다면 양가 부모가 개입될수록 부부 사이는 어려워지게 되어 있습니다.

대처 방법

우리나라는 전통 확대가족에서 핵가족으로 변하는 데 단시일이 걸렸고 동시에 도시화와 산업화, 그 밖의 여러 이데올로기의 영향까지 받아서 한마디로 뒤죽박죽인 가족 문화를 이루었습니다. 이런 한국적인 특수 상황 때문에 고부간의 갈등만이 아니라 부부 사이, 시누와 올케 사이 등 모든 친인척 관계에 갈등의 소지가 항상 내재해 있다고 봅니다.

그럼 가족간의 문제를 어떻게 풀까요? 한 집안의 문화를 바꾼다는 것은 혼자 힘으로는 참 어렵습니다. 저는 딸 다섯에 외아들인 경상도 집안의 외며느리로 20여 년간 살아오면서 상황에 휘둘리기보다 조금씩 적응하면서 가족간의 화목을 이루어왔습니다. 제가 결혼할 때 저의 친정어머니는 "어떤 상황에서도 네 할 도리만 해라"는 말씀을 해주셨습니다. (저희 어머니는 일제시대에 고등사범학교를 나온 신여성으로 평소 아버지와 평등 부부로 살아오셨기에 이런 구식 충고는 사실 뜻밖이었습니다. 하지만 제가 결혼 생활을 하면서 돌이켜보니 저희 부모님이 화목한 평등 부부로 50년을 사실 수 있었던 비결은 서로 한없이 양보하고 베풀며 살아오셨다는 데 있었다는 것을 깨달았습니다.)

저는 결혼 직후부터 다섯 명의 시누이들이 제게 친자매같이 잘 대해

주고 너무 마음 편하다 싶어 제가 엄청나게 며느리 노릇을 잘하는 것으로 믿었습니다. 하지만 몇 년 뒤에 저의 막내 시누이를 통해 진짜 이유를 알았지요. 시아버님이 어릴 때부터 딸들에게 귀에 못이 박히도록 가르침을 주셨다고 합니다. "장차 우리 집에 며느리가 한 명 들어올 텐데 너희는 다섯이고, 올케는 한 명이다. 너희가 올케에게 잘 해주면 집안이 화목해질 것이요, 다섯이 작당하여 못되게 굴면 집안에 불화가 끊이지 않을 거다"라고 세뇌 교육을 하셨다는 것입니다. 시아버님은 신혼 초에 붓으로 손수 여섯 글자를 제게 적어 주셨습니다. "탈여지 선여지"라는 글로, 풀이하자면 "받고 싶으면 먼저 주라"는 뜻이라 하셨습니다.

모든 부모들이 이삼십 년에 걸쳐 이런 예비 교육을 시키기 어렵다면 적어도 약혼 기간이나 신혼 때 서로 어떤 역할과 기대를 할지 의견을 나누는 것이 꼭 필요하다고 생각합니다. 시간이 없다구요? 웨딩 드레스 맞추고 예단 사고 사진 찍는 시간을 줄여보면 어떨까요? 결혼식장에서 30분 동안 남한테 어떻게 보일까에 신경을 쓰기보다 평생을 서로에게 어떤 모습으로 살 것인가에 더 노력을 기울이는 것이 행복한 결혼 생활을 만드는 비결이라 봅니다.

각자의 역할과 한도를 정한다

이미 시댁이나 처가 식구들과의 갈등으로 고생하는 분들이라면 대화를 통해 바람직한 역할에 대해 고민하고 양보와 타협점을 찾는 노력을 기울여야 합니다.

한 재미 교포 가정을 예로 들어보겠습니다. 남편은 현재 54세로 한국에서 대학을 졸업하고 미국으로 유학갔다가 정착한 사람인데 형제우

애를 최고의 미덕으로 삼는 가정에서 자랐습니다. 그의 아내는 중학생 때 미국으로 이민을 갔고, 형제라도 결혼했으면 각자 독립적으로 살아야 한다는 가치관을 지녔습니다.

이 부부는 결혼 후 본가 식구들과의 문제로 다툼이 끊이지 않았습니다. 남편은 여동생네가 집 살 때, 동생이 사업을 시작할 때, 큰형수가 아플 때 등 갖가지 가족 일에 물심양면 도와주고 싶어하고, 아내는 가계 예산이나 노후 대책도 생각하지 않는, 끝도 없는 남편의 시댁 퍼주기에 지쳐버렸지요. 저는 이 부부가 싸울 때마다 진짜 쟁점은 놓아둔 채 누가 옳으냐 그르냐, 누가 잘났냐 못났냐로 되풀이해 싸우는 것에 대해 지적했습니다.

이 부부의 진짜 쟁점은 남편의 '형제우애와 효도'라는 무의식적 가치관이 아내의 재정, 건강, 정서, 도우미 통장을 위협하는 데 있다고 진단하고, 서로 감정적으로 흥분해 있지 않고 차분할 때 누가 누구에게 돈은 얼만큼 줄지, 시간은 얼만큼 할애할지 등, 역할과 한도를 정해보라는 처방을 주었습니다. 또 최고 한도를 서로 합의하고 이 한도를 벗어날 때에는 어떤 벌칙이 따를지도 정하라고 했습니다.

치사하고 야속한 것 같지만 서로 역할과 한도를 정하고 나니까 매번 같은 일로 싸우지 않게 되었다고 합니다. 남편도 처음에는 매우 불편해 하더니 노후 대책을 걱정하는 아내의 불안감에 수긍을 하고 나서 무조건 고집하던 60년대식 미풍양속을 2000년대 식으로 업그레이드 했답니다. 그러고 나니까 아내와 사이가 훨씬 좋아졌다고 합니다.

이밖에도 아들 집에 와서 냉장고 청소며 신발장까지 정리해 주는 시어머니, 사위의 양말이며 헤어 스타일까지 간섭하는 장모님, 형수 눈치도 안 보고 시도 때도 없이 놀러와서 자고 가는 시동생, 툭하면 쇼핑 가자고 아내를 불러내는 처제 등, 결혼 뒤에도 원가족의 부모 형제들이 부부의 사적 경계를 침입하는 예는 무척 많습니다. 이때 가장 중요한 것은 부부가 중심에 있어야 하며 그 밖의 친인척의 행동을 변화의 대상으로 삼아야 한다는 원칙입니다. 이를테면 고부간의 갈등이 있다면 남편은 무조건 아내 편에 서야 해결이 빠르고 후유증이 적습니다. 장모와 사위 사이가 불편하다면 아내가 친정어머니 쪽을 자제시키는 역할을 맡아야 부부 사이에 금이 가지 않습니다.

간단한 것 같지만 실제로 부딪치면 원가족에게 배은망덕한 것 같아 실행에 옮기기 어렵지 않습니까? 그러나 부부의 공동 전선에 이상이 없음을 확실히 알리면 부부 사이가 악화되지 않고 오히려 모두가 만족스러운 결과를 얻을 수 있을 것입니다. 이는 동서고금의 모든 자료와 사례를 종합해 얻은 결론입니다.

외도를 권하는 사회

최선정(49세) 씨는 남편이 술 먹고 늦게 들어오는 것 때문에 이십여 년의 결혼 생활 동안 참 많이도 다퉜습니다. 직장에 다니는 신범수(52세) 씨는 신혼 때부터 회사 사람들과 술을 마시고 2차까지 갔다가 집에 들어오기 일쑤였고, 아내는 와이셔츠에 묻은 립스틱을 볼 때마다 남편이 미웠습니다. 차라리 안 보면 속는 셈 치고 믿어주겠지만 도대체 자신을 뭘로 알고 그런 증거물을 묻힌 채 들어오는가 싶어 불쾌했습니다.

신범수 씨의 해명은 한결같았습니다. "내가 정말 나쁜 짓을 했다면 당신을 속이려고 하겠지만 정말 그냥 술 먹고 동료들이랑 돌아가면서 한 번씩 춤춘 것뿐이라구. 그러니 굳이 립스틱 자국을 없애려 하지 않았지. 날 그렇게도 못 믿나?"

최선정 씨는 다른 일로는 남편과 그런 대로 정이 두텁고 서로 믿음이 있어서 남편의 술자리로 인한 늦은 귀가 한 가지 때문에 이혼까지 할 마음은 없었습니다. 그래서 어느 날 결단을 내렸다고 합니다. '매일 술 마시고 늦게 들어올 때마다 싸우지 말자. 그래봤자 내 손해고 아이들만 상처받는다.' 이렇게 결심하고 나니 부부 싸움이 훨씬 줄었다고 합니다. 되레 상사 눈치 보느라 중년이 된 몸을 축내가며 술 마시고 들어와 피곤해 하는 남편이 안쓰럽게 느껴지더랍니다.

이런 작은 변화를 계기로 이 부부는 소위 대화라는 걸 하기 시작했다고 합니다. 예전에는 아내가 일방적으로 몰아붙이고 남편은 변명 아닌 변명으로 얼버무리다가 늘 며칠씩 냉전을 했지만, 대화를 하다 보니 둘 다 한국의 직장 문화, 술 문화, 접대 문화의 피해자라는 일종의 동지애를 느끼게 된 것 같다고 합니다.

최선정 씨는 주변에서 외도 문제로 깨지는 부부들을 보며 안타까워합니다. 우리의 기업 문화와 산업화된 매춘 문화가 얼마나 부부 관계를 위협하는지를 그녀 자신이 너무나 잘 알기 때문이지요.

잘 알고 있듯이 한국에는 성매매가 직업이나 학력에 상관 없이 전반적으로 확산되어 있습니다. 실제로 향락업소를 이용한 한국 남성 중 60.9퍼센트가 접대부와 성관계까지 맺은 경험이 있다고 합니다. 남성들은 왜 성관계를 아내가 아닌 매춘 여성과 할까요?

매춘을 이용하는 한국 남성의 51.4퍼센트는 스트레스나 성적 욕구를 풀기 위해서라고 말합니다. 25.7퍼센트는 회식 분위기에 휩쓸려서, 11.4퍼센트는 업무상 접대차원에서, 10.1퍼센트는 업소여성이 더 적극적으로 나와서 매춘을 이용한다고 합니다. 결국 본인이 좋아서 하는 것 반, 회사 일이나 타의로 하는 게 반이라는 뜻입니다.

최선정 씨와 신범수 씨는 다행히도 접대부와의 매매춘을 한국의 기업 문화, 술 문화, 매매춘 산업 등 외부의 탓으로 규정하고 서로를 믿음으로써 위기를 극복하였습니다. 그러나 대부분의 부부들은 오늘도 범람하는 매춘 문화 속에서 위협을 받으며 계속 부부 싸움을 할지도 모릅니다.

향락 산업과 기업 문화, 술 문화는 한 가정의 라이프 통장을 여러 차원에서 손상시킵니다. 우선 매매춘이라는 말 그대로 성행위를 돈을 주고 하니까 당연히 재정 통장에 지출이 생깁니다.

매매춘 문화는 또한 부부의 건강 통장에서 건강을 빼내갑니다. 아마도 가장 큰 위협은 에이즈나 성병에 감염될 위험이며, 남편이 감염된 것을 모르면 아내와 자녀 또한 감염될 위험이 큽니다.

매매춘은 부부의 정서 통장에도 적자를 내기 쉽습니다. 앞서 말씀드렸듯이 기혼 남성들의 51.4퍼센트가 스트레스나 성적 욕구를 풀기 위해 매춘을 이용한다고 하니 아내에게 스트레스를 주지 않으려는 배려인지 아내로부터 성적 만족을 못 느끼고 대화도 안 되어서 그런지 모르겠습니다.

남편이 다른 여성과 '부적절한 관계'를 갖는다는 것은 자신의 존재가치를 무시당하는 것으로 여겨져 남편에 대한 친밀감과 신뢰도가 떨어지게 됩니다. 외도를 공개적으로 알리고 허락 받고 하는 남편은 극히 적을 테고 대부분 아내 몰래 속이고 하니까 부부 사이에 정서적인 깊은 교류가 생기지 않을 것입니다.

다음 질문을 체크해 보십시오.

✔ 당신은 외도에 대해 어떻게 생각하십니까?

1. 여럿이 룸살롱에 가는 것은 괜찮다고 생각한다. □
2. 몸만 줄 뿐 정을 주지 않는 매매춘 행위는 무해하다고 믿는다. □
3. 포르노나 음란물 인터넷 중독은 모든 남자들이 거쳐가는 통과의례다. □
4. 폰팅 정도는 부부 사이를 해칠 만큼 유해하지 않다고 생각한다. □
5. 권태스런 배우자와 이혼하는 것보다 잠시 외도하는 편이 낫다. □
6. 외도는 무미건조한 부부 생활에 활력을 되찾아준다고 생각한다. □
7. 배우자의 외도에 맞바람 피움으로써 복수하고 싶다. □
8. 배우자의 관심을 끌기 위해 일부러 외도하는 듯한 인상을 풍긴다. □

체크된 항목 수가 많을수록 부부 사이에 정서 통장이 고갈될 위험이 높습니다. 중요한 점은 본인은 '남들도 하니까' 하면서 별일이 아니라고 생각할지 몰라도 배우자에게는 신뢰감, 친밀감, 자기 존중감 등을 박탈하는 위험한 행동이라는 사실입니다.

대처 방법

사회 제도는 사회 구성원들의 변화 속도를 앞서가지 못하기 때문에 제도가 바뀌기를 기다리기 전에 나 자신부터 변하자는 게 제 생각입니다. 성매매를 걱정하는 주부들은 마음 속으로 이런 시나리오를 전개해 보십시오. 만일 남편이 외도를 한다면 용서하겠는가? 아이를 위해 모른 척하고 덮어줄 아량이 생길까? 등등. 물론 결론을 내리기 힘듭니다. 당연히 용서하기 힘들지만 그렇다고 죄없는 아이에게 아빠 없이 자라게 한다는 것도 불공평할 테니까요.

기본 원칙을 정한다

이럴 경우 예방이 가장 좋은 처방입니다. 아기가 태어난 이상 이혼은 하지 말자, 그렇다고 무조건 억지로 결혼을 지속해야 하는 상황이 벌어져도 서로 괴로울 테니까 다음 세 조건만 지킨다면 이혼은 하지 않기로 약속하자고 말입니다. 가족 치료를 하다 보면 다음 세 가지 원칙만 지켜도 많은 가정이 깨지는 것을 막을 수 있다는 생각이 듭니다.

첫째, 어떤 상황에서라도 폭력은 사용하지 않는다.
둘째, 술, 마약, 도박 등에 빠지지 않는다.
셋째, 외도를 하지 않는다.

첫번째 사항에 폭력 수위도 정하면 좋은데 팔을 세게 잡는다든가, 몸으로 밀치는 행위, 그리고 욕을 수반한 언어 폭력을 첨가하면 더 안전할 것입니다. 두 번째 사항으로 술, 마약, 도박 등에 대해서도 어느 선까지 허용할 것인지를 부부가 사전에 정해야 합니다.

특히 세 번째 외도 규정에 대해서는 사회 분위기도 그렇고 맞벌이 부부도 늘고 있어서 예전처럼 '무조건 내외를 지켜야 한다'는 규정은 비현실적입니다. 좋은 감정을 느끼는 정도나 누가 호감을 표시하는 것 정도까지는 허용하고, 사적으로 비밀리에 만난다거나 키스 이상의 신체 접촉을 하는 것부터 '외도'로 간주한다든가 하는 방법이 있을 것입니다.

부부 사이에 벌칙을 미리 정해놓는다

이 세 가지 약속이 확실히 지켜지려면 벌칙까지도 정해야 합니다. 예를 들자면 이런 벌칙을 결혼 초기에 만들어놓는 방법도 있을 것입니다. 즉, 위의 세 항목 중 어느 것이든 단 한 번이라도 어길 경우 위반한 사람이 집, 자동차, 연금, 은행 저축 등 모든 재산을 남기고 즉각 떠날 것이며, 자녀 양육권도 약속을 어긴 사람이 잃을 것이다. 이에 대해서는 왈가왈부 논의하거나 다투거나 할 필요도 없다. 이런 엄벌을 각오하고도 폭력을 행사한다거나 외도를 한다면 그 때는 차라리 깨끗이 헤어진다는 등의 처벌 규정을 마련하는 겁니다.

이런 약속을 정한 뒤에는 다투더라도 극단으로 치닫거나 파괴적인 행동을 하지 않을 거라는 믿음이 있으니 가능한 최단시간에 문제 해결책을 찾도록 온힘을 기울일 수 있을 것입니다.

너무 심한 것 아니냐, 한두 번쯤은 용서해도 되지 않겠냐고 반문하는 분들도 있을 것입니다. 하지만 이런 엄벌 규정을 제안하는 데에는 근거가 있습니다. 청소년 섹스, 마약, 알코올 남용, 총기류 문제 등에 숱한 시행착오를 거친 미국의 학교들은 몇 해 전부터 '단 한 번도 너무 많다'는 '제로 톨러런스(zero tolerance)' 정책을 펴고 있습니다. 몇 번 허용한 뒤에 수습대책을 쓰는 것은 별효과가 없다는 것을 수십 년 동안, 수십억 달러의 예산을 교도소에 쏟아부은 뒤에 깨달은 것이지요. 아예 한 번도 죄를 짓지 않도록 철저한 예방 교육을 하고 단 한 번이라도 위반할 경우 즉각 처벌하는 것이 최선책이라는 연구 결과에 따른 것입니다.

각 가정마다 부부가 나름대로 제로 톨러런스 항목을 정해서 (너무 많으면 골치 아프니 두세 가지 정말 어기면 안 될 사항만 정해서) 불화를 예방하면 이혼하는 부부들이 상당히 줄어들 것이고, 무엇보다 부부의 라이프 자원을 훨씬 발전적으로 사용할 수 있을 것입니다. 아예 약혼 기간 동안 정하거나 결혼 서약에 포함하면 더 좋을 것입니다. 무엇보다 중요한 것은 서약 사항이 솜방망이가 되지 않도록 처벌조항도 꼭 첨부하는 것입니다.

상대의 잘못을 용서해 줌으로써 나를 해방시키자

약속한 대로 모든 사람이 순결과 정절을 지키며 산다면 아마 제일 먼저 오락과 예술산업이 망하고 말 것입니다. 그 다음은 경찰관, 법관, 변호사들이 대거 실직하겠지요. 아니, 그보다도 종교계가 먼저 파업하고 나설지도 모릅니다. 그러나 아직 이런 일은 벌어지지 않고 있으니 우리가 얼마나 약속을 지키지 못하고 있는지를 반영하는 증거가 아닐까요?

문제는 배우자가 약속을 어기고 성매매나 외도를 했다는 것을 알았을 때 어떻게 할 것이냐입니다. 재산도 다 뺏고, 자녀의 양육권도 다 차지하고, 대내외에 자신의 도덕적 우월성을 과시한다 해도 마음의 상처와 가정이 깨진 후유증은 오래갈 것입니다. 배우자가 너무 미워서 절대로 용서를 못할 것 같습니다. 어찌해야 할까요?

답은 그래도 '용서하라'입니다. 이상하게도 이러한 답을 자신있게 내놓는 사람들은 종교 지도자가 아니라 의사와 심리학자들입니다. 지난 1996년까지만 해도 '용서'는 종교학과 신학의 범주에 속했는데 최근 의학과 심리학계에서는 용서가 건강과 행복감을 증진시킨다는 연구 결과를 계속 발표하고 있습니다. 용서에 대한 연구 논문이 불과 7~8년 전만 해도 전 세계적으로 480여 편밖에 없었는데 지금은 한 해에 세계 각지에서 5, 6천 편씩 연구 논문이 발표되고 있다고 합니다. 그중 대다수는 의학과 심리학 연구 결과로, 용서는 잘못한 사람을 위해서라기보다 자기 자신의 건강과 마음의 평화, 즉 스스로의 웰빙을 위해서 꼭 필요하다는 것입니다.

'널 용서하면 네가 죄사슬에서 풀어진다'가 아니라 '너를 용서해야 내 아드레날린, 혈압, 혈당이 내려가고, 내 마음이 평화로워진다'는 것입니다. 스스로 용서하는 방법에 대해 고민하고 실천할 수 있도록 노력해 보고, 도움이 필요하면 이러한 방법에 대한 심리 치료도 많이 개발되었으니 전문가의 도움을 받으시기 바랍니다.

5장 부부 리모델링 3단계

남녀 차이를 제대로 이해하기

진단이 정확해야 치료도 가능하다

20년 가까이 저희 가족의 주치의였던 마크 시브스키 박사는 노련한 의사답게 먼저 증상을 다 들어보고 몇 가지 질문과 검사를 한 뒤에 진단과 처방을 합니다. 즉, 아주 위급한 상태가 아닐 때에는 몸을 가장 덜 다치게 하는 치료법부터 시작하는 것입니다(물론 책임감 있는 의사답게 항상 최악의 사태까지를 염두에 둔답니다). 신기하게도 첫 한두 단계에서 병은 말끔히 낫고 이런 그의 치료 덕분에 저희는 아직까지 별 탈 없이 건강을 유지해 오고 있습니다.

어느 날 발을 좀 다쳐서 병원에 갔더니 시브스키 박사가 휴가 중이라 갓 의사면허증을 얻은 젊은 의사에게 치료를 받게 되었습니다. 그는 몇 마디 채 듣지도 않고 무슨 검사를 받아라, 무슨 병원에 가봐라 하고 무척 겁을 주면서 독한 항생제부터 처방하고 여차하면 수술까지

하자는 것이었습니다.

부부 사이에 문제가 있을 때에도 일단 어느 라이프 통장에 문제가 있는가를 파악한 뒤 그 원인이 부부를 둘러싼 환경(외부)에 있는 것인지, 부부 개개인이 아니라 모든 사람이 느끼는 남녀 차이와 신체적 생리의 변화 때문인지를 알아보십시오. 왜냐하면 부부 불화의 원인을 '당신 탓' 또는 '내 탓'이라고 성급히 단정짓고 성격을 고치려 한다면 마치 배가 아프다고 곧바로 맹장 수술하자는 것처럼 위험한 결과를 가져올 것입니다.

물론 최악의 경우까지를 다 염두에 두어야 하지만 서로의 본성을 다칠 수 있는 위험한 치료를 시작하기 전에 '당신은 남자(여자)이기 때문에……' 또는 '우리 몸이 예전 같지 않아서……' 그런 것은 아닌가 하고 생각해 보자는 것입니다.

남녀 뇌의 차이가 갈등을 일으킨다

뇌는 인류가 아직 정복하지 못한 마지막 미개척지라고 합니다. 부시 전 대통령은 일반인들에게는 잘 알려지지 않았지만 취임하자마자 1990년부터 2000년까지 10년을 '두뇌 연구 기간'으로 선포하여 막대한 예산을 두뇌 연구비로 지원했습니다. 과연 10년 동안 두뇌과학(Neuroscience 또는 Brain Research)은 괄목할 만하게 발전했고, 그 동안 축적된 연구 성과가 속속 발표되고 있습니다.

예전에는 눈으로 확인해 볼 수 있는 뇌의 기능이 한정되어 가설과 추측에 의존했지만, 요즘은 첨단기술이 발전해서 우리가 생각하고 말하고 느끼는 실시간에 바로바로 뇌의 활동을 컴퓨터 모니터를 통해 눈으로 확인해 볼 수 있습니다. 의학뿐 아니라 이제까지 심리학이나 사회학에서 풀지 못했던 많은 의문점들이 눈으로 검증할 수 있는 확실한

데이터로 풀리게 된 것입니다.

미시간 텍 대학에서 '뇌과학과 뇌심리학' 과목을 가르치면서 저는 특히 부부 문제를 이해하는 데 도움이 되는 자료들을 모아두고 있습니다. 그중 중요한 몇 가지만 알려 드리겠습니다.

남자와 여자의 뇌는 쉬는 방식이 다르다

맞벌이 부부가 늘면서 가사와 육아 문제로 다투는 부부들이 많습니다. 일하고 집에 돌아오면 피곤하다는 사실은 말 안 해도 알 텐데 남편들은 대개 집에 오면 가사와 육아를 아내에게 맡기고 혼자 편히 쉬려고 합니다. 이때 아내는 속이 부글부글 끓게 마련이지요.

유미나(33세, 물리치료사) 씨와 최병걸(33세, 방사선과 의사) 씨는 같은 병원에서 일합니다. 14개월 된 아기를 놀이방에 맡기고 있는데, 퇴근 때 유미나 씨가 아기를 데리러 가고 최병걸 씨는 마트에 들러 저녁거리를 사옵니다. 여기까지는 분업이 잘 되는 것 같은데 그 이후부터가 문제입니다.

엄마와 떨어져 지낸 아기에게 미안해서 아기를 꼭 안고서 이 말 저 말 물으며 현관에 들어서는 순간 유미나 씨는 맥이 탁 풀립니다. 두 눈에 들어오는 것은 신발 벗는 곳에 내던져진 비닐 봉투와 맥주 캔을 들고 거실 텔레비전 앞에서 눈을 떼지 못하고 있는 남편의 푹 퍼진 모습이랍니다.

유미나 씨는 "사람이 들어오는 기척이 들리면 현관 문이라도 좀 열어줄 것이지!" 하고 소리치고 싶은 생각을 꾹 누르고 아기에게 아빠와 놀고 있으라고 달랩니다. 얼른 옷을 갈아입고 저녁 준비를 하면서 거실 쪽을 보니 남편은 여전히 축구 공을 따라가느라 아기가 옆에서 칭얼대는 것을 완전 무시하고 있는 게 아닙니까?

유미나 씨는 화가 납니다. '장을 봐왔으면 최소한 부엌까지라도 갖다 놓아야 할 것 아니야?! 침대에 아무렇게나 던져 놓은 양복은 누구보고 치우라고? 아기는 나 혼자 낳았나? 도대체 아빠라는 작자가 아기와 놀아주는 것조차 매번 잊어버려서 아내가 수시로 상기시켜 주고 일일이 말해야 되는가?'

동갑이지만 어쩌면 이렇게 남편은 철이 없는지 야단을 치지 않을 수가 없습니다. 아기가 태어난 이후 이 문제로 두 사람은 계속 싸우고 있습니다. 그때마다 최병걸 씨는 "미안해, 조금 쉬고 나중에 한꺼번에 치울게"라든가, "밥하기 싫으면 시켜 먹자"는 게 고작입니다.

유미나 씨는 최병걸 씨의 무신경이 도무지 납득이 안 갑니다. 할 일이 산더미 같은데 일부러 못 본 척, 모른 척하는 것 같기도 하고, 아니면 남편이 어릴 때부터 가사와 육아는 남자의 일이 아니라고 배워온 결과인 것 같기도 하고, 남편의 응큼한 연극을 탓해야 할지, 시부모님의 잘못된 가정 교육을 탓해야 할지, 가부장적 남성 이데올로기를 매도해야 할지 판단이 서지 않습니다.

저는 유미나 씨의 생각이 모두 맞을 수도 있겠지만 '남녀의 뇌의 차이'에서 문제를 보면 어떨까 제안합니다. 남자들이 집에 와서 쉴 때 뇌 촬영을 해보면 뇌의 거의 모든 부분이 전깃불이 나간 것처럼 휴지 상태이고 단지 한두 부분(예를 들면 축구 공을 따라가는 시각 처리 부분)만 약간 켜져 있습니다. 정말 전화기가 울려도 못 듣고, 찌개가 끓어 넘쳐도 냄새를 못 맡고, 주변에 과자 부스러기가 흩어져 있어도 눈에 안 들어온다는 것입니다. 당연히 옆에서 아기가 울어도 못 듣거나 행여 꿈결처럼 아득히 들린다 해도 그 청각 자극이 전두엽까지 전달되어 아기가 우니까 안아주어야 되겠다는 '판단'과 '명령'을 하지 못한다는 것이지요. 한 마디로 남자가 쉴 때는 뇌가 '총체적'으로 쉰다는 뜻입니다.

반면 여자는 가장 편안한 상태에서 쉬고 있는데도 뇌 속 활동을 촬영해 보면 여기저기 전깃불이 환하게 켜져 있는 것처럼 분주합니다. 그러니까 쉴 때도 지나가는 계란 장사의 확성기 소리가 들리고, 아기 기저귀에서 나는 냄새도 맡을 수 있고, 지쳐서 소파에 반쯤 눈을 감고 앉아 있어도 액자가 비뚤게 걸려진 것이 눈에 들어온다는 것입니다. 여자가 편히 푹 쉴 때의 뇌 활동량이 남자가 정신 똑바로 차리고 바쁘게 일할 때의 뇌 활동량과 맞먹는다고 합니다!

결국 부부 싸움은 남자가 못되거나 교육을 잘못 받아서 그렇다기보다 뇌의 구조와 기능이 근본적으로 여자와 달라서라고 이해하는 편이 더 맞는 답일 듯합니다.

문제를 알면 해결책도 달라질 수밖에 없지 않습니까? '동시다발'로 자극을 받는 아내가 남편의 쉬고 있는 '불 꺼진' 뇌를 깨우노라면 혈압이 올라가서 건강 통장을 허비하고, 자신을 식모 취급한다며 자존심 상하느라 정서 통장을 소모하게 됩니다. 화를 내고 싸우다보면 정작 필요한 도움도 못 받으니까 도우미 통장도 마이너스가 됩니다. 동시에 남편도 팽팽히 감겨졌던 뇌가 풀어져 있는데 아내가 잔소리를 하면 쉬지 못해서 건강 통장을 채울 수가 없고, 아빠 자격이 없다느니 이기적이라는 따위의 비난을 받으면 정서 통장도 타격을 받을 수밖에 없습니다. 둘은 서로 문제를 해결하는 도우미가 아니라 문제를 확대시키는 적이 됩니다.

남녀간의 뇌 차이를 없앨 수는 없습니다. 하지만 단순히 뇌 차이를 이해했다고 해서 문제가 저절로 해결되지는 않습니다. 뇌 차이 때문에 발생하는 부부 문제에 대처하는 방법에는 크게 두 가지가 있습니다. 뒷장에서는 자신의 뇌를 건강하게 만들어 남의 (뇌 차이로 인한) 행위로 인하여 짜증이라든지 불쾌감 등 민감하고 부정적으로 반응을 보이지 않도록 하는 예방 차원의 대처법을 소개하겠습니다. 여기서는 남의 두뇌 메커니즘에 위배되지 않게끔 자신을 다스리는 방법을 먼저 소개하겠습니다.

간단한 예로 일단 남편의 두뇌가 쉴 때는 푹 쉬도록 한 다음에 도움이 필요한 일을 한 번에 한 가지씩만 주문하는 것입니다. 장을 봐달라고 부탁했다고 남편이 장본 것을 부엌까지 자동 배달해 주리라고 기대하는 것은 남자의 뇌를 여자의 뇌로 착각하는 오류입니다. 장을 봐온 일까지만으로도 감사하고, 장본 것을 부엌으로 옮겨달라는 별도의 부탁을 해야 합니다. 아이스크림은 냉동실에 넣고 야채나 생선은 냉장고에 넣어달라는 것은 또 별도의 부탁이고, 빈 비닐봉투는 작게 접어서 비닐봉투 모으는 곳에 넣어달라는 것도 별도로 부탁을 해야 합니다. 핵심은 불평하지 말고 부탁하라입니다.

일상사에 관한 한 남자의 두뇌는 단순회로라서 A지점에서 B지점까지 거리가 멀면 어떻게 찾아갈지 매우 혼란스러워 하거나 쉽게 포기합니다. 중간에 징검다리 놓듯 점선을 똑똑똑똑 가깝게 연결시켜 줘야 아내가 원하는 바를 얻을 수 있습니다. 알아서 해주겠거니 기대할수록 아내는 실망만 커지고 화가 납니다. '그렇게 치사하게 이것저것 다 말로 하느니 차라리 내가 혼자 하는 게 빠르지' 하는 생각이 들지도 모릅니다. 그래서 여자들은 하찮은 소소한 일들을 직접 다 하려다가 지쳐버립니다.

그러나 희망은 있습니다. 학습은 부모나 스승한테만 받는 게 아닙니다. 부부끼리도 학습을 할 수 있습니다. 모든 학습의 기본처럼 먼저 동기 유발을 하도록 하고("이 일을 도와주면 나의 건강 통장과 정서 통장과 도우미 통장이 두둑해지겠다"고 말함), 다음은 여러 번 반복해야 합니다. 반복은 습관을 만들고 습관이 되면 속도가 빨라집니다. 처음에는 도와주는 것이 서툴고 시간이 들더라도 인내심을 가지고 여러 번 반복하다 보면 정말 스스로 알아서 해줄 날이 옵니다.

얼마나 걸리냐구요? 사람마다 학습 속도가 다르고 동기 유발이 다르겠지만 대개 베테랑 부인들의 말을 들어보면 결혼 생활 15~20년쯤 되면 배추를 사오면 차에서 꺼내서 부엌까지 들어다주고, 아내가 마늘 까려고 신문지를 펴면 칼 가지고 와서 옆에 앉아 '수다 친구' 노릇까지 해주면서 마늘을 까준다고 합니다.

여자들은 단 한두 달 만에 깨우치는 눈치를 남자들은 긴 세월이 걸려야 겨우 깨우친다는 얘기지요. 하지만 이 경지에 이르면 그 이전에 섭섭했던 것, 화났던 기억은 사라지고 서로 아껴주는 도우미이자 없어서는 안 될 동지애가 형성되니 중도에 아무리 답답해도 포기하지 마시기를 바랍니다.

남편의 뇌는 아내의 뇌보다 늦게 철 든다

남편을 '큰아들'이라 부르는 부인들이 제법 많습니다. 아내보다 남편이 평균적으로 나이가 더 많지만 정신연령은 오히려 낮아 보일 때가 많기 때문이지요. 이런 현상을 이해하는 데 도움이 될 만한 최근 연구 결과를 한 가지 더 소개해 드리겠습니다.

우리 뇌에는 신경세포끼리 메시지를 주고받는 신경전달물질이 있습니다. 그중에 세로토닌이라는 신경전달물질은 감정을 조절하고 잠을 깊이 잘 자도록 하며, 몸의 긴장을 이완시켜 주는 역할을 하고 대인관계 기술이나 행동을 잘 조절시키는 작용을 하기 때문에 일명 '감정 안정제'라고도 부릅니다.

두뇌 연구를 보면 청소년기에는 이상하게 이 세로토닌이 아동기보다도 적게 분비되는데, 그래서 사춘기 자녀들이 쉽게 흥분하고 감정기복이 심한 게 아닌가 하는 설이 설득력을 얻고 있습니다. 그런데 놀랍게도 성인 남자도 동년배의 여자보다 두뇌의 세로토닌이 20~40퍼센트나 적다는 것이 밝혀졌습니다. 남편을 '큰아들'이라 부르는 부인들의 관찰이 전혀 근거없는 엄살이 아니라는 것이 입증된 셈이지요.

그렇다고 남편의 대화 능력이 부족하고 대인관계 기술이 여자들만큼 세련되고 풍부하지 못함을 단순히 세로토닌 탓으로 돌리고 부부 갈등을 이해하라는 것만으로 끝날 일이 아닙니다. 왜냐하면 남자들의 대인관계 기술 부족은 생명과 직결된다는 연구가 계속 진행되고 있기 때문이지요. 예를 들어 남자들은 여자들처럼 고민을 수다로 풀지 못하고 심지어 부모형제에게마저도 자신의 흉허물을 들어내지 못하는 경우가 많은데, 바로 이런 의사소통 능력의 부족이 아플 때나 정신적 상처를 받을 때 여자보다 충격 흡수율을 훨씬 낮춘다는 것입니다.

저는 라이프 통장의 관점에서 볼 때 남성들의 세로토닌 부족은 대인관계 기술을 취약하게 함으로써 남성의 도우미 통장을 여성보다 훨씬 위협한다고 생각합니다. 물론 심장병으로 인해 건강 통장도 위협받고 우울증과 감정 조절을 잘 못함으로써 정서 통장에도 손상을 주지요. 따라서 단지 뇌가 그러하니까 하고 방관할 것이 아니라 영어나 컴퓨터를 배워 직장에서 생존력을 높이듯이 대인관계도 의식적으로 노력해 대화 기술을 높이고 능력을 키워야 한다고 생각합니다.

대처 방법

남녀의 뇌 차이를 알았다고 해서 문제가 바로 풀리지는 않습니다. 예를 들어 시각적으로 쉽게 자극받고 흥분하는 남편은 집안 물건이 흐트러져 있는 것을 볼 때마다 쉴 곳이 없어서 짜증이 난다 하고 반대로 청각이 예민한 아내는 남편의 큰 목소리가 생각을 분산시킨다고 항변한다면 어떻게 서로의 욕구가 상충되지 않게 할까요?

이 이야기는 바로 저희 부부가 겪는 고충입니다. 이 글을 쓰고 있는 지금까지도 우린 이 문제를 서로가 만족할 만큼 해결하지 못했습니다. 저는 책을 쓸 때 이 책 저 책 다 늘어놓다가 원고를 완성한 뒤에야 한꺼번에 정돈하길 원하는데, 남편은 그러면 집중이 안 된다고 서재 정리부터 하고 나서 책을 쓰자고 합니다.

부부 치료의 대가들은 이 문제에 대해 답을 '서로의 차이를 인정하라', '동의하지 않기로 동의하라(agree to disagree)'라고 멋지게 답을 내줍니다.

부부마다 처한 이런 독특한 상황을 극복하기 위해서는 나름대로 대처법을 개발하셔야 할 것입니다. 자기 방식을 아무리 써봐도 해결이 안 되고 갈등만 커진다면 6장에서 소개하는 '이혼을 불러오는 악습'을 행하고 있는지 자가 점검을 하고 화해 시도하기, 서로 다가가기, 다름 인정하기 등의 처방을 써보십시오.

여기서는 특별한 방법을 소개하기보다는 일반적인 뇌 건강법에 대해 알려드리겠습니다. 뇌도 몸의 다른 부분처럼 영양, 운동, 휴식이 필요하고 평소에 늘 관심을 가지고 관리하는 것이 보호의 첩경입니다. 다음은 의학적으로 효과가 검증된 것으로서 뇌가 최적의 상태에서 활동할 수 있도록 하는 방법들입니다. 이는 아내와 남편의 뇌를 건강하게 하여 원만한 부부 관계를 이루어가는 데도 도움이 될 것입니다.

호흡을 깊게 한다

현대인은 일터와 가정에서 스트레스를 지속적으로 받기 쉽지만 하루에 단 몇 분씩이라도 들숨과 날숨을 천천히 호흡하는 것만으로도 뇌파가 상당히 안정되고 뇌의 건강 회복에 큰 도움을 준다는 것이 밝혀졌습니다.

뇌과학자들은 우리의 두뇌가 활동 상태에 따라 다른 뇌파 상태로 된다는 것을 입증했습니다. 예를 들어 알파 상태는 눈을 감고 휴식을 취하여 긴장을 풀었을 때의 뇌파이고, 베타 상태는 눈을 뜨고 일을 할 때의 빠른 뇌파 상태이며, 긴장하거나 불안할 때도 베타 상태가 됩니다. 세타 상태는 졸립거나 잠이 들었을 때 뇌파가 완만한 곡선을 이루는 상태입니다.

인간의 두뇌는 지속적인 긴장 상태(베타)를 유지하도록 진화되어 오지 않았습니다. 하지만 현대인은 밤이나 낮이나 컴퓨터를 켜고 전등을 켜고 자동차 소음 등에 혹사를 당하기 때문에 가끔씩 뇌가 휴식할 수 있는 상태를 만들어줘야 뇌의 건강을 지킬 수가 있습니다. 깊은 수면이 물론 가장 자연스런 뇌 회복 약이겠지만, 깨어 있는 동안에도 잔잔하고 평화로운 음악을 듣는다면 뇌파의 상태를 조절하는 데 큰 효과가 있음이 과학적으로 증명되었습니다.

헤비메탈을 들을 때와 밝고 경쾌한 모짜르트를 들을 때 우리의 뇌 속 촬영을 해보면 전혀 다른 모습이 됩니다. 가능한 밝고 즐거우면서도 뇌를 편하게 해주는 음악을 듣기를 권합니다.

명상을 한다

명상은 의도적으로 뇌를 단순화함으로써 걱정과 불안감, 잡념들을 뇌로부터 '청소'해 내는 작업입니다. 연구에 따르면 명상을 주기적이고 규칙적으로 하는 사람들은 인식 기능이 향상되며 심인성 질환에도 훨씬 덜 걸리는 것으로 나타납니다. 집에서 혼자 할 수 있는 명상법으로 다음과 같은 것이 있습니다. 여기에 소개하는 방법은 임상적으로 효과가 입증된 것입니다.

- 눈을 감고 긴장을 푼다.
- 마음 속으로 간단한 한 단어(예를 들어 '평화')를 천천히 반복한다.
- 마음 속으로 자신이 반복하는 단어를 들어본다.
- 약 15분 가량 조용히 앉은 상태로 느리고 깊은 호흡을 한다.

잠을 잘 잔다

최신 의학자들은 현대인이 만성 수면 부족에 시달리고 있다고 지적합니다. 수면 시간의 절대량도 부족하지만 질도 매우 나쁘다는 것이지요. 만성 수면 부족은 뇌의 휴식을 방해하여 집중력을 떨어뜨리고, 업무 저하를 불러오고 판단력을 흐리게 합니다. 또 작은 자극에도 쉽게 짜증을 내고 흥분하게 되니까 체력 손실도 크고, 스트레스를 더 받게 되어 뇌를 피곤하게 하는 악순환을 초래합니다.

잠을 잘 자려면 규칙적인 시간에 정해진 곳에서 잠자는 것이 가장 좋다고 합니다. 물론 잠들기 전에 걱정거리를 털어버리는 것이 중요하지요. 마치 잠들기 전에 이를 닦듯이 걷기, 운동, 독서 등 스스로 마음 달래기를 하는 습관을 갖는 것이 필요합니다. 정서적인 다큐멘터리나 즐거운 프로그램을 보다가 잠드는 것은 긴장을 푸는 데 도움을 주지만, 심각한 뉴스나 폭력물을 보는 것은 보는 시간에 비례하여 더 기분을 우울하게 하고 긴장감을 높인다는 연구도 있습니다.

뇌에 영양을 주는 음식을 섭취한다

뇌 영양학은 새롭게 떠오르는 의학 분야로, 음식의 각종 화학적 성분이 뇌에 어떤 작용을 하는가에 대한 과학적인 접근방법입니다. 뇌를 건강하게 하는 '건강식'과 뇌에 해로운 '정크 푸드'를 구분하면 다음과 같습니다.

뇌에 영양을 공급하는 건강식품

우유

현미나 통밀 빵

각종 야채와 과일

생선류

감자와 콩 등 가공하지 않은 자연식품

깨끗한 물

뇌를 병들게 하는 정크 푸드

각종 기름에 튀긴 과자들과 스낵류

매우 진한 커피

설탕, 소금, 지방이 대량 첨가된 가공식품

커피와 탄산음료(특히 콜라)

지나친 술(균형감각과 운동감각을 조절하는 뇌저(cerebellum) 부분은 알코올에 매우 민감하다)

또한 담배는 비록 음식은 아니지만 뇌를 병들게 하는 기호품으로, 하루라도 빨리 끊는 것이 좋습니다. 마약도 뇌 세포를 변형시키거나 파괴하는 독약입니다.

운동을 꾸준히 한다

처음으로 뇌에 관한 학문을 접했던 20여 년 전, 교수님이 첫 강의 시간에 '뇌는 근육이 아니다'라고 말하자 모든 학생들이 와! 하고 웃었던 기억이 납니다. 뇌의 생김새도 그렇고 질감도 연두부 같아서 그땐 뇌를 근육에 비교한다는 것조차 말도 안 되는 농담처럼 들렸던 것이지요. 그런데 20년이 지난 지금, 뇌는 근육은 아니지만 근육처럼 활동하면 튼튼해지고 사용하지 않으면 쇠퇴한다는 것이 잘 알려져 있습니다.

이보다 더 중요한 사실은 단순히 몸을 움직이는 것만으로도 뇌 세포의 사멸을 상당히 방지할 수 있을 뿐 아니라 우울증이나 불안, 스트레스를 퇴치하는 부작용 없는 명약이 된다는 것입니다. 심지어 뇌출혈로 몸의 일부에 마비가 왔던 환자의 80~90퍼센트가 운동을 통해 뇌의 기능을 회복한다는 연구도 있습니다.

또 스쿼시처럼 땀이 날 정도로 빠른 운동이 항우울증 치료약보다 훨씬 효과가 높다는 연구도 있습니다. 장수 노인들 가운데 몸을 꾸준히 움직인 사람들은 몸이 건강할 뿐 아니라, 정신도 건강하고 무엇보다 가족애가 깊다는 사실은 세계 거의 모든 장수촌 연구의 한결같은 결론입니다.

생리와 갱년기

—아내들을 괴롭히는 여성 호르몬

호르몬이 부부 관계를 악화시킨다? 언뜻 들으면 마치 농담처럼 들릴지도 모르겠습니다. 하지만 저는 심리 치료와 부부 치료를 하면서 20대 후반과 30대 중반의 여성들의 70퍼센트 정도가 생리 전 증후군(Premenstrual Syndrome, PMS 또는 PMDD)으로 고생하면서도 막상 본인은 모르고 있는 경우가 많은 것을 종종 보았습니다. 호르몬의 변화 때문인 줄 모르고 짜증을 내면 남편마저도 아내가 성격이 나빠서 그렇다든가 인격 수양이 덜 되었다고 비난함으로써 부부 사이가 돌이킬 수 없는 지경까지 가는 경우도 있습니다.

서로를 적으로 여기기 이전에 우선 자신의 몸부터 알면 무엇이 고통을 주는 요인인지 분명해지고, 따라서 자신이나 배우자와 싸우느라 허비할 에너지를 서로를 이해해 주고 보살펴주는 데 쓸 수 있을 것입니다.

먼저 여성 호르몬에 대해 알아보도록 하겠습니다.

에스트로겐 분비와 여성의 생리 전 증후군

몇 해 전에 한 30대 초반의 아기 엄마가 저를 찾아왔습니다. 부인은 아주 부유한 가정에서 자랐고 남편은 외국에서 공학 박사 학위를 딴 후 미국 회사에서 일한다고 합니다. 이 부인은 평소에는 별 문제가 없다가 가끔씩 특별한 까닭도 없이 심한 우울증에 빠지고 두 살 된 딸에게 소리를 지르고 짜증을 내는데, 혹시 자신이 정신 질환을 앓고 있는 게 아닌가 두렵다고 했습니다. 그리고 보통 때는 남편과 사이가 좋은 편이지만 한 달에 한두 번씩은 사소한 일로 예민해져서 싸움을 하는데 며칠 후에는 아무렇지도 않은 듯 기분이 풀리니, 자신이 이중인격자가 아닌가 하는 의문이 든다고 하였습니다.

저는 몇 가지 테스트를 한 뒤에 이 부인이 생리하기 전 호르몬의 변화로 일어나는 생리 전 증후군 때문에 그런 증상이 있을 확률이 높다고 보고, 석 달 동안 달력에다 생리 주기와 감정, 행동의 변화를 메모해 보라고 했습니다. 그 부인은 얼굴이 환해지면서 제 말을 듣고 보니 정말 부부 싸움은 꼭 생리 직전에 했고, 아기에게 신경질을 부리고 야단을 치는 것도 그 무렵이라고 했습니다. 확인차 그녀는 '생리 일기'를 썼고 자신의 이해할 수 없는 감정 변화의 원인(내부의 적)이 여성 호르몬의 변화 때문이라는 것을 알게 되었습니다. 이것을 깨닫고 생리 전후 무렵에 자신의 행동을 훨씬 쉽게 통제할 수 있게 되었다고 그녀는 무척 기뻐했습니다.

최근에는 생리 전 증후군이 단지 호르몬의 작용만이 아니라 난소의 기능에 의한 복잡한 생리화학 작용 때문에 일어난다는 주장이 제기되었습니다. 다음은 PMS 증상을 악화시키는 네 요소입니다.

첫째, 연령으로 볼 때 여성의 나이 20대 후반부터 30대 중반 사이에 이 증후군이 가장 심하게 나타납니다.

둘째, 생리 기간이 너무 길거나(6일 이상) 너무 짧은(2일 이하) 여성도 PMS가 심한 것으로 조사되었습니다.

셋째, 스트레스도 PMS와 직접 연관이 있습니다. 결혼, 이혼, 가족의 사망, 이사, 취업 등 스트레스를 유발하는 일이나 부부 관계나 대인 관계에서 받는 스트레스, 성폭력이나 성희롱 등 과거에 성적인 상처를 받은 경험이 있는 여성은 PMS 증상이 더 심하게 나타납니다.

넷째, 감정적 요인으로 볼 때 평소에 쉽게 우울해진다든가 불안감을 쉽게 느낀다든가 계절병을 심하게 탄다든가, 식욕 이상이 있다든가, 또는 산후 우울증이 있던 사람에게 PMS 증상이 더욱 심하게 나타나는 것으로 조사되었습니다.

대처법은 어떤 것이 있을까요? 물론 약 처방을 받을 수도 있지만 저는 PMS 때문에 자살할 것 같은 극심한 경우가 아니라면 가능한 약물 치료는 권하지 않습니다. 현재 20대 후반의 여성이 PMS 때마다 약을 복용해야 한다면 폐경 때까지 이십여 년을 매달 약에 의존해야 한다는 말이 되지 않습니까? 약의 부작용이 적지 않음을 감안할 때 일상에서 손쉽게 할 수 있는 방법부터 시작해 보고, 정 안 될 때 호르몬 치료를 받는 것이 바람직하다고 봅니다.

에스트로겐 저하와 갱년기 증후군

여성의 라이프 사이클을 힘들게 하는 또 하나의 대표적 호르몬 문제는 갱년기 증후군입니다. 이 또한 여성의 생리 주기와 상관이 있지만 PMS가 주로 20대와 30대 여성의 문제라면 갱년기는 40대와 50대 여성들에게 고통을 줍니다. 중년이 되면서 갑자기 결혼 생활이 예전보다 훨씬 더 힘들게 느껴진다면 일단은 갱년기 증후군부터 확인해 보십시오.

미국에서조차 많은 정신과 의사들은 여성의 생리에 대해 별로 관심도 없고 잘 알지도 못합니다. 그 이유는 1990년대 초까지만 해도 여성의 갱년기에 대한 의학적 연구가 대부분의 의과대학에서 중요하게 취급되지 않았기 때문입니다. 심지어 최근에도, 산부인과 의사조차 갱년기 증상을 호소하는 여성들에게 '별것 아니다, 신경성이다, 우울증이다, 엄살이다'라고 하는 의사가 있습니다. 그러나 통계에 따르면 중년 여성의 75~87퍼센트가 얼굴이 화끈거리고, 수면 장애, 감정 기복, 심장 통증, 피부 감각 이상을 느낀다고 합니다.

한 40대 후반 여성의 얘기입니다. 어느 날 새벽에 갑자기 머리 꼭대기부터 왼쪽 뺨에 마치 찬물이 똑똑 떨어지는 것 같아 깜짝 놀라 깨보았더니 아무것도 없더랍니다. 그래서 피부과, 신경과, 내과, 정신과까지 다니며 신경안정제, 항우울제 등 별별 약을 다 먹고 돈과 시간을 엄청 허비한 후에야 저를 찾아왔습니다.

여러 검사 후에 특별한 병은 없고 단지 피부 감각의 과민성도 에스트로겐 감퇴로 인한 갱년기 증후군의 하나라는 걸 알려주자, 그 부인은 그동안 공연히 정신 질환인 줄 알고 남편도 매우 겁을 냈다고 하면서 안심하고 돌아갔습니다.

또 강남의 한 부유한 40대 주부도 갱년기 증후군으로 고통을 당했다며 자신의 사연을 이야기해 주었습니다. 누구나 부러워할 만큼 충분한 수입, 안정된 결혼 생활, 잘 자란 자녀 등 골고루 잘 이루며 살아왔다고 자부했는데 어느 날부터 왠지 이룬 일이 하나도 없는 것 같고, 자신이 하찮은 존재 같아 죽고 싶다는 생각이 자꾸 들더라는 것입니다. 목사님께 하소연을 했더니 신앙심이 부족해서 그러니 기도를 더 열심히 하라고 해서 기도했는데도 아무 소용이 없어 한동안 죄의식으로 고통을 당했답니다. 남편 몰래 정신과 의사를 찾아갔더니 항우울제를 처방해 줬는데 부작용이 심하고 중독이 될까 두려워서 몇 주 후에 끊었답니다. 그러다 갱년기가 끝날 무렵에야 우연히 저의 강연을 듣고 자신의 증상이 갱년기의 전형적인 증세였다는 걸 알았다나요. 그동안 원인도 모른 채 집에서나 교회에서나 이상한 사람 취급당한 게 너무나 외롭고 힘들었다고 합니다.

이러한 갱년기 증상은 정서 통장에서 큰 지출을 요구합니다. 여성으로서 더 이상 매력도 없는 것 같고, 젊었을 때와 다름없이 남편이 자신을 사랑해 줄까에 대한 의구심도 들고, 자신의 존재 가치에 대한 회의감이 들어 무기력증과 우울증으로 이어지기 쉽습니다. 이럴 때는 가족, 특히 남편의 든든한 지지와 후원이 매우 중요합니다. 하지만 남편은 사회적으로 가장 바쁠 때이고 자녀들은 고등학생, 또는 대학생이 되어 자기들 세계에 빠지니 주부들은 더욱 고립감과 단절감을 느끼기 쉽습니다.

에스트로겐은 가임기 여성들에게 아기를 낳아 잘 키우라고 조물주가 주시는 특별한 축복입니다. 여자들의 갱년기가 신체적으로 고통스러운 가장 큰 이유는 주로 에스트로겐이라는 여성 호르몬이 급격히 감소되기 때문입니다.

✔ 에스트로겐이 감소할 때의 증상

1. 피부가 처지고 건조하고 얇아진다. ☐
2. 저항력이 떨어져 쉽게 감염된다(특히 요도염 등). ☐
3. 아무것도 안 했는데도 피곤하고 나른하다. ☐
4. 늘 기운이 없고 시큰둥하다. ☐
5. 신경이 예민해지고 짜증이 잘 난다. ☐
6. 골다공증이 급속히 진전된다. ☐
7. 머리카락이 많이 빠지고, 가늘어지고 푸석해진다. ☐
8. 혈압, 당뇨, 콜레스테롤 치수가 급증한다. ☐
9. 관절이 시큰거리고 온몸이 쑤신다. ☐
10. 생리가 줄거나 중단된다. ☐
11. 머리가 깨질 듯 아프다. ☐
12. 밤에 잠자다 땀을 많이 흘린다. ☐
13. 남들은 다 괜찮은데 혼자 덥다고 부채질한다. ☐

체크된 사항이 많으면 많을수록 갱년기에 가까워졌다는 반증입니다. 이렇게 쓰다보니까 마치 갱년기가 끔찍하고 공포스럽게 여겨질지 모르겠다는 노파심이 듭니다. 하지만 갱년기는 과도기적 적응 현상일 뿐입니다. 갱년기가 지나면 대부분 매우 안정되고 아름다운 노년기를 맞을 수 있습니다.

지금까지 여성의 건강과 정서를 위협하는 생리 사이클에 대해 알아보았습니다. 아는 것이 힘입니다. 올바른 정보와 지식을 통해 자신의 몸과 심리에 대해 더 잘 이해하면 부부 싸움의 빈도와 강도를 훨씬 줄일 수 있을 것입니다.

대처 방법

쉽게 실천할 수 있는 생리 전 증후군 대처법

첫째, 카페인(특히 커피와 콜라), 담배, 술을 가급적 줄입니다. 생리 전에 잘 붓는 사람은 평소보다 염분 섭취를 20퍼센트 정도 줄이는 게 좋습니다.

둘째, 비타민 B6은 PMS의 전반적 증세를 약화시키고 특히 우울증 방지에 효과가 있습니다. 단 너무 과량 복용하면 부작용이 따르므로 하루에 100밀리그램 정도가 안전합니다. 칼슘 부족 또한 PMS와 긴밀한 관계가 있음이 밝혀졌습니다. 일일 1,200밀리그램 정도 복용하면 효과가 있습니다. 또한 마그네슘은 유방 통증, 복부 팽창감, 체중 증가, 부종 등의 PMS 증상에 효과가 있습니다. 하루에 200밀리그램씩 두 달만 복용해도 효과가 나타납니다.

셋째, 규칙적인 운동을 하면 PMS 증상을 완화시키는 데 매우 큰 효과를 봅니다. 걷기, 달리기, 에어로빅, 수영 등 자신이 좋아하는 운동이면 어떤 것도 괜찮으나 조금씩 꾸준히 하는 것이 좋습니다.

넷째, 밝은 햇볕을 쬐는 것도 PMS에 효과가 있음이 밝혀졌습니다. 직장 여성이나 햇살이 잘 들지 않는 아파트에 사는 여성은 2,500 룩스 형광등을 오전에 두 시간(오전 6시 30분~8시 30분) 또는 저녁 때 두 시간 (7시~9시) 정도 쬐는 것이 효과적입니다. 혹시 두 시간 정도 쬘 시간이 없다면 10만 룩스 정도의 강도 높은 형광등을 30분씩 쬐어도 효과를 봅니다.

다섯째, 남편이나 가까운 주위 사람에게 생리 전에 양해를 구하고 정서적인 도우미가 되어줄 것을 요청합니다. 본인이 인식하는 것만으로도 많은 정신적 소모를 줄일 수 있지만 가족이나 동료에게 알려서 이 때에 짜증이 나거나 기분이 나쁜 것은 상대방 때문이 아니라 자연의 섭리, 또는 생리 현상 때문이라고 말하면 서로 웃고 여유를 찾을 수 있을 것입니다.

어떠세요? 자기 몸의 생리를 정확히 아는 것만으로도 헛된 부부 싸움을 줄일 수 있겠지요? 물론 호르몬 그 자체가 적이 될 수는 없지만, 적어도 호르몬의 조화를 알면 공연히 자기 자신에 대한 죄책감을 갖거나 상대를 적으로 삼아 비난의 화살을 쏘아대는 것을 줄일 수 있지 않겠습니까?

갱년기를 즐겁게 맞자

누구나 맞는 갱년기라면 기왕이면 즐겁게 맞는 것이 자신의 심신 건강에도 좋고 남편, 자녀들과의 사이도 좋게 하지 않겠습니까?

저는 제안이나 조언을 할 때 가능한 돈 안 들고, 누구나, 어디서나, 손쉽게 할 수 있는 것에 역점을 둡니다. 아무리 좋은 처방이라도 실행하기 힘들다면 그림의 떡이기 때문이지요.

자녀들이 사춘기 지나는 것을 피할 수 없듯이, 엄마들도 갱년기는 꼭 맞을 것입니다. 그럼, 싫어도 찾아오는 세월의 손님, 갱년기를 어떻게 맞을까요?

다음은 스스로 에스트로겐을 서서히, 무리 없이 공급하면서 갱년기 증상을 완화할 수 있는 방법입니다.

콩 음식을 꾸준히 먹는다 콩에는 에스트로겐과 화학적으로 아주 흡사한 성분이 들어 있습니다. 요즘 미국에서는 두부와 된장을 즐겨 먹는 일본 여성들이 육식 위주의 미국 여성들보다 갱년기를 훨씬 유연하고 건강하게 보낸다는 연구가 활발합니다. 단, 콩은 된장, 두부, 익힌 콩, 날콩 순서로 소화 흡수율이 다릅니다(된장 상태가 가장 흡수율이 좋고 날콩은 거의 흡수가 안 된다는 뜻입니다.)

조금씩이라도 매일 몸을 움직인다 영양 상태보다 운동 상태가 현대 여성들의 에스트로겐 감소를 촉진시키는 것으로 밝혀졌습니다. 서른 살이 넘어 활동량이 떨어지면 에스트로겐 분비가 줄면서 서서히 갱년기로 접어듭니다. 아이를 열씩 낳던 엄마들이 오십이 넘도록 자녀를 키우려면 에스트로겐이 필요하니까 조금씩이라도 생성되기 때문에 예전 농경시대에는 갱년기 증후군 따위의 말이 없었는지도 모릅니다. 그러나 현대 여성은 어떤가요? 영양은 과잉, 운동은 싫고, 스트레스는 겹겹, 출산은 한둘. 갱년기가 빨리 안 올 수 없는 상황입니다.

운동은 걷기, 달리기, 수영, 자전거, 골프, 에어로빅, 요가, 스트레칭 등 어떤 것도 좋겠으나 자신에게 맞고 즐겁고 꾸준히 할 수 있는 것을 택하는 것이 바람직합니다. 운동을 안 하는 20대 여성과 50살이 넘어서라도 운동을 시작한 여성의 몸 상태를 보면 나이에 상관없이 운동의 효과가 나타난다고 합니다.

너무 늦었다구요? 죽는 날까지 너무 늦은 때란 없습니다. 65세에 시작해도 운동 효과는 한 만큼 보장받는다고 합니다. 이제껏 운동과 담 쌓은 사람이라도 걷기는 했을 테니까 하루에 1분씩 점차 늘려가면 됩니다. 참고로 '걷기'는 아무리 천천히 걸어도 몸의 각 부분을 움직여주며, 달릴 때 관절이 받는 충격이 3이라면 걸을 때에는 1이기 때문에 관절에 무리를 주지 않습니다. 또 두뇌에 산소를 공급해 주기 때문에 치매 예방에도 좋고, 뇌에서 천연 항우울 호르몬을 생성시켜 줍니다.

스트레스와 잡무는 줄이고 친구, 취미, 봉사 활동은 늘린다 갱년기에 피곤하고 우울한 것은 몸에 비축된 에너지가 적으니 아껴 쓰라는 내부의 메시지라고 해석할 수 있습니다. 은행 잔고가 얼마 없을 때 긴축 재정을 해야 하는 것과 같은 이치입니다. 또 40대까지 자녀와 남편 뒷바라지하느라 자신을 돌볼 여유가 없었기 때문에 이제는 아이들도 컸으니 스스로를 돌보라는 신호이기도 합니다. 즉, 긍정적인 신호로 받아들이라는 뜻입니다. 아이가 컸는데도 계속 아이에게 전심전력하는 엄마는 자신도 병들고 아이도 병들게 합니다. 엄마에게 플러스가 되는 놀이, 취미, 신앙 생활, 봉사 활동은 정신이 풍요로워지고 마음이 든든해지는 등 정서 통장과 도우미 통장을 채우는 효과적인 방법입니다.

자녀와 남편에게 갱년기의 특징에 대해 말하고 이해와 협조를 부탁한다 엄마가 자주 짜증내고 아프면 자녀들은 자기가 뭔가를 잘못하고 있는 것 같은 죄책감을 갖게 됩니다. 자녀가 사춘기를 지날 때 엄마가 이해해 주듯이 엄마가 갱년기를 지날 때 자녀로부터 따뜻한 위로를 받는 게 바람직합니다.

남편에게도 갱년기 증상을 알려주고 '이 과정이 지나고 나면 더 지혜롭고 성숙한 모습이 될 테니 어려운 과정을 따뜻한 눈으로 지켜봐달라'고 부탁하는 게 좋습니다. (아내가 임신 중이거나 갱년기로 힘들어할 때 남편이 외도를 하면 다른 때보다 상처가 훨씬 깊어서 노년기를 불행하게 만드는 치명타가 될 수 있다는 사실도 꼭 말해 줍니다.) 또 가사 일도 도와달라고 부탁하고, 집이 좀 어질러져도 이해해 달라고 말합니다. 혼자서 말없이 섭섭해 하고 원망하다가 병들어 일찍 죽는 것보다 훨씬 건강한 적응방식입니다.

도우미 네트워크를 가진다 옛날엔 남자들은 사랑채, 여자들은 안채, 이렇게 분리되어 살았기 때문에 여성들끼리 유대감이 돈독했고 자연스럽게 생리 교육도 받았을 것입니다. 이제는 그런 대가족 공동체가 없어졌기에 특히 고립된 상류층 여성일수록 더 정서적으로 불안하고 위기감을 느낄 것입니다. 동창회, 동문 모임, 이웃 모임, 교회, 봉사 활동 등을 통해 여성들이 서로 이해하고 격려하는 도우미 네트워크를 만들기를 권합니다.

자, 어떠세요? 조금만 노력해도 돈 하나 안 들이고, 누구나, 언제나, 어디서나 할 수 있는 방법이지요? 자기 관리를 잘 하면 부부 싸움이 반 이상 준다고 저는 생각합니다. 배우자를 탓하고 비난할 시간에 오히려 자기 발전에 도움이 되는 일을 하면 본인도 즐겁고 배우자도 편해집니다. 당연히 온 가족의 건강 통장, 정서 통장, 도우미 통장도 불어나게 되지요.

불 같은 남편, 고개 숙인 남편

—부부 싸움의 원인이 되는 남성 호르몬

부부 싸움의 원인이 남성 호르몬인 테스토스테론 때문이라고 생각해 보신 적이 있으십니까? 저는 가끔 '너 자신을 알라'라는 말이 참으로 명언이라는 생각을 자주 합니다. 결혼 생활에서도 우리가 자신의 신체와 생리를 몰라 얼마나 많은 오해와 불필요한 갈등을 겪는지 모릅니다.

50대 중년 부인들이 모이면 고개 숙인 남편이 불쌍해 보이기 시작한다는 말을 흔히 합니다. 이사 갈 때 아내가 혹시 강아지와 함께 자신도 버리고 떠날까 봐 운전석 옆에 꼭 붙어 앉는다는 우스갯소리도 나온 지 한참되었지요. 단지 남편의 경제 능력이나 성 기능이 떨어졌다는 것만을 뜻하는 게 아니라, 젊을 때 괄괄하던 성격이 50세 전후로 훨씬 부드러워졌다는 얘기들을 합니다. 어떤 부인은 이를 두고 '이제야 남편이 철이 좀 드는 것 같다'는 표현도 합니다.

반면 아직 3, 40대 주부들은 남편의 성격이 불 같다, 하찮은 일에도 버럭 소리부터 지르고 본다, 이야기 허리를 뚝 끊고 화부터 낸다 등등, 남편의 고약한 성격 때문에 못 살겠다는 소리를 합니다.

그래서 하소연을 하면 왕언니들은 조금만 더 참고 기다려보라는 답을 하지요. 과연 남자들은 오십이 넘어서야 철이 드는 것일까요? 앞에서 설명 드렸듯이 물론 남자가 여자보다 철이 늦게 들지만 50대의 경우에는 철이 든다기보다는 남성 호르몬인 테스토스테론이 좀 덜 분비되면서 공격성이나 충동적인 행동이 훨씬 다듬어지고 대화하기가 쉬워진다는 뜻으로 볼 수 있습니다.

따라서 남편의 불 같은 성격 때문에 부부가 자주 다툰다면 어릴 때 성장 환경이 나빴다느니, 집안에서 보고 배운 게 없느니 하면서 인격에 손상을 가하기보다 남성 호르몬이 좀 과해서 그런가 보다 하는 게 서로를 위해 도움이 된다고 생각합니다. 좋게 보면 아직 청춘이라는 뜻도 되지 않겠습니까?

남성 자신들도 자기 몸에서 분비되는 남성 호르몬을 정확히 알게 되면 아내가 날 화나게 했다고 비난하기보다 내 안의 호르몬 탓이라고 좀 여유로운 마음을 가질 수 있습니다. 부부 사이의 건강과 정서 통장을 쓸데없는 부부 싸움으로 낭비하는 대신 이해심과 웃음으로 통장을 채워 넣을 수 있을 것입니다.

아주 단순화하자면 남성 호르몬은 앤드로겐(Androgens)이라 하고, 여성 호르몬은 에스트로겐(Estrogens)이라 부릅니다. 하지만 남녀 모두 앤드로겐과 에스트로겐을 분비합니다. 단지 남자들에게는 앤드로겐이 압도적(여성의 약 10배)으로 많이 생산되고, 반대로 여자들에게는 에스트로겐이 압도적(남성의 약 10배)으로 많이 분비된다는 것이 남녀의 차이를 만들지요.

특히 대표적인 남성 호르몬인 테스토스테론이 남성에게 너무 적게 분비되면 성욕 감퇴, 여성화, 근육 감소 등 많은 신체적 장애를 초래합니다. 당연히 남성으로서의 정체성에도 혼란이 오고 자신감도 떨어져서 정서에도 큰 문제를 일으키지요.

하지만 대개의 부부 문제는 테스토스테론이 너무 적어서 생긴다기보다는 너무 많아서 탈인 경우가 많습니다. 테스토스테론이 공격성과 적개심으로 분출되어서 갈등을 확대 재생산하기 때문입니다. 부부 생활을 위협하는 테스토스테론의 가장 특징적인 영향은 남편들의 위험천만한 행동, 공격성, 성 욕구 등으로 표출된다고 하겠습니다.

또 가정 폭력에서 보다시피 97퍼센트의 가해자는 남성이며 그 가운데 20대 후반부터 40대 후반까지의 남성이 가장 많고, 50대 이후부터는 차차 수그러지는 것을 보아도 폭력성과 테스토스테론이 전혀 무관하다고 할 수 없을 것입니다.

앞서 여성 호르몬인 에스트로겐은 여성에게 면역력 강화, 상처 회복능력 강화, 심장병 저하 등 여러 좋은 일을 한다고 했는데, 이에 비하면 테스토스테론은 공격성과 사망률을 높이고 또 남성들에게는 전혀 반갑지 않은 대머리까지도 초래하니까 나쁜 일만 하는 것 같습니다. 하지만 테스토스테론 덕분에 이제껏 인류 역사상 남성들이 오랜 기간 동안 맹수들과 싸워가며 사냥을 했고, 전쟁이 나면 전사로 나가서 맹렬히 싸움으로써 아녀자들을 보호했고, 산업시대에는 여성보다 훨씬 위험한 직업을 감내할 수 있었습니다.

문제는 현대 사회가 주는 지속적이고 무차별적인 스트레스 때문에 남성 호르몬이 더욱 쉽게 공격성과 불안심리를 자극한다는 것입니다. 심리적 불안감과 우울증은 근육 긴장, 두통, 어지럼증, 소화불량, 면역력 저하 등 건강 통장에도 손상을 주고 또 자기 비하감, 심리적 회복능력 감소 등 정서 통장에도 막대한 지출을 초래합니다.

요컨대 남성 호르몬 테스토스테론은 적당할 땐 남자다운 기개, 용기, 적극성으로 생활에 도움이 되지만, 관리를 잘 못하면 자신도 괴롭고 아내와 가족도 괴롭게 하는 내부의 적이 될 수 있습니다.

대처 방법

지금까지 남성 호르몬인 테스토스테론과 공격성의 상관관계를 말씀드렸고, 남성은 여성보다 세로토닌이 부족하다고 언급한 바 있습니다. 그렇다면 이러한 호르몬 문제를 극복하기 위해서는 어떤 노력을 해야 할까요?

가장 안전한 방법은 운동을 하는 것이라고 합니다. 조깅이나 수영, 자전거 타기처럼 혼자 하는 것도 좋지만 특히 테니스처럼 둘이 하거나 축구처럼 여럿이 하는 스포츠는 게임 규칙하에 통제된 상황에서 공격성을 마음껏 발산할 수 있으므로, 아내와 자녀에게 화낼 일이 훨씬 줄어들 것입니다.

또 운동을 하면 도파민과 엔돌핀도 많이 생성돼 자연히 고통과 괴로움이 덜어지고 짜증과 불안감도 줄어든다고 합니다. 운동을 함으로써 생성되는 호르몬이 항우울증 작용도 하는 것으로 밝혀졌습니다.

또한 의미 있는 동호회나 봉사 활동을 하는 것 또한 공격성을 줄이고 정서적 유대감을 형성하여 우울증, 불안, 강박증, 충동적 행동 등을 감소시키는 효과가 크다고 합니다.

서구에서는 고강도의 스트레스를 받으며 두뇌 활동을 지속적으로 하는 CEO, 정치가, 의사, 교수, 변호사, 주식 분석가들 사이에 명상과 이완 호흡법이 유행한 지 오래되었습니다. 그 효과가 의학적으로 증명이 된 이후 미국에서는 급박한 스트레스 상황에 종종 처하는 소방대원, 경찰, 응급실 의료 요원들도 매일 업무 시작 전후로 이완 훈련과 명상 또는 기도를 함께 하는 예가 늘고 있다고 얼마 전《뉴스위크》지에서 특집으로 보도한 바 있습니다.

6장 부부 리모델링 4단계

나와 우리 안의 독소를 제거하기

보이지 않지만
치명적인 내 안의 적

사람은 완벽하지 않기 때문에 정도 차이가 있을지언정 누구나 자기 안의 적을 가지고 있습니다. 그냥 산다는 것 자체로도 우리 몸 안에는 불균형을 초래하는 요소들이 존재합니다. 마치 위장 안에 수많은 병균이 존재하지만 생체 균형이 깨져서 병으로 나타나지 않는 한 별 탈 없이 사는 것과 마찬가지라 하겠습니다.

지금부터는 앞에서 살펴본 사항들보다 훨씬 깊은 곳에 자리잡고 있는 문제들을 살펴보겠습니다. 저는 이를 '내부의 적'이라고 부르겠습니다. 앞에서 살펴본 외부의 적이나 남녀의 뇌와 생리적 차이처럼 내부의 적 역시 개인 또는 부부의 라이프 통장에 상당한 지출을 초래하거나 위협을 주는 위험 요소라는 뜻입니다.

제 경험에 비추어볼 때 자기 안에 적이 없는 사람은 대개 다른 사람도 적으로 삼지 않더군요. 바꾸어 말하면 남들이 다 밉고 원수처럼 여겨진다면 자기 안의 적(또는 독)부터 살펴보는 게 좋겠다는 뜻입니다.

비슷한 여건, 혹은 남보다 훨씬 나은 여건 속에서도 부부 관계가 심각할 정도로 악화되기만 한다면 이제는 '내부의 적'이 무엇인지를 살펴봐야 할 때입니다.

집을 새롭게 꾸민다고 값비싼 가구를 들여놓고 풍수지리에 따라 침실 가구를 재배치한들 지하에 곰팡이가 슬고 하수도가 막혔다면 무슨 소용이 있겠습니까? 이 장에서는 겉으로 보이는 행동이나 합리적인 생각 또는 의지만으로는 도저히 풀리지 않는 깊은 심리적 요인이 있을 때 어떻게 접근할 것인가에 대해 말씀 드리겠습니다.

이 부분은 대개 한 사람이 형성되어 온 '역사(또는 의식적, 무의식적 기억)', 깊은 상처, 각자 나름대로 최고의 가치로 소중히 여기는 의미와 상징, 생명만큼 소중한 소망 등과 관련되어 있기 때문에 섣불리 건드리기가 상당히 조심스러운 일입니다. 신뢰할 만한 전문가의 도움이 꼭 필요한 부분일 텐데, 문제는 이 정도의 심도 있는 부부 치료를 할 수 있는 전문가가 턱없이 부족하다는 사실입니다. 따라서 스스로 내부의 적을 살펴보고 전문가의 도움을 받기 어려울 때 일상에서 꾸준히 실행하면 도움이 될 만한 자가 치료법(DIY)을 소개해 드리겠습니다.

인생 대본을 다시 써라

우리는 매일 수없이 많은 말을 하고, 행동을 하고, 다양한 감정을 느끼면서 살고 있습니다. 가끔 의식적으로 판단하고 선택하여 행동을 하지만 종종 감정은 무의식 상태에서 솟아오릅니다. 〈아침마당〉에서 부모형제를 찾아 헤매는 애절한 사연들을 듣다보면 자기도 모르는 사이에 눈물이 주체할 수 없이 흐르는 것은 당연하다고 생각하시겠지요. 혹시 부부 싸움을 한 후에 자기도 모르게 한숨이 나오고 '그래, 내 팔자가 사납다고 그랬어' 또는 '아, 나는 왜 이렇게 바보처럼 당하고만 살까!' 하는 것 또한 당연한 반응일까요?

아닙니다. 말하고 행동하고 느끼는 모든 것은 마치 배우가 자신이 맡은 대본의 시나리오에 따라 움직이듯이 각자 자기 안의 '인생 대본'에 따른 것입니다. 우리가 말하는 내용뿐 아니라 태도, 몸가짐, 옷차림, 머리 모습이 다 자신 안의 인생 대본에서 맡은 자기 역할과 일치합니다.

인생 대본은 심리학 용어입니다. 하지만 아마도 대학에서 심리학 개론을 들어보신 독자들도 처음 듣는 단어일 가능성이 높습니다. 20여 년 전에 배웠던 심리학 교과서는 프로이트 학설로 가득 차 있었습니다. 하지만 최근 교재에는 단 한두 페이지밖에 프로이트 이론이 언급되어 있지 않습니다. 20여 년 전까지만 해도 '프로이트를 모르면 심리학을 모른다'라고 간주되었던 것이 이제는 '프로이트를 몰라야 인간을 올바로 이해할 수 있다'로 완전 바뀌게 되었습니다.

프로이트 이론을 빼면 뭐가 남을까요? 한 학기 강의로도 부족한 수많은 학설들을 다 말씀 드릴 수 없으니 부부 관계에 직접 관련되는 것 한 가지만 소개해 드리겠습니다. 학자마다 '내적 대화(internal dialogue)', '지각과 인식(perception and cognition)', '자기 대화(self-talk)', '자기 개념(self-concpet)' 등 여러 용어를 쓰지만, 요지는 인간은 스스로 인생을 만들어나가는 주체라는 뜻을 함축합니다. 저는 이를 '인생 대본'이라고 부르겠습니다.

나를 아는 것이 먼저다

어릴 때(즉 아직 스스로 대본을 쓸 능력이 없을 때) 부모님과 선생님 등 보호자와 권위자가 하는 말은 인생 대본에 지대한 영향을 미치지만 그 중에서도 특히 부정적인 말들은 뇌의 경보 장치를 더 자극함으로써 기억 깊은 곳에 저장시킵니다. 어른들이 별 생각 없이 하는 흔한 말 중에 부정적인 '인생 대본'으로 남게 되는 몇 가지 예를 들어보겠습니다.

“정신을 어디다 빼놓고 다니니?”, “너 때문에 창피해 죽겠다”, “누굴 닮아 이 모양이냐?”, “또 거짓말이지?”, “꼴에 뭘 해보겠다고!”, “한번 맞아볼래?”, “너 같은 건 필요없어” 등등.

자기 방어 능력이 없는 아이들에게 어른들이 던진 이런 무심한 말들은 무의식에 남게 됩니다. 어른이 되어서도 어떤 일에 부딪치면 ‘내 주제에 뭘 해보겠다고!’, ‘나 좀 봐, 정신을 어디다 빼놓고 다니지?’, ‘맨날 말만 앞세우지 이룬 게 없잖아’ 하고 스스로에게 말합니다.

또 자기 자신에게만 인생 대본을 독백하는 게 아니라 대본에 맞는 사람을 만나고 대본에 따라 대하기 때문에 이 필터에 걸러진 비슷비슷한 사람들끼리 만나게 되어 있습니다. 유유상종이라는 말이 공연히 생겨났겠습니까? 성공하는 사람들은 실패형들과 잘 어울리지 않습니다. 만나서 자신을 발전시킬 만한 소득을 얻을 수가 없기 때문이지요. 반대로 실패형들은 실패형들끼리 모여 서로가 믿는 대로 말하고 행동하니까 부정적인 인생 대본을 더욱 강화시킵니다.

인생 대본은 물론 긍정적일 수도 있고 부정적일 수도 있습니다. 제가 부부 싸움을 악화시키는 ‘내부의 적’이라고 할 때에는 인생 대본이 부정적일 때를 말합니다. 과연 부정적인 인생 대본을 가지고 살 때 어떤 대가를 치를까요?

첫째, 재정 통장을 봅시다. 똑같은 학력, 나이, 경력을 지닌 A와 B 두 사람이 있다고 가정해 보십시오. 그중 A는 부정적인 인생 대본을 가지고 사는 사람입니다. ‘나같이 사십이 넘은 사람을 반겨줄 회사는 한 군데도 없을 거야’라는 대본을 자기 머리 속에서 반복하는 A는 응모해 봤자 떨어질 게 뻔한데 뭐하러 헛수고 하면서 서류 작성을 하고 인터뷰를 하러 가나 하고 소극적으로 나올 수밖에 없습니다. 반대로 긍정적인 대본을 갖고 사는 B는 '나이 사십이면 아직 늙지도 않았고 인생 경험이 없는 철부지들보다는 축적된 노하우도 있으니까 적격일 거야'라는 인생 대본대로 행동합니다. 비록 열 번 낙방해도 실망하거나 포기하지 않습니다. '인재를 못 알아보는군. 아직 나를 꼭 필요로 하는 회사가 어딘가 있을 거다'라는 희망을 가지고 여러 곳에 응모를 하게 됩니다. 그러는 사이에 여러 유용한 정보도 얻고 인터뷰 기술도 쌓을 수 있습니다. 누가 더 직장을 찾을 확률이 높겠습니까?

둘째, 건강 통장입니다. A는 '내일 죽더라도 하고 싶은 것은 해야 사는 맛이 있지'라는 대본대로 계속 담배를 피웁니다. B는 '나는 아직 할 일이 많은 사람이야(나는 중요한 사람이야. 나는 사회에서 필요로 하는 사람이야)'라고 믿기 때문에 담배를 끊습니다. A와 B 둘 중에 누가 더 건강히 오래 살겠습니까?

셋째, 정서 통장을 봅시다. A는 '세상 사람들은 가진 것 없고 잘난 것 없는 나를 비웃는다'라는 대본을 의심하지 않고 믿기 때문에 아내의 농담마저 자신을 우습게 보는 비웃음으로 해석합니다. B는 '위인들 가운데 갖출 것 다 갖추고 태어난 사람보다 역경을 극복하고 성취한 사람들이 더 많지. 나는 비록 돈이나 지위는 없어도 건강하고 사랑스러운 아내와 자녀가 있으니 얼마나 다행인가'라는 인생 대본을 마음속에서 반복하기에 아내의 농담이 활력소처럼 느껴집니다. A와 B 중 누구의 정서 통장이 더 풍요롭겠습니까?

끝으로 인생 대본이 어떻게 도우미 통장에 영향을 주는가 예를 하나 들어보겠습니다. A와 B는 둘 다 몇 해 전 씨랜드 화재 참사로 외아들을 잃은 아버지들입니다. A는 '세상은 이기적이고 냉정하다. 내 눈에는 피눈물이 마를 날이 없는데 아무도 우리 아들을 기억해 주는 이가 없다'는 인생 대본을 가지고 삽니다. 그러다 보니 점점 더 외출하기도 싫고 사람 만나기도 싫어져서 고독과 절망에 빠져 술로 지샙니다. 처음엔 동정하던 이웃과 친척들마저 세상을 저주하고 비난하는 A에게서 점점 멀어집니다. 반면 B는 '비록 내 아들은 잃었지만 그 아이의 죽음을 헛되게 할 수는 없다. 같은 비극이 반복되지 않도록 아동 시설에 화재 경보기를 설치해 주는 후원회를 만들자'는 대본대로 활동함으로써 많은 부모들의 지지를 얻고, 많은 어린이들의 수호천사 역할을 하고 있습니다.

저는 교통사고나 병으로 자녀를 잃고 상실과 애도에 빠져 비관적, 파괴적으로 자신과 나머지 가족의 라이프 통장을 돌보지 않는 부모들을 도와준 적이 여러 번 있습니다. 자신의 마음 속에 끝없이 들리는 '생각'들을 말로 하게 하고, 글로 적어보게 하면 스스로 얼마나 파괴적이고 비극적인 인생 대본을 가지고 사는가를 깨닫게 됩니다. 그렇게 계속 살고 싶은가를 묻고 그럴 때 자신과 남은 가족들의 건강과 정서 통장의 상실을 생각해 보라고 하는 것이 치유의 과정이 됩니다. 즉 이런 경우 마음의 치유는 인생 대본을 새로 쓰는 것이라고 할 수 있겠습니다.

우울증에 걸리는 사람들 중 대다수는 부정적인 것만 선택적으로 여과하여 반복, 강화하기 때문이라는 연구가 수없이 많습니다. 습관적으로, 자동적으로 세상을 부정적으로 보는 사람들에게는 인지적 왜곡이 있습니다. 이하는 졸저 『인간 커뮤니케이션』에서 발췌했습니다.

9가지 인지적 왜곡

1. 지나친 일반화를 한다('매번', '결코', '절대로', '한번도' 따위의 말을 자주 쓰는 것으로 자신의 인생 대본을 자가 점검할 수 있다).
2. 단정적으로 이름을 붙인다('우리 집은 전쟁터야', '결혼은 미친 짓이야' 등).
3. 선택적으로 여과한다(상대방의 장점보다 단점만 기억한다든가 이혼 후에도 책임을 전부 상대방 탓으로 돌린다).
4. 극단적인 사고방식을 한다(매사를 흑과 백, 선과 악, 성공과 실패, 주인과 종 등 이것이냐 저것이냐로 양분해서 본다).
5. 지나친 자기 비판과 자책감을 갖는다.
6. 매사를 자신과 연관짓는다(사장이 전 직원에게 훈계한 것을 두고 자기를 꼬집어 비판한 것으로 믿고 기분이 나빠지는 것 등).
7. 지레짐작하기를 잘 한다(주부가 힘들게 상을 차려놓고도 '시댁 식구들은 이런 음식을 좋아하지 않을 거야'라고 미리 단정해 버리는 따위).
8. 통제 오류를 한다(스스로가 만사를 완전히 통제한다고 믿는 완벽주의자나 반대로 세상이 온통 공모해서 자기를 골탕먹이려고 해 자신이 꼼짝없이 당한다고 믿는 무기력감).
9. 감상을 이성으로 혼동한다(비가 오면 감상에 빠져 인생은 비극적이라고 생각하고, 생각한 대로 느껴서 과연 현실은 비극이라는 게 옳다고 믿는다).

대처 방법

한 사람과 결혼한다는 것은 그 사람의 과거, 현재, 미래와 결혼하는 것입니다. 습관화된 행동, 말투, 사고방식, 유년의 기억, 상처, 미래에 대한 꿈 등을 다 알고 결혼한다는 건 불가능한 일일 것입니다. 자기 자신도 모를 때가 많은데 어찌 남을 다 알 수 있겠습니까?

그래서 상대를 고치려하기보다 내 안에 어떤 인생 대본이 있기에 이런 사람을 만났고, 이런 상황이 벌어지도록 허용했을까 하는 자기 점검부터 먼저 해야 한다고 생각합니다. 저는 이것을 '인생 대본 검토 작업'이라고 부릅니다.

많은 사람들을 치료하면서 저는 악역이든 선한 역이든 남이 써준 인생 대본을 들고 사는 사람들은 거의 다 건강과 정서에 문제가 있음을 알았습니다. 물론 판단력이 없고 자생력이 없는 유년기에는 부모의 생활방식이나 가르침이 그대로 인생 대본이 될 수밖에 없습니다. 그러나 대략 사춘기 무렵부터 자기 방식을 탐색하고 시도해 보면서 조금씩 나는 누구인가? 무엇을 하고 싶은가? 어떻게 살고 싶은가? 등을 형성해 나가기 시작합니다. 당연히 살면서 겪는 경험과 부딪치며 목표를 조절하기도 하고 방법을 수정하기도 합니다. 그래서 인생 대본은 우리가 죽을 때까지 항상 미완성이며, 고쳐 쓸 수 있는 가능성이 열려 있습니다.

10가지 기본 경험을 찾아낸다

먼저 자신의 인생 대본의 큰 줄기, 즉 테마를 알고 싶으면 유아기부터 현재까지 겪은 여러 가지 사건 중에 가장 큰 것 10가지를 기억해 보시기 바랍니다. 한꺼번에 다 떠올리기 힘드니까 0세부터 5세까지의 최초의 기억을 적어보고, 이어서 5~10세, 10~15세, 15~20세, 20~30세, 30~40세 등으로 나누어 성장 기간 동안 뚜렷이 기억에 남는 사건들을 적는 것입니다.

예를 들어 최초의 기억으로 네 살 때 동생이 태어난 것이 뚜렷이 남는다면 그 사건이 분명 자신의 위치, 역할, 부모와의 관계 형성 등에 영향을 주었음에 틀림없습니다. 또 5~10세인 초등학교 때 이사를 가서 새 학교에서 겪었던 뚜렷한 기억이 있다면 이 또한 어떤 식으로든 초기의 인생 대본이 됩니다.

7가지 중요 결정을 찾아낸다

두 번째로는 이런 경험을 겪을 때 어떤 생각을 했었는지, 어떤 결심을 했었는지, 어떤 교훈을 얻었는지 등을 적어보는 것입니다. 여러 사건 중에서 가장 뚜렷한 인상으로 남는 사건 10가지를 추리고 그 당시에 느꼈거나 생각했던 것을 적어서 희미한 것은 빼고 큰 줄기 7가지만 추리십시오.

똑같은 상황을 겪더라도 거기서 어떤 생각을 품게 되고 어떤 교훈을 얻는지는 사람마다 다 다릅니다. 저는 몇 해 전에 한 학기 동안 학생들과 함께 '가정 폭력 피해 여성들의 쉼터'에서 자원봉사를 한 적이 있습니다. 쉼터에 온 여성 7명 가운데 3명이 어릴 때 성폭력을 당한 경험이 있더군요. 그중 한 명은 더럽혀진 몸이라 생각하고 18세부터 매춘을 해왔다고 하고, 또 한 명은 '당하지 않으려면 먼저 공격하라'는 생각으로 걸핏하면 술 마시고 남자들과 싸움을 하다가 경범 처벌을 받고 온 케이스며, 또 한 명은 남자와의 성관계는 무섭고 싫다는 생각으로 레즈비언이 된 케이스였습니다. 이렇듯 성폭력을 당했어도 그로 인해 구체적으로 어떤 인생 대본이 쓰여질지는 아무도 모르는 것입니다.

중요한 점은 어릴 때에는 할 수 없더라도 어른이 된 이상 스스로 자기 안의 인생 대본을 점검해서 진정 자신이 살고 싶은 각본으로 새로 고쳐 쓸 책임이 있고, 이 책임을 타인에게 떠넘겨서는 안 된다는 것입니다.

5명의 핵심인물을 찾아낸다

인생 대본에 영향을 주는 또다른 요인은 그 사람의 삶에 등장하는 다섯 명의 핵심인물입니다. 핵심인물은 부모, 조부모, 형제자매 중에서도 특별히 중요한 영향을 끼친 사람, 또 스승이나 친구일 수도 있고, 때로는 책이나 영화에서 본 주인공이나 감명 깊게 읽은 위인전의 영웅일 수도 있습니다. 미국 토크 쇼의 여왕 오프라 윈프리는 초등학교 3학년 때 숙제로 낸 독후감을 진심으로 칭찬해 주고 격려해 준 선생님 덕분에 결손가정의 가난한 흑인 여성인 자신도 열심히 하면 인정받을 수 있다는 '인생 대본'을 갖게 되었다고 합니다.

저는 다른 사람의 인생 대본에 지대한 영향을 끼칠 수 있는 엄청난 힘을 가진 두 종류의 사람들이 부모와 교사라고 생각합니다. 하지만 불행하게도 수많은 부모와 교사들이 자녀와 학생들을 대할 때 자신들의 영향력을 부정적으로 사용하는 것을 보았습니다. 생각없이 하는 욕설, 꾸지람, 비웃음 등이 자기 방어력이 없는 어린 자녀와 학생들에게는 참으로 나쁜 인생 대본을 써주는 것이라고 생각합니다. 또한 만일 자신이 원했던 대로 살고 있지 않거나 뭔가 노력해도 되는 일이 없다는 생각이 드는 사람들은 혹시 다른 사람이 써준 그릇된 인생 대본 때문이 아닌가를 점검해 볼 필요가 있겠습니다.

지금까지 소개한 방식대로 일기나 자서전을 써보며 자신의 인생 대본이 어떻게 형성되었는가를 알아보고 앞으로 어떻게 살고 싶은지를 적어보시기 바랍니다.

부부 치료 전문가들은 우리가 하는 모든 행동이 '관계에 보탬이 되거나 또는 관계를 오염시키는' 둘 중 하나라고 합니다. 말 한마디로 천냥 빚 갚는다는 속담처럼 같은 말이라도 어떻게 하느냐에 따라 엄청나게 다른 결과를 가져온다는 것을 경험해 본 적이 있을 것입니다.

숙제를 내드리겠습니다. 매일 무심코 하는 말 가운데 부부 사이를 오염시키는 말과 행동을 포착해서 적어보고 이틀만 시행해 보십시오. 얼마나 무의식적으로, 얼마나 자주, 부부 사이를 오염시키는 말과 행동을 하고 있는지 놀라게 될 것입니다.

다음 단계로 일주일 동안 매일 아침에 눈을 뜨면 오늘은 아내에게, 또는 남편에게 '어떤 기쁨을 줄까', '어떤 도움을 줄까'를 생각해 보고 그날 안에 꼭 실천해 보십시오. 이것이 오늘 나의 인생 대본이라 정하고 마음 속으로 리허설을 해본 뒤 마치 직장에서 맡은 프로젝트처럼 자신의 명예를 걸고 최선을 다해서 꼭 실천해 보십시오. 임상 실험에 따르면 습관 형성을 하기 위해서는 매일 실행해도 최소한 21일이 걸린다고 합니다.

이 숙제를 하다 보면 같은 시간, 같은 에너지를 서로의 도우미가 되는 데 쓸 것이냐 부부 관계를 오염시키는 데 소모할 것인가의 선택권이 자신에게 있음을 알게 될 것입니다.

불륜과 외도를 미화하는 대중매체 중독증

2004년 부산 국제영화제 폐막작으로 〈주홍글씨〉가 공개되자 모 감독은 "불륜 정도는 돼야 진실한 사랑을 논할 수 있다"고 말했다고 합니다. 또한 "불륜은 희생이 강요된 사랑이므로 이를 각오하고서라도 해보겠다면 이보다 더 진실한 사랑이 있겠는가"라고 덧붙였다고 합니다.

지난 몇 해 동안 불륜을 주제로 한 한국의 드라마와 영화 가운데 흥행 대박을 터뜨린 작품이 많았습니다. 그러다 보니 점점 더 자극적인 소재들이 개발되고 있는데 관점을 한번 바꿔놓고 봅시다. 순진무구한 어린이의 눈으로 본다면 마치 방송사와 영화사들끼리 누가 더 빨리 더 확실하게 엄마와 아빠를 갈라지게 만드는지 마치 대회라도 하는 것 같지 않겠습니까?

드라마 작가와 제작자들은 현실이 그러하고 또 그런 식으로 만들어야 잘 팔리기 때문에 〈전원 일기〉 같은 심심한 드라마를 만들 수가 없다고 항변합니다. 결국 드라마, 영화, 관람자가 서로서로 상승효과를 일으키면서 이혼을 권하는 방향으로 몰고갑니다.

불량 드라마는 불량 식품과 같습니다. 어릴 때 불량 식품을 먹지 말라는 소리를 안 들어본 사람이 드물 것입니다. 그래도 학교 앞 문방구나 즐비한 구멍가게에서 유혹하는 알록달록한 사탕들, 조잡한 플라스틱 장난감을 끼워 파는 과자 봉지, 만화 주인공이 그려진 풍선껌……. 그 짜릿한 유혹을 외면하기 어려워 주머니에 동전 몇 푼이라도 생긴다면 사먹고 싶었던 기억이 있을 것입니다.

불량 식품이란 보기엔 먹음직하지만 색소와 방부제 등 유해물질이 많이 들어 있으며 또 비위생적이기 때문에 '불량'하다고 합니다. 백해무익한 것이 불량 식품입니다.

마찬가지로 드라마, 케이블, 방송, 영화, 비디오 등 볼거리가 넘쳐나는 요즘 우리는 알게 모르게 불행을 살포하는 대중매체 바이러스에 감염되어 있는지도 모릅니다. 공중파는 물론 케이블과 인터넷 방송까지 치열한 경쟁률 때문에 제작자들은 오늘도 어떻게 하면 더 많은 사람들을 '드라마 폐인'으로 만들까 온갖 기발한 아이디어와 상상력을 동원하여 그럴싸한 시나리오를 만들기에 여념이 없습니다.

물론 유익한 프로그램도 많이 있습니다. 감동을 주고 필요한 정보를 얻을 수 있는 매체로서 텔레비전은 아주 유용한 도구입니다. 불량 식품처럼 '볼거리'도 불량한 것과 아닌 것을 분별하는 기준은 간단합니다. 그 내용이 나의 인생(또는 우리 자녀와 가족)에 유익한가 아닌가로 판단기준을 삼으면 답이 명확해집니다.

세계 최강의 자본주의 국가 미국에서는 텔레비전 프로그램이 인간의 행동 발달에 미치는 영향에 대한 논란이 끊이지 않았고 덕분에 수천 개의 독립적 연구가 이루어졌습니다. 단기 영향에 대한 연구는 논란의 여부가 있었지만 장기 영향에 대한 결론은 한결같습니다. 어떤 종류의 프로그램을 가장 많이 보느냐와 그 사람의 행동 사이에 밀접한 유사성이 있다는 것입니다.

아직 한국의 불륜 드라마가 한국인에게 어떤 장·단기적 영향을 주는지에 대한 체계적이고 과학적인 연구가 없지만 텔레비전의 영향에 관한 수천 편의 연구 결과를 보면 우리 사회가 현재 얼마나 대책 없이 불행 바이러스를 살포하고 있는지 우려하지 않을 수 없습니다.

어떤 이는 혹시 이렇게 반문할지도 모릅니다. 그야 애들이나 텔레비전 보고 따라하지 어른들은 다르지 않겠습니까? 천만에 말씀입니다. 아이들과 어른 앞에서 식초보다 더 신 레몬을 한 입 깨물어보십시오. 입 안에 침이 가득 고이는 반응은 아이나 어른이나 똑같습니다.

우리나라의 불륜과 이혼 드라마는 이미 '결정적 다수'의 한계를 넘어선 것 같습니다. 이제는 이런 드라마도 안 보고 무슨 재미로 사느냐는 사람이 많고, 싫어도 겉으로 드러내지 못하고 모른 체하는 사람이 많습니다. 자칭 드라마 폐인들도 많이 생겨 특히 여성 시청자들은 만나면 공통의 화젯거리가 풍부해졌습니다. 드라마 폐인들은 인터넷 카페를 만들어 그 안에서 드라마 대사를 모방한 채팅을 계속합니다.

드라마 중독도 다른 모든 중독과 마찬가지로 심리 치료에서는 '현실로부터의 도피', '두려움으로부터의 도피'로 봅니다. 무엇을 두려워 하느냐구요? 경제 문제, 부부 문제, 불확실한 미래에 대한 불안감, 어질러진 집 청소하기 싫은 마음, 산더미처럼 쌓여 있는 빨래, 살찌고 늙어

가는 자신의 모습을 정면으로 바라보기 두려운 마음, 실패할 것 같은 두려움, 자기 인생의 따분함과 무료함에 대한 무기력감…….

그러나 이들이 아직 모르는 것은 문제를 도피하는 한 점점 더 문제가 커진다는 것입니다. 술, 마약, 도박, 섹스 등으로 도피하려는 사람치고 인생 문제를 잘 해결하는 사람이 있던가요? 이들은 자신의 불행감을 증폭시킬 뿐 아니라 가족과 주변 사람마저도 불행하게 만듭니다. 당신이 즐겨 보는 드라마가 자신과 가족의 인생을 불행 바이러스로 감염시키고 있는지 한번 점검해 보시기 바랍니다.

✔나는 얼마나 드라마와 영화에 중독되어 있는가

1. 불륜을 소재로 한 드라마를 보면 짜릿함을 느낀다. ☐
2. 드라마의 인상적인 대사가 머릿속에 자꾸 떠오른다. ☐
3. 이혼하고 당당하게 사는 사람이 부럽다. ☐
4. 연애하던 시절로 시간을 되돌릴 수 있다면 행복을 찾을 것 같다. ☐
5. 드라마나 영화에서 본 대사를 내 생활에서 그대로 사용해 본다. ☐
6. 드라마나 영화의 주제가를 하루종일 틀어놓는다. ☐
7. 옛날 애인이 나타나 나를 불행에서 건져내 주는 장면을 그려본다. ☐
8. 가족들과 얘기하는 것보다 드라마나 영화 보는 게 더 좋다. ☐
9. 드라마의 주인공이 입었던 옷, 액세서리, 가방 등을 사고 싶다. ☐

이 중 단 한 가지 항목이라도 해당된다면 중독의 가능성이 있습니다. 치료법은 한마디로 "정신 차려!"입니다. 불행 바이러스의 원천인 드라마와 영화 보는 것을 중단하고 자신의 인생 대본 점검부터 시작해 보십시오.

대처 방법

입으로 들어가는 음식이 몸의 건강과 직결되는 것처럼 텔레비전, 소설, 영화 등을 통해 눈과 귀로 입력하는 모든 자극과 정보가 정신 건강을 좌우합니다. 최근 뇌과학과 심리학은 기억과 감정의 회로의 메커니즘을 통해 인과의 법칙, 통제의 법칙, 인력의 법칙 등을 발견했는데, 그 요지는 한결같이 우리가 보고 듣고 생각하고 기억하는 것이 우리의 감정과 행동을 변화시킨다는 것입니다.

쉽게 말해 불륜 드라마와 영화를 자주 보면 그에 대해 분노를 느끼든, 가정이 해체될까 두려워하든, 남의 일탈을 보고 대리만족을 느끼든 어떤 식으로든 영향을 받게 된다는 말입니다.

그래서 저는 텔레비전이나 영화를 보면서 '남이 써준 인생 대본'을 우리의 소중한 뇌에 입력시키는 대신, 그 아까운 시간에 자신이 살고 싶은 대로 자신의 '인생 대본'을 혼신을 다해 써보라고 권합니다. 다음은 인생 대본을 쓸 때 필요한 기본 마음가짐입니다.

자기 자신에게 관대해진다

이 세상에서 가장 소중하고 가치 있는 삶을 살 자격이 있는 주인공은 바로 당신입니다. 머리 속에서 왕왕대는 부정적인 대사의 볼륨을 낮추고 스스로에게 기쁨, 위로, 용기, 희망을 주는 대사를 글로 써보시기 바랍니다.

균형감을 갖는다

불륜 드라마나 영화는 한결같이 극단으로 치닫는 예가 많습니다. 하지만 현실에서는 그런 행동은 자신과 남에게 해를 끼치게 됩니다. 주인공의 대사 가운데, '결코', '끝장이야', '절대로', '영원히' 따위의 극단적인 표현을 빼고 그 대신 부드럽고 따스한 표현으로 바꿔보십시오.

등장 인물에게 고정 관념을 갖지 않는다

소설이나 영화에는 악인, 선인, 바보, 파렴치한 등의 고정 캐릭터가 있지만 현실은 그렇지 않습니다. 사람은 변하게 마련이고 상황에 따라 같은 행동도 여러 관점에서 다르게 해석될 수 있습니다. 고정관념을 버리면 자신의 실수나 과오에 대해서 긍정적인 면을 발견할 수 있고 자신이 다르게 행동할 수 있다는 선택의 유연성을 가질 수 있습니다.

감정에 압도되지 않는다

강한 감정은 대개 두려움에서 나옵니다. 두려움이 강할수록 머리 속에 부정적인 대사가 떠오릅니다. '실패할 것 같아', '버림 받을 것 같아', '아무도 날 사랑하지 않아', '모두가 등을 돌리잖아' 등등. 이런 부정적인 대사 대신에 '나는 할 수 있어', '나부터 변화하자', '나를 지지해 주는 ㅇㅇ가 있다' 등의 긍정적인 대사로 바꾸면 감정에 압도되기보다 차분한 이성이 힘을 얻게 됩니다.

이혼을 불러오는 악습

시애틀에 있는 가트맨 연구소에서는 30년 동안 수천 쌍의 부부들의 대화(혹은 싸움) 모습을 비디오로 찍어서 말의 내용, 표정, 눈빛, 억양, 태도 등 관찰할 수 있는 모든 미세 단위로 분류해서 무엇이 결혼 생활을 가장 위협하는 요인으로 작용하는지를 수학적으로 밝혀냈습니다. 그랬더니 부부 싸움 중에 비난, 경멸, 자기 방어, 담 쌓기의 네 가지 행동을 많이 하는 부부들은 결국 이혼으로 끝난다는 답을 얻었다고 합니다. 다시 말해 이 네 가지는 이혼의 가장 큰 예측 인자로서 반드시 피해야 할 행동이라는 것입니다.

부부가 절대 하지 말아야 할, 그렇지만 습관적으로 자주 행하고 있는 4가지 악습들을 살펴보고, 이 네 악습이 어떻게 라이프 통장과 직결되는지를 알아보겠습니다.

매사를 비난하라

비난받아 기분 좋은 사람은 아무도 없습니다. 음식 맛이 짜다, 싱겁다 같은 자잘한 비판도 듣기 싫지만 못생겼다, 아는 게 없다, 어리석다, 뭐 하나 제대로 하는 게 없다 등등 인격과 능력에 대한 비난은 자기 존중감과 자부심을 손상시킵니다. 비난하는 사람은 한 번씩 비판조로 말할 때마다 부부 관계라는 화초에 독약을 붓는 것이라 생각하십시오. 그런데 비난하는 사람은 대개 자신이 상대를 비난하는 줄도 모르고 하는 때가 많습니다. 오히려 상대를 더 발전시켜 주기 위해 고언(苦言)과 조언을 해주었다고 자부할지도 모릅니다.

그러나 비난받는 쪽의 기분은 어떨까요? 그야말로 소태를 씹은 것처럼 씁쓸할 것입니다. 정서 통장으로 보자면 비난은 자아 성장감을 짓누릅니다. 자신감을 날려버립니다. 자신이 초라하다고 느끼게 합니다. 열등감이 들게 만듭니다. 화가 나고 슬퍼집니다. 살고 싶은 의욕마저 사라집니다. 정서 통장에서 잔고가 쑥쑥 빠져나가는 것이 느껴지지 않습니까? 그래서 비난은 아무리 좋은 의도로 해주는 것이라 해도 정서 통장의 고갈을 불러일으키기에 부부 사이를 멀어지게 하는 독약이 되는 것입니다.

경멸은 비난보다 더 강력한 독약이다

비난보다 더 나쁜 것은 경멸입니다. 조롱과 비웃음은 마음에 깊은 상처를 남게 합니다. '어쭈, 한번 더 해보시지', '호박에 줄 긋는다고 수박 되냐?', '지나가는 개가 다리를 들고 웃겠다', '넌 그냥 그렇게 살아라' 등등 경멸은 '나는 도덕적으로, 지적으로, 인격적으로 너보다 훨씬 높은 위치에 있다'는 우월감을 과시하려는 못된 태도입니다.

상대를 비웃는 투의 말은 정서 통장을 고갈시킬 뿐 아니라 시간이 많이 흐른 뒤에도 마음에 비수처럼 꽂혀서 피눈물을 흘리게 합니다. 어쩌면 암세포처럼 소리 없이 자가증식을 해서 자존심과 자아 존중감을 파멸시키고 말지도 모릅니다.

경멸하는 쪽은 그래도 직설적인 비판을 하지 않기 위해 돌려서 말했다고 우길지 모릅니다. 어쩌면 본인이 어릴 때부터 이런 말을 듣고 자라난 탓에 경멸의 말버릇이 굳어져버렸는지도 모릅니다. 그러나 듣는 사람에게는 단 한 번도 너무 큰 상처입니다.

때로 경멸은 말보다 표정과 억양 등 비언어적 행동에 더 많이 배어져 나옵니다. 부부 치료를 하는 동안 남편의 조롱 섞인 말투에 상처를 너무 많이 받아 왔다며 눈물을 펑펑 쏟는 부인을 여러 명 보았습니다. 그제서야 남편들도 자신이 무심코, 또는 습관적으로 내뱉는 말이 아내에게 얼마나 큰 상처를 주었는지를 깨닫더군요.

자기 방어는 결국 은근한 반격이다

자기 방어는 '나한테는 문제가 없다. 결국 네 잘못이다'라고 반격하는 태도에서 나옵니다. 대개는 비판과 경멸에 대한 자기 방어책이자 변명이기도 합니다. 그러나 자기 방어를 자주하는 부부도 결국 이혼으로 결말이 난다는 게 가트맨 박사의 연구 결과입니다.

자기 방어가 그렇게 나쁜가요? 하고 묻는 사람도 있을 것입니다. 자기 방어는 책임이 나한테 없다는 책임 전가나 회피 전술입니다. 그래서 문제가 해결되지 않을 뿐 아니라 문제를 제기한 사람은 오히려 잘못을 뒤집어쓰기도 합니다. '그러는 당신은 나한테 해준 게 뭔데? 내가 뭘 잘못했다고? 내 탓이 아니잖아. 내가 잘하려고 그랬는데 당신이 나서는 바람에…….' 이런 자기 방어와 변명은 문제의 본질을 직시하지 않기 때문에 발전이 없습니다.

자기 방어는 재정 통장, 건강 통장, 정서 통장 등 부부의 라이프 통장에 커다란 위협을 주는 상황에서조차 결코 본질을 받아들이지 않겠다는 거부 행위입니다.

오히려 상대에게 은근히 반격함으로써 싸움의 불이 점점 더 확산되게 만듭니다. '네가 5톤짜리 대포를 쏜다면 나는 10톤짜리로 반격하마'라는 복수심도 있습니다. 또 상대의 가장 아픈 부분을 찌름으로써 승리를 선점하려는 속셈도 있습니다. 그러다 보면 부부 싸움은 걷잡을 수 없이 파괴적으로 됩니다.

또 도우미 통장으로 보자면 상태를 개선하고자 하는 노력은 항상 물거품이 되어 말을 꺼낸 사람은 도움을 받기는커녕 혹 떼려다 혹 붙이는 격이 됩니다. 따라서 부부 싸움은 항상 제자리에서 뱅뱅 돌고 피곤과 짜증만 남거나 한 가지 문제로 시작했다가 열 가지 문제로 확산되고, 주변 사람마저 적으로 만드는 결과를 초래하기 일쑤입니다. 도우미 통장이 고갈되면 결국 부부 관계에 생기가 없어지고 서서히 시들어 버리고 맙니다.

'담 쌓기'는 각자의 껍질 안으로 도피하는 것이다

비난, 경멸, 변명 등을 해도 발전이 없을 때 흔히 쓰는 방식이 담 쌓기(냉담)입니다. 상대가 진지하게 말을 꺼내고 의견을 물어도 무반응인 채 신문이나 텔레비전만 보는 것도 냉담이며, 상대의 질문을 무시한 채 화제를 바꾸는 것도 냉담의 일종입니다. 화를 내고 밖으로 휭 나가버리거나 문 닫고 자기 방에 틀어 박혀 있는 것도 냉담입니다.

부부 중 한쪽만 냉담해도 부부 관계는 차갑게 식어버리고, 둘 다 냉담을 무기로 삼으면 집 안 공기는 꽁꽁 얼어버립니다. 냉담 또한 정서 통장과 도우미 통장을 고갈시킵니다. 대화를 거부당한다는 것은 인격적인 손상과 직결됩니다. 말할 가치조차 없다는 메시지를 지속적으로 받는 사람의 자아 존중감이 어떻겠습니까?

또 이렇게 무시하고 대화를 단절하다가 갑자기 서로가 필요한 다급한 상황이 벌어진다고 할 때 선뜻 기분 좋게 나서서 도와줄 마음이 생기겠습니까? '혼자 잘난 척하더니 꼴 좋다'며 고소해 하지만 않아도 다행일 것입니다.

자, 이제 여러분은 매일 자신도 모르는 사이에 배우자와 여러분의 가정에 얼마나 독한 독약을 퍼부었는지 아셨을 것입니다. 이런 행동들은 습관처럼 굳어져서 금방 고치기 어려운 것일 수도 있습니다. 혹시 본인이 원하지 않지만, 또 스스로 깨닫지도 못하는 사이에 습관적으로 부부 관계를 해치는 말투나 행동을 되풀이하고 있다면 고치고 싶지 않습니까?

다음은 스탠퍼드 대학의 데이비드 번스 박사가 지적하는 인간 관계, 특히 부부 사이를 악화시키는 열 가지 나쁜 대화 습관입니다. 체크해 보시기 바랍니다.

✔번스 박사가 지적하는 나쁜 대화 습관

1. 내 말은 항상 옳다고 주장하는 언행 (상대는 항상 틀리다는 뜻을 내포함) ☐
2. 모든 잘못을 남 탓으로 돌리는 언행 ☐
3. 자기는 아무 잘못도 없이 피해자일 뿐이라고 믿는 언행 ☐
4. 상대를 짓누르고 무시하는 언행 ☐
5. '절망이다, 끝장이다'라고 포기해 버리는 언행 ☐
6. 자기 요구 사항만 주장하고 남의 처지는 생각지 않는 언행 ☐
7. 화가 났으면서도 화 안 났다고 부인하는 언행 ☐
8. 문제를 직시하기보다 모든 게 내 탓이라고 자신을 비난하는 언행 ☐
9. 목소리와 말투에 비난과 냉소가 깃들인 언행 ☐
10. 현 문제를 풀려고 하기보다 옛날 얘기나 딴 얘기로 화제를 돌리는 언행 ☐

행동 변화는 자기 잘못을 인정하는 데서 출발한다고 합니다. 위에 적힌 사항 중 한 가지라도 해당된다면 오늘부터 부부 사이에 독약 뿌리기를 중단하고 격려하는 말, 배우자가 자부심을 느낄 수 있는 말, 부드러운 미소, 양보하는 언행을 실천해 보십시오.

대처 방법

행복한 사람은 자신의 장점을 많이 발견하고 개발하는 사람이고, 불행한 사람은 자신의 단점에만 집착하고 열등감을 느끼는 사람입니다. 주인공(즉 자기 자신)뿐 아니라 등장인물(배우자나 주변인들)에게 어떤 장점이 있는지에 초점을 두는 것은 인생 대본 전체를 밝게 채색합니다.

뇌과학 연구자들이 왜 인간의 상상력이 발달했을까를 연구해 본 결과 상상력은 인간이 시각과 청각 정보를 의도적으로 만들어내는 것이며, 상상을 할 때 두뇌의 감각피질에 혈액이 몰리며 감정을 자극한다는 사실을 알아냈습니다. 진화생물학자들은 상상력의 가장 큰 역할이 어떤 일을 행동에 옮기기 전에 미리 그 결과를 예측함으로써 시행착오를 줄이는 데 있다고 합니다. 인생을 다 허비한 뒤에 아차! 하고 후회하지 않으려면 상상력을 동원하여 가장 행복이 예측되는 시나리오를 쓰시기 바랍니다.

긍정적인 인생 대본을 바탕으로 각자 일상에서 풍요로운 부부 관계를 위해 실천할 수 있는 방법을 정리해 보았습니다.

부부 사이를 풍요롭게 하는 행동

1. 하루 일과를 마치고 집에 돌아와서 그날 있었던 일에 대해 얘기한다.
2. 일과 중 휴식 시간에 잠깐이라도 배우자에게 안부 전화를 한다.
3. 부모님이나 형제자매에게 함께 안부 전화를 한다.
4. 산책을 함께 한다.
5. 서로의 중요한 날을 기억하고 축하해 준다(생일, 기념일 등).
6. 배우자의 고민이나 걱정거리를 비판없이 들어준다.
7. 배우자가 좋아하는 음악을 틀어준다.
8. 배우자가 좋아하는 영화를 함께 본다.
9. 함께 봉사 활동을 한다.
10. 아이와 나가서 놀 테니 집에서 푹 쉬라고 하는 등 작은 배려를 잊지 않는다.
11. 배우자가 좋아하는 음식이나 음료수를 장만한다.
12. 고맙다는 말을 하루 한 번 이상 한다.
13. 포옹을 하거나 손을 잡거나 어깨를 주물러준다.

지금까지 결혼 생활을 즐겁게 하는 방법들을 알려 드렸습니다. 물론 각자 처한 상황에 따라 제가 제안한 것보다 훨씬 더 좋은 방법이 많을 줄로 압니다. 중요한 것은 어떤 상황에서라도 부부가 서로의 인격을 적으로 삼지 말자는 것입니다. 사회는 늘 바뀌고 환경도 바뀝니다. 성공하는 사람들은 단지 주어진 상황에 반응하는 사람이 아니라 능동적이고 주도적으로 나서서 삶의 처지를 바꿔나가는 사람들이라고 합니다. 결혼을 위협하는 적이 아무리 많고 강하다 해도 부부가 힘을 합치면 그 위세는 축소될 수밖에 없습니다.

제가 소개한 방법을 한꺼번에 다 실행하기는 어려우므로 자신의 상황에 맞는 방식부터 한두 가지씩 실천해 보시기 바랍니다. 그러면 도저히 안 풀릴 것 같던 어려움도 조금씩 해결되면서 찌푸려 있던 표정과 마음이 조금씩 밝아지는 것을 느낄 수 있을 것입니다.

7장 부부 리모델링 5단계

행복한 결혼을 위한 관계의 기술 익히기

부부 롱런 수칙

5월 21일은 '부부의 날'입니다. '가정의 달인 5월에 둘(2)이 하나(1)가 되자'는 의미라고 합니다. 2004년 5월 부부의 날 제정 위원회에서 제안한 〈부부 롱런 수칙(부부 백년해로 헌장)〉은 이훈요(94세) 할아버지와 김봉금(98세) 할머니 부부처럼 7, 80년 동안 해로한 장수 부부들과의 인터뷰에서 얻은 지혜를 모은 것이라 합니다.

부부 롱런 10대 수칙

1. 인내하며 다툼을 피하라. 참는 것이 이기는 것이다.
2. 칭찬에 인색치 마라. 칭찬은 귀로 먹는 보약이다.
3. 웃음과 여유를 가지고 대하라.
4. 서로 기뻐할 일을 만들라.

5. 사랑을 적극 '표현'하라.

6. 같이 즐기는 오락이나 취미를 만들라.

7. 금연, 절주하고 건강을 지켜라

-건강한 부부는 부부 관계도 건강하다.

8. 서로 지나치게 의존하지 말라

-경제적, 심리적으로 적당히 독립하라.

9. 매년 혼약 갱신 선언을 하자-이혼할 틈을 주지 말라.

10. 부부 교육 프로그램에 적극 참여하자-투자한 만큼 거둔다.

이 수칙을 보면 10가지 수칙 중 1번부터 6번까지가 모두 정서 통장에 해당되지 않습니까? 칭찬, 웃음, 여유, 기뻐할 일을 만드는 것, 사랑을 적극 표현하는 것, 함께 즐길 오락이나 취미를 만드는 것 모두 정서 통장을 풍부하게 하는 것들입니다.

가트맨 처방과 내훈

부부 롱런 수칙을 보면 세계 최고의 부부 문제 치료 권위자로 알려진 가트맨 박사의 처방과 동양의 고전 『내훈(內訓)』의 처방이 그리 다르지 않다는 것을 알게 됩니다. 다음은 제가 미국의 가트맨 박사 팀이 과학적으로 검증한 효과적인 '가트맨 처방'과 오랜 전통을 지닌 동양의 고전적 처방과 비교하여 서로 통하는 점을 묶어본 것입니다. '가트맨 처방'은 가트맨 부부 치료 전문가용 매뉴얼에서 발췌했고, '내훈 부부장'은 『내훈』에서 발췌했습니다.

▶ 부부 싸움은 부드럽게 시작하라

가트맨 처방 부부 싸움은 부드럽게 시작하라. 부부 둘 다 부드럽게 말해야 하지만 특히 아내의 역할이 결정적이다. 왜냐하면 여자의 목소리가 크고 격해지면 남자는 맥박과 호흡이 빨라지고 혈압이 상승하는데, 이때 두뇌에서 감정을 조절하는 장치가 작동을 못하는 홍수 현상이 일어나기 때문이다. 홍수 현상이 일어나면 남자는 이성적인 사고를 못하고 '빨리 이 상황으로부터 도망가고 싶다'는 충동에 압도된다. 남자의 흥분(홍수) 상태가 정상적으로 되돌아오는 데 필요한 시간은 여자의 두 배 가량 되고 충격 흡수력과 탄력성도 여자보다 훨씬 약하다. 따라서 아내가 대화를 부드럽게 시작하는 게 문제 해결의 관건이다. 아내가 부드러운 톤으로 말을 꺼내면 남편은 감정이 이완되고 사고 판단을 하는 두뇌 전두엽이 활성화된다. 이런 상태에서는 남편이 아내의 의견을 쉽게 받아들이고 또 기억장치에 저장할 수 있다.

내훈 부부장 남편에게 허물이 있으면 말을 완곡하게 돌려서 하고, 온화한 얼굴빛과 순한 말씨를 써야 할 것이다.

▶ 시시비비를 너무 가리지 마라

가트맨 처방 배우자의 의견을 관대하게 받아들여라. 시비를 가리는 것보다 둘 다 행복한 게 더 중요하다는 걸 잊지 마라. 이때 남편의 태도가 결정적이다. 남편이 아내의 영향력을 받아들이지 않는 행동은 두 가지 양상으로 나타난다. 첫째, 남편이 먼저 감정을 꺼버린다(그러면 아내도 점점 감정 연결을 차단하게 된다). 둘째, 아내의 사소한 불평이나 의견에도 남편이 벌컥 화를 내고 심술을 부리고 아내를 비난한다(그러면 아내도 지쳐서 결국 둘 다 담 쌓기라는 냉전에 돌입한다). 행복한 부부는 남편이 아내의 말에 귀 기울이고 영향을 받아들인다.

내훈 부부장 대개 일에는 굽은 것(曲)과 곧은 것(直)이 있고, 말에는 옳은 것(是)과 그른 것(非)이 있다. 곧은 사람은 다투지 않을 수 없고 굽은 사람은 밝히지 않을 수 없으니, 다투고 밝히는 일을 펴다보면 분노하는 일이 생기게 되는 것이다. 이는 온공하게 나직한 것을 숭상하지 아니한 때문이다.

▶ 긍정적인 것부터 말하라

가트맨 처방 대화를 시작할 때는 부정적인 면부터 지적하지 말고 먼저 긍정적인 것부터 말하라. 공손하게 말하는 게 중요하다. 안정된 부부는 긍정적 행동과 부정적 행동의 비율이 5대 1로 긍정성이 압도적이다. 그러나 부정적인 행동의 비율이 긍정보다 약간만 더 높아져도 이혼으로 치닫는다. 이혼으로 방향을 트는 분기점은 1(부정적 행동) : 1.25 (긍정적인 행동)이다. 이혼하는 사람들은 자기가 배우자한테 잘해줬는데도 불만이 많더라 하고 말하지만 잘해주는 언행을 5배 가량 늘려야 결혼이 안정적으로 유지된다. 부정적인 행동을 전혀 하지 않는 부부는 이 세상에 없다. 다만 비율이 중요하다.

내훈 부부장 말을 완곡하게 돌려서 간하고 이로움과 해로움을 펴가면서 설득을 하라. 대개 공경이란 '오래 견디는 것'을 말하고 순종함이란 '너그럽고 여유 있는 것'을 뜻한다. 오래 견디라는 것은 만족함을 아는 것이고, 너그럽고 여유 있다는 것은 온건하게 나직한 것을 숭상하는 것이다.

▶ 상대의 요구를 귀담아들어라

가트맨 처방 불행한 부부들은 서로 무엇을 원하는지 모르고 또 알려고 노력도 하지 않는다. 상대가 욕구를 표현해도 무시, 비난 또는 평가절하한다. 반대로 행복한 부부들은 사소한 일에도 서로를 향해 관심을 보이기 때문에 상대가 무엇을 원하는지 알고 있다. 또 감사 표시를 자주 한다. 하루에 3분씩 세 번만 해도 행복지수가 올라가고 안정된 결혼 생활이 유지된다.

내훈 부부장 부부가 되는 것은 의(儀)로써 화친하고 은혜로써 화합하는 것인데, 매질이 행하여진다면 무슨 의리가 있을 것이며, 꾸짖음이 나타난다면 무슨 은혜로움이 있겠는가. 은의(恩義)가 다 없어진다면 부부는 헤어지게 되는 것이다.

▶ 큰 그림을 먼저 떠올린 뒤에 세부 사항을 채워나가라

가트맨 처방 인생에 대한 '큰 그림'을 공유한 부부들이 행복지수도 높고 이혼도 훨씬 덜 한다. 공동의 목표가 있는 부부들은 일상의 사소한 일에서도 서로의 소망을 발견해 주고 포부를 인정해 준다. 이런 자세를 지니면 일상의 사소한 것부터 모든 일이 서로를 아껴줄 수 있는 기회로 여겨진다. 예를 들면 매일 아침 커피는 남편이(또는 아내가) 만든다, 출근 전이나 귀가하자마자 포옹을 한다, 일주일에 한 번은 영화를 같이 본다, 한 달에 한 번씩 상대방의 부모님께 안부 드린다 등등 둘만의 생활 규칙을 만들어 습관화하는 것은 부부가 먼 길을 함께 가는 지속력이 되어준다.

내훈 부부장 부부는 함께 늙어갈 것이다. 하루만의 사이가 아닌 것이다. 솜털같이 작은 일이라도 반드시 알려야 할 것이다. 어찌 함부로 제 마음대로 해서야 될 것인가.

▶ 부부 싸움 중에도 화해 시도를 하라

가트맨 처방 싸움 중에라도 수시로 화해 시도를 하라. "내가 흥분을 가라앉힐 수 있게 도와줘", "잠깐, 여기서부터 오해가 시작된 것 같아", "우리 둘 다 좀 차분해질 필요가 있어", "내 반응이 너무 지나쳤어요. 미안해요" 같은 짧은 코멘트도 감정이 악화일로로 치닫는 것을 저지하는 상당한 효과를 가져온다. 아무리 싸울 때라도 상황이 극단으로 치우치지 않도록 긍정적인 감정을 지키는 데 노력을 기울여야 한다.

내훈 부부장 한 집안을 일으키고자 하는 데는 '화(和)'와 '순(順)'을 말한다. 무엇으로 이를 이룰 것인가. 역시 '공경(恭敬)'에 있을 것이다. 남편이 어질지 못하면 아내를 거느리지 못하고, 아내가 어질지 못하면 남편을 섬기지 못한다. 남편이 아내를 거느리지 못하면 위의(威儀)가 폐하여 무너지고, 아내가 남편을 섬기지 못하면 의리가 무너진다. 그러나 이 둘을 견주어 본다면 그 쓰임은 하나다.

▶ 타임 아웃 시간을 가져라

가트맨 처방 너무 화가 나면 잠깐 타임 아웃 시간을 가져라. 이때는 남자가 먼저 제안하는 것이 효과적이다. "잠깐 멈추자", "일단 진정부터 하자"는 간단한 말로도 내리막으로 치닫는 부부 관계를 방지할 수 있다.

내훈 부부장 남편이 몹시 화를 낼 경우에는 기다렸다가 기분이 풀렸을 때 다시 간하라(내훈에서는 여자가 먼저 할 것을 권함).

▶ 이혼으로 가는 지름길을 피하라

가트맨 처방 비난, 경멸, 자기 방어, 담 쌓기 이 넷은 이혼의 주범이므로 반드시 피하라. 비난은 내가 무엇을 원하는가를 말하는 대신 상대방의 인격에 문제가 있다고 말하는 것이고, 경멸은 더 나아가 상대를 비웃는 것이다. 자기 방어는 내 책임이 아니라며 핑계를 대거나 반격하는 것이고, 담 쌓기는 냉담, 무반응, 침묵 등이다. 이 네 가지 행동은 이혼으로 가는 지름길이다.

내훈 부부장 부부는 사이 좋게 죽을 때까지 서로 떨어지지 않고 방 안에서 맴돌며 지내기 때문에, 마침내 흉허물 없는 마음이 생겨나게 되는 것이다. 흉허물 없는 마음이 생기면 말이 지나치게 되고, 말이 지나치면 방자한 행동이 반드시 생기게 되며, 방자한 행동이 생겨나면 남편을 업신여기는 마음이 생기게 되는 것이다. 이는 만족을 모르기 때문이다.

저는 가트맨 부부 치료 연구소에서 전문가 훈련을 받으면서 '80년대만 하더라도 구닥다리라고 비웃음을 받았을 법한 가트맨 처방이 현재 미국의 주요 언론 매체를 통해 극찬을 받는 이유가 뭘까' 생각해 보았습니다. 제가 나름대로 내린 결론은 두 가지입니다. 첫째는 그의 35년에 걸친 방대한 자료와 치밀한 과학적 분석을 통해 나온 결론에 아직까지 반론을 제기할 만한 맞상대가 없다는 사실이겠지요. 둘째로는 결혼과 이혼을 개인의 선택과 자유로 보던 70~80년대 미국의 '이혼 유행병'의 후유증이 당사자들뿐 아니라 2대, 3대까지 나쁜 영향을 주고, 사회 비용을 더 이상 감당할 한계를 넘어섰기 때문이 아닌가 합니다.

단적으로 80년대까지만 해도 '자녀를 위해 참고 산다'는 생각은 아주 시대착오적인 발상이라고 여겼지만 요즘은 미국뿐 아니라 스웨덴, 프랑스, 독일, 영국 등 유럽에서도 정부와 법원이 '자녀를 낳았으면 참고 살아라!' 하고 강하게 나서면서 결혼을 유지할 수 있도록 적극 지지해 주는 정책을 펴고 있습니다.

이밖에 동서양의 차이와 시간의 차이를 초월해 같은 점도 많고 또 다른 점도 많지만 이 정도만 소개하겠습니다. 이제는 '무엇'이 더 옳고 그르냐는 이념 논쟁과 탁상공론을 떠나 '어떻게' 하는 것이 부부 사이를 더 화목하게 하고 가족에게 평화를 줄 수 있는 것인가를 찾고 실천하는 데 에너지를 쏟아부을 때입니다. '따뜻한 눈빛, 부드러운 말 한마디'를 비타민 복용하듯 매일 잊지 말기를 권합니다.

꼭 알아두어야 할 부부 위기 관리법

결혼 생활을 하다 보면 갑자기 위기 상황이 벌어질 때가 있습니다. 배우자의 말기 암 진단, 배우자의 외도, 뜻밖의 임신, 기형아 출산, 자녀의 사망, 빚 보증 잘못 섰다가 하루아침에 노숙자 신세로 전락하는 일 등…….

그런데 위기는 갑자기 찾아오지만 문제 해결이나 복구 작업에는 오랜 시일이 걸리는 경우가 많기에 위기 극복의 노하우를 배워야 합니다. 마치 소방 훈련이나 민방위 훈련을 하듯 위기 관리도 일종의 학습이 가능하고, 또 요즘같이 변화가 극심할 때에는 미리 배워두는 게 상책일지도 모릅니다.

결혼 생활에서 위기를 당하면 몇 가지 반응이 나타나는데 1. 울고불고 싸우고 난리가 난다, 2. 사실을 부인한다, 3.극도로 예민해진다, 4. 심한 우울증에 빠진다 등이 순차적으로 나타나거나 혼합 또는 주기적으로 반복합니다.

최신 치료 방법은 예전처럼 '과거에 누가 뭘 잘못했는가'를 캐내려 하지 않고 '지금 바로(here and now)' '무엇을 할까(what to do)'에 초점을 둡니다. 극심한 성격 장애자가 아니라면 '현재 무엇을 할까'에 초점을 둘 때 우울증에 빠지지도 않고, 위기 극복을 훨씬 효과적으로 한다는 게 수많은 임상을 통해 검증되었기 때문입니다.

부부 관계에 있어서도 위기는 충분히 기회가 될 수 있습니다. 그런데 위기 관리에도 노하우가 있고, 우리는 그 노하우를 배워 부부 생활에 적극 활용할 줄 알아야 합니다. 부부 위기 관리법을 알고 위기가 닥쳤을 때 현명하게 대처하려고 노력한다면, 분명 그 부부는 어떤 어려움 앞에서도 사랑과 가정의 행복을 잃지 않을 것입니다.

위기 관리 노하우는 부부 치료보다는 경영심리학에서 더 많은 연구가 되었는데 다음 다섯 가지로 요약할 수 있습니다.

첫째, 사태의 심각성을 정확히 파악한다.

둘째, 현실을 정면 돌파하고 피하지 않는다.

셋째, 인간관계를 소중히 한다.

넷째, 감정의 균형을 잃지 않는다.

다섯째, 긍정적인 자아상을 보존한다.

첫째, 사태의 심각성을 정확히 파악한다

실패한 경영자들은 위기의 조짐이 곳곳에 나타나고 아무리 직원들이 긴급 보고서를 올려도 괜찮다, 문제없다 하면서 회피하다가 망합니다. 반면 성공하는 사람들은 문제의 본질을 직시하고 문제점을 확실히 알려고 노력합니다. 망해가는 크라이슬러를 되살린 아이아코카 회장이나 적자투성이 GE를 회생시킨 잭 웰치 등이 CEO로서 가장 먼저 한 작업은 사태의 심각성을 정확히 파악한 것입니다.

결혼 생활의 위기에서도 사태를 정확히 파악하는 것이 중요합니다. 모기 보고 칼 빼는 것도 우습지만 빙산에 좌초한 타이타닉호 갑판 위에 서서 '내 사전에 침몰이란 없다'고 오기를 부려도 곤란합니다.

단, 배우자가 외도했다는 것을 알았을 때에는 상대가 어떻게 생겼는지 둘이 무슨 말을 주고받았는지 어디를 놀러 다녔는지 등등 상상을 자극하는 세세한 정보들은 차라리 모르는 게 약입니다. 곁가지는 접어두고 핵심 사항 셋에만 초점을 맞춥니다. 첫째, 배우자가 정말 부정 행위를 했는지, 둘째, 단 한 번의 실수인지 깊은 관계로 발전했는지, 셋째, 배우자가 적반하장으로 뻔뻔하게 나오는지 쥐구멍 찾듯 진정 미안해 하는지 등입니다. 중요한 것은 '내가 믿고 싶은 대로 믿는다'가 아니라 꼭 알아야 할 현실을 사실 그대로 안다는 자세입니다.

둘째, 현실을 정면 돌파하고 피하지 않는다

실패한 경영자들은 곤경에서 어떻게 빠져나갈까를 궁리하고 채권자나 임금이 밀려 화가 난 직원들을 계속 속이거나 피하지만, 위기에 처한 회사를 되살린 경영자들은 실력을 쌓고 품질을 개선하여 소비자를 설득하고 사재를 털어서라도 빚을 갚는 의지를 보임으로써 직원들의 불만을 해소합니다.

우리에게 친숙한 탤런트 전원주 씨도 십여 년 전에 믿었던 남편의 외도 사실을 알았을 때 "눈앞이 캄캄하고 속이 뒤집어졌다"고 회고합니다. 그러나 곧 마음을 가다듬고 편지를 썼다지요. 말로 하면 서로 감정에 상처를 주면서 돌이킬 수 없을 정도의 큰 싸움이 일어날 것 같아서 "우리가 열심히 살아와서 화목한 가정의 꽃을 피웠는데 비료는 못 줄망정 독약을 뿌리느냐. 난 우리 가정을 깨뜨리고 싶지 않다"는 내용의 편지를 10장이나 썼다고 합니다. 한편으론 자신이 그동안 남편에게 충실하게 살아왔나, 얼마나 따뜻하게 대해 주었나 자기 반성도 했다고 합니다.

이렇게 즉각 정면돌파를 해서 결국 남편의 마음을 돌려놓았고 상처가 아무는 데 시일이 한참 걸렸지만, 지금은 '그때 그렇게 용서하기를 잘했구나' 하고 스스로를 대견하게 여긴다고 합니다.

셋째, 인간 관계를 소중히 한다

부부 문제에서도 위기에 처하면 자존심이 상하고 남 만나는 것도 귀찮아서 기피하고 싶어질 때가 있습니다. 그러나 임상 연구에 따르면 혼자 있는 것은 우울증을 유발하며 우울해지면 일을 안 되는 쪽으로만 생각하도록 부정적 상상력이 제멋대로 날뛴다고 합니다. 사람이 살다 보면 남의 떡으로 설 쇠듯 타인의 덕(도움)으로 일을 이룰 때가 있습니다. 믿을 만한 사람들을 만나다보면 혼자 힘으로는 도저히 풀릴 것 같지 않던 일도 해결의 실마리를 뜻밖에 발견할 수가 있습니다.

어떤 부인은 남편이 도박으로 집을 날리자 이혼을 하려고 했는데 시어머니가 "내가 아들을 유복자라고 오냐오냐 키워서 그런 것이다. 다

내 잘못이다" 하며 본인 소유의 집과 시골 땅을 팔아 며느리 명의로 넘겨주고 "이혼해서 아들의 버릇을 고쳐주라"고 당부하는 바람에 남편을 용서하고 다시 잘 살게 되었다고 합니다. 시어머니도 훌륭하지만 평소에 그 며느리가 시어머니를 어떻게 대해왔는지, 어떤 신뢰를 쌓아왔는지 짐작이 가지 않습니까?

넷째, 감정의 균형을 잃지 않는다

실패하는 사람들은 위기에 처하면 술을 마시고 도박에 빠지거나 섹스에 탐닉합니다. 잠시 괴로운 처지를 잊어버릴 수는 있겠지만 파멸의 낭떠러지로 질주하는 것입니다. 성공하는 사람들은 찌그러진 자존심을 객기로 위장하기보다 믿을 만한 친구를 찾아가서 진심어린 위로와 조언을 받거나 운동으로 스트레스를 푸는 등 부작용이 적고 건설적이고 장기적인 대책으로 감정을 조절합니다.

『빙점』으로 널리 알려진 일본의 소설가 아야코 여사는 수많은 병마와 싸우면서도 짜증내는 일이 없이 언제나 숲처럼 조용했다고 합니다. 그녀의 남편 미츠요 씨는 원래 성격이 급했는데 아내의 모습을 통해 커다란 훈련을 받을 수 있었다고 회고합니다.

심리학에서 한때는 '감정을 억누르는 게 만병의 근원'이라는 설이 지배적이어서 '억압을 풀어라, 감정을 분출하라, 화가 나면 욕도 하고 물건도 집어 던져라' 하는 게 일종의 치료법으로 쓰인 적이 있습니다. 그러나 반짝 효과는 있을지언정 오히려 큰 화를 일으키는 경우가 더 많고 위험해 요즘은 그런 방식을 안 씁니다. 도대체 억압도 나쁘다, 발산도 나쁘다, 그럼 어떻게 하란 말인가요?

답은 균형에서 찾아야 한다는 게 최근 유럽 심리 치료 학자들의 주장입니다. 한동안 서구에서 유행했던 '억압을 풀자' 쪽으로 처방해 본 결과 감정이 너무 부풀려져서 되레 부작용만 커졌다는 것입니다. 그들은 오랜 시행착오 끝에 결국 동양 전통사회의 절제와 균형을 건강한 인간의 표준으로 다시 보기 시작했습니다.

다섯째, 긍정적인 자아상을 보존한다

실패하는 사람들은 사업이 망하거나 인기가 떨어지면 자기 이미지도 추락하는 것으로 단정하여 우울증에 빠지기 쉽습니다. 스스로 '물에 빠진 생쥐'라든가 '깨진 사발'처럼 느끼고 자기 충족적 예언대로 몰골이 초췌하게 변합니다. 그러나 재기하는 사람들은 아무리 위기에 처해도 자긍심을 버리지 않습니다. 오히려 힘든 때일수록 밝은 표정을 짓고 깨끗하고 단정한 차림으로 다니다 보니 일이 잘 풀리더라는 말을 합니다.

우리나라 최초의 여성부 장관이 된 한명숙 여사는 1968년 통일혁명당 사건으로 신혼 6개월 만에 남편이 간첩죄로 감옥에 끌려가는 바람에 스물네 살 새댁 때부터 13년 간 남편의 옥바라지를 했다고 합니다. 한 달에 한 번씩 허락되는 면회와 일주일에 한 번씩 쓸 수 있는 편지를 13년 간 거르지 않고 자신을 지탱시켜 온 힘은 '옳은 일을 한다는' 신념과 마음의 중심을 잃지 않기 위해 시작한 명상과 요가였다고 합니다.

요컨대 어떤 역경을 당하거나 위기에 처해도 '하늘은 스스로 돕는 자를 돕는다'는 격언처럼 스스로 포기하지 않는 한 위기를 극복할 길은 많다는 뜻입니다. 모든 인간은 생존에 필요한 무궁무진한 능력을 보유하고 있다는 믿음을 가지십시오. 자신의 장점에 초점을 두고 자신 안의 정신력을 일깨우면 스스로 치유자가 될 수 있고, 나아가 전화위복, 즉 위기를 더 큰 도약의 기회로 만들 수 있습니다.

자기 안의 능력을 믿지 않으면 어떤 부부 관계 개선책을 읽어도 아무 소용이 없습니다. 부부 관계를 개선하고자 하는 의지와는 반대로 행동은 자꾸 목표와 멀어지는 경우가 있는데, 이 때에는 자기 마음 깊은 곳에 프로그램되어 있는 부정적 걸림돌(부정적 인생 대본)을 발견해야 합니다.

베테랑 부부의 부부 싸움 노하우

부부 싸움도 오래 하게 되면 요령이 생깁니다. 저희 부부도 지난 20년 동안 요령을 터득할 때까지 많은 시행착오를 겪었습니다. 불만이나 갈등을 줄이려다가 오히려 더 키운 적도 있었고 고맙다, 미안하다 한두 마디면 해결될 일을 몇 시간씩 쓸데없는 말로 허비하는 소모전도 해보았습니다. 그런 미련스러움을 거쳐 이제는 배추만 봐도 무슨 김치를 담글지, 소금과 고춧가루가 얼마나 필요한지 얼마나 절여야 할지 등을 한눈에 척 알아보는 베테랑 주부처럼 숙달된 부부 싸움을 할 수 있게 되었습니다.

여기서 소개하는 부부 싸움 노하우는 지난 20여 년 동안 제가 나름대로 실천을 통해 깨달은 것입니다. 부부마다 살고 있는 환경, 여건, 성격, 성장 배경 등이 다르니 무엇을 취하고 버릴지, 어떻게 응용할지는 독자 여러분께 맡깁니다. 선배 언니나 먼 친척 아주머니의 체험담으로 들어주시면 좋겠습니다.

먹고 싸운다

금강산도 식후경이라는 말이 있듯이 싸울 때도 우선 잘 먹어야 합니다. 흔히 부부 싸움을 하면 아내는 밥을 안 하고 남편은 차려준 밥도 안 먹는 것으로 불만을 표시하지요. 그러나 제 경험으로 보면 화날 때 배까지 고프면 짜증이 곱절로 늘어나 마른 볏짚에 불이 번지듯 이 일 저 일 나쁜 것만 생각나서 처음에 뭐 때문에 다투었는지는 생각이 안 나고, 나중에 크게 번진 상황에 정신을 쏟게 되더군요. 그래서 일단 잘 먹은 뒤에 말을 꺼냅니다.

식구들에게도 평소보다 더 열심히 음식을 만들어주고, 특히 남편이 가장 좋아하는 음식을 만들다보면 우선 음식 하는 동안 제 자신이 화가 가라앉을 뿐 아니라 영문도 모르는 아이들은 푸짐한 음식을 먹느라 좋고, 잘 차린 식탁과 아이들이 진수성찬을 먹는 것을 보고 흐뭇하지 않을 아빠가 있겠습니까? 그러다보면 남편도 슬며시 아내에게 고마운 마음이 드는 것 같습니다.

화가 나서 죽을 지경에 음식은 무슨 음식? 개밥도 주기 싫다는 생각이 들 때도 물론 있지요. 그러나 서로 굶고 굶기다보면 그야말로 '아귀다툼'이 되고 한 시간이면 끝날 싸움이 반나절 또는 그 이상 장기전으로 악화됩니다. 세상의 모든 발상의 전환처럼 맨 처음에 이 작전을 쓰기로 했을 때에는 몸에 두드러기라도 날 것 같고 속이 뒤집어질 것 같았지만 한번 해보고 나니까 두 번째부터는 훨씬 쉬워지더군요.

싸움의 주도권을 잡는 법은 배(위장)를 사로잡는 것, 남편이 안 먹는다 해도 자신을 포함해서 남은 식구들이라도 잘 먹을 수 있다는 것, 아무리 봐도 윈윈 전략이고 남는 장사인 것 같습니다.

'링' 안에서 싸운다

흔히들 부부 싸움을 하면 아내가 집을 나가든지, 남편보고 나가라 하든지, 아니면 둘 중의 하나가 연락도 안 하고 밤 늦게 귀가하기 쉽습니다. 이것은 서로의 신뢰감을 철저하게 깨는 일입니다. 일단 아내나 남편이 집에 안 들어오면 교통사고부터 시작해서 온갖 최악의 시나리오가 머리에 떠오릅니다. 못 찾아도 불안, 찾아도 괘씸, 이래저래 싸움이 커질 수밖에 없습니다. 물론 소심한 사람이라면 겁을 먹을 수도 있겠지만 늑대와 소년처럼 이것도 한두 번이면 효력이 떨어집니다.

부부 싸움을 할 때는 반드시 집 안, 그것도 안방을 벗어나지 말아야 부작용도 피할 수 있고 화해도 빨리 할 수 있습니다. 저의 부모님은 심각하게 상의할 일이 있으면 새벽이나 늦은 저녁 저희들이 다 잠이 든 사이에 안방에서 도란도란 의견을 나누었습니다. 두 분이 심각한 토론을 하실 때는 일본어로 해서 내용은 뭔지 몰랐지만 말투가 조용하고 점잖은 것으로 보아서 서로가 동등하게 존중하셨다는 인상으로 남아 있습니다. 제 기억으론 부모님이 큰 소리를 내며 다투시는 모습을 한 번도 본 적이 없습니다.

저희도 의견 차이가 있을 때 자녀 앞에서 언쟁을 하거나 부모형제를 개입시킨 적이 한번도 없었습니다. 결혼 초에 둘이 약속한 사항이 세 가지였는데, 그날 일은 잠 들기 전에 끝낸다, 양가 부모의 결점을 언급하지 않는다, 그리고 화재가 나지 않는 한 큰 소리를 치지 않는다, 이 세 가지였습니다.

지금 돌이켜보니까 저희 둘이 동시에 화를 낸 적이 거의 없었던 것도 부부 싸움이 확산되지 않고 빨리 문제 해결로 초점을 맞출 수 있었던 비결인 것 같습니다.

필요할 땐 도와주며 싸운다

저의 남편은 저랑 싸우고 아무리 화가 나도 제가 도움이 필요할 때면 언제든 지체없이 달려와줍니다. 저희가 사는 동네는 한국인이 별로 없기 때문에 싫든 좋든 둘이 해결해야 할 일이 늘 생기는데, 예를 들어 컴퓨터에 깔린 한글 프로그램이 잘못 되면 영락없이 남편밖에는 손봐줄 사람이 없으니까 도움을 청할 수밖에 없습니다.

또 미국 음식보다 한국 음식을 좋아하는 남편은 아무리 배가 고파도 꼭 집에 와서 밥을 먹기 때문에 저도 음식을 만들지 않을 수가 없습니다. 그리고 남편은 경조사 챙기는 일을 못하는지라 비록 그날 다투었을지언정 아이들 생일이나 시어머님 생신, 제삿날 등은 제가 꼬박 꼬박 챙기니까 장거리 전화로 부부 싸움을 중계할 수는 없고 서로 전화 바꿔가며 덕담을 듣다보면 부부 싸움은 그만 싱겁게 끝나버릴 때가 많습니다.

다투는 중, 혹은 다투고 난 뒤에 받은 도움은 더 큰 고마움과 감동으로 남을 것입니다. '전쟁은 최소한의 비용으로 최대한의 원하는 바를 얻는 것'이라는 명장의 전략을 써야 할 것입니다.

화가 날 때는 배우자의 아기 때 사진을 본다

언젠가 사소한 일로 아침에 화를 낸 남편에게 야속한 마음이 들어서 저녁 때 집에 오면 후반전을 계속하리라 다짐을 했던 적이 있습니다. 옷을 갈아입으려고 안방에 들어서는 순간 문갑 위에 놓여진 남편의 백일 사진과 서너 살 때 런닝셔츠에 누나의 큰 고무신을 신고 천진난만하게 웃고 있는 사진이 눈에 들어오는 게 아닙니까? 한때는 저렇게 귀여운 아기였는데 어쩌다 이런 괴물이 되었을꼬? 하는 생각이 드는 순간 저절로 웃음이 나오며 밉던 기분이 스르르 풀려버리는 것이었습니다.

그 이후로는 화가 날 때 안방에 가서 저와 남편의 어릴 때 사진이 든 액자를 바라봅니다. '우리도 참 귀엽고 사랑스런 존재였는데……. 이제 늙어가는 처지에 무엇 때문에 미워한단 말인가? 힘들여 낳아주시고 키워주신 양가 부모님을 생각하면 어찌 감히 서로를 미워할 자격이 있단 말인가' 이런 생각을 하다보면 아기를 안아주고 싶어지듯 모성본능이 살아납니다.

여러분도 안방이나 거실에 부부가 아기 때 찍은 사진을 나란히 걸어 놓아 보세요. 분명 아기가 주는 순수한 기운을 느낄 수 있을 것입니다. 어떤 이는 웨딩 사진을 걸어 놓기도 하는데 제 경험으로는 아기 때 사진이 더 큰 위력을 발휘하는 것 같습니다.

하고 싶은 말은 3분 안에 끝내라

독일에서는 '말을 너무 많이 하지 말고 3분 안에 요점만 말하라'는 요점 치료가 각광을 받고 있습니다. 왜 말을 많이 하지 말라고 할까요? 말이란 하면 할수록 요점에서 멀어지기 때문이지요.

10년 전만 해도 부부 치료 방식은 고름을 짜내듯 이러쿵저러쿵 속말을 다 꺼내야 후련해지는 줄 알고 시시콜콜 과거사를 들어주느라 몇 년씩 걸렸는데, 결과는 오히려 나쁜 기억을 꺼내다 보니 부정적인 감정만 더 커져 회복 불능이 되더라는 것입니다. 요즘은 3분 안에 할 말을 모두 하게 하기 위해 다음과 같은 질문을 합니다.

1. 당신이 해주었으면 하고 바라는데 배우자가 안 해주는 것은?

____.

2. 제발 안 했으면 좋겠는데 배우자가 하는 행동은?

____.

3. 당신이 가장 고마워하는 배우자의 장점은 ?

____.

한 질문당 초시계를 재며 딱 1분 안에 둘이 서로 얼굴을 마주보며 말하라고 하면 이러쿵저러쿵 감정을 꺼내다 정작 중요한 본론에도 못 들어가는 일이 없고, 그 많은 시간을 다투었어도 서로 몰랐거나 오해했던 갈등의 핵심이 단번에 드러난다는 것입니다.

집집마다 초시계를 하나씩 준비해 놓고 요구사항이나 불만을 누가 더 빨리 짧게 정확하게 말하나 시합 같은 것을 해보면 어떨까 합니다. 하루에 단 3분씩만이라도 그날 원했던 바를 말하는 3분 발언대 게임을 해도 건강한 가정을 만드는 데 크게 도움이 될 것 같습니다.

특히 가장 중요한 세 번째 질문이 빠지면 첫 두 질문은 여전히 진창

속에 빠져버립니다. "당신한테 내가 가장 고마워하는 점은……" 이 말의 위력은 실행해 본 사람만이 알 수 있습니다. 배우자가 자신의 장점을 인정해 주고 고마워하는 점이 단 한 가지라도 있으면 '상대가 진정 원하는데 안 해준 것'을 꼭 해주고 싶다는 마음이 우러납니다. 또 '상대가 정말 싫어하는데 했던 행동'도 '당신을 위해 그 정도야 못 고치랴' 하는 너그러운 마음이 생기지요.

들은 것을 복창한다

저의 남편은 제가 좀 심각한 표정이 되면 장난을 친다든가 농담을 한다든가, 하다못해 "예, 마님, 그저 분부대로 하겠나이다" 하면서 머슴 흉내도 냅니다.

"너무 흥분하지 말고 좀 쉬었다 하자", "물 한잔 마시고 계속하시지", "목 쉬겠다" 이런 말들은 사이가 좋은 부부들이 자주 쓰는데, 별것 아닌 것 같지만 싸움이 크게 번지지 않게 하는 소화기나 압력솥이 폭발하지 않게 하는 김 빼기 역할을 한다는 것입니다.

반면 이혼하는 부부들은 싸웠다 하면 끝장을 볼 때까지 아무도 브레이크를 밟지 않거나 한쪽에서 화해 시도를 해도 상대가 그것마저 물고 늘어진다고 합니다.

요즘 저희가 쓰는 방식은 맥도널드에서 손님이 주문하면 주방에 알리기 전에 복창하여 확인하는 것 같은 군대식 복창하기입니다. 군대에서 상관이 명령을 내리면 졸병은 정확히 알아들었다는 표시로 들은 대로 복창을 하지요. 이 방법을 써보니 서로 의사표시가 제대로 되었는지 바로 그 자리에서 피드백할 수 있어서 아주 효과적인 것 같습니다.

또 서로 상관(손님)과 부하(웨이터/웨이트레스)의 역할을 바꿔가며 할 수 있으니 불공평하지도 않고, 원래 군대식 말투가 간단명료한지라 시간도 많이 안 들어서 해볼 만하다고 권합니다.

자신부터 달랜다

앞에서 부부 싸움은 욕구 불만의 표현이라고 했는데 모든 욕구를 배우자가 채워주기를 바라는 것은 불가능한 꿈인 것 같습니다. 하늘도 스스로 돕는 자를 돕는다는 말이 있듯이 스스로 채울 수 있는 욕구는 스스로 해결하는 것이 좋다고 생각합니다.

소나무에 상처가 나면 송진이 나와 병균을 예방하듯이 모든 생명체는 자연 치유력이 있습니다. 현대 의학은 긴장감을 풀면 부교감 신경이 활성화되어서 면역력이 상승되고 엔돌핀 같은 항스트레스 호르몬이 생성된다는 것을 규명했습니다.

'자기 달래기'는 긴장감을 풀어서 우리에게 내재하는 자연 치유력을 일깨워주는 방법입니다. 저의 '자기 달래기' 방법은 걷기, 음악 듣기, 독서, 그리고 아로마 목욕하기입니다. 저의 남편은 코믹 영화 보기, 배드민턴 치기, 이른 새벽에 커피 마시며 책 읽기, 그리고 스포츠 경기 보기입니다. 저희는 평소에도 매일 자기 충전 시간을 가질 수 있는 '자기 달래기' 시간만큼은 가능한 확보할 수 있도록 너무 무리한 일정을 잡지 않습니다.

사람마다 등산, 골프, 바둑, 낚시, 여행, 십자수(수예), 화초 키우기, 그림 그리기, 춤, 노래방 가기 등 각자 자신에 맞는 자기 달래기 방법이 있을 것입니다. 가족의 재정, 건강, 정서, 도우미 통장을 파괴하지 않는 것이라면 최소한 한 가지를 찾아서 운동처럼 꾸준히 실행하면 부부 싸움 할 일이나 병원에 갈 일이 훨씬 줄 것입니다.

8장

그래도, 결혼이다

결혼을 향하여

이 마지막 장은 제가 지니고 있는 마지막 '카드'입니다. 이 책을 읽으면서 행복한 부부 관계를 유지하기가 너무 힘들어 보였을 것입니다. 알아야 할 것도 많고 해야 할 일이 너무도 많아서 중간에 부부 치료(DIY)를 그만둘까 망설이기도 했을지 모릅니다. 마치 이혼하여 싱글로 살거나 마음 맞는 사람과 동거라도 하면 모든 문제가 사라지고 자신의 삶이 풍요로워지리라는 유혹을 느낄 수도 있을 것입니다.

이 장에는 그런 분들께 하고 싶은 말이 담겨 있습니다. 즉, 성급히 이혼하지 말고 가급적 부부 관계를 회복하라는 제 마지막 설득인 셈입니다.

첫 장에서 언급한 대로 모든 부부가 이혼을 하면 안 된다고 주장하는 것은 아닙니다. 앞에서 이야기했듯 다음과 같이 차라리 이혼하는 게 나은 경우도 있습니다.

1. 이혼하는 것이 자녀에게 상대적으로 피해를 덜 주는 경우
2. 이혼에 앞서 모든 노력을 다 동원해도(전문가의 도움으로도) 안 될 경우
3. 배우자가 매우 고치기 어려운 심각한 인격 장애가 있는 경우
4. 이혼하기로 결정하거나 이혼이 법적 효력을 발휘하는 순간이 왔을 때 기쁘거나 통쾌하거나 화나거나 슬프거나 등등, 아무런 감정도 느껴지지 않고 담담할 수 있는 경우

이런 경우를 제외하고는 결혼 생활을 유지하는 것이 더 낫다는 방대한 연구 결과를 토대로 하여 제 고유의 부부 치료 처방전인 라이프 통장으로 연결해 보았습니다.

그리고 이 장은 먼저 결혼이 아닌 상태인 싱글과 동거의 라이프 통장부터 점검해 보는 것으로 시작했습니다. 그런 뒤에 마지막으로 왜 그래도 결혼을 하는 것이 나은 지에 대해 말씀 드리겠습니다.

싱글, 자유를 대가로 한 인생 지출

싱글은 오래 살지 못한다!

한호걸 씨(30세)는 스릴과 모험을 좋아합니다. 고등학교 다닐 때 이미 폭주족으로 악명을 날렸고 전문대에 들어간 뒤에는 스포츠카를 타고 새벽 고속도로를 질주하는 짜릿함에 빠졌던 적도 있습니다. 번지점프와 래프팅(급류 타기)도 잠시 취미를 붙였는데 이제는 시시해서 스턴트맨으로 일하려고 합니다. 한호걸 씨는 결혼하면 이런 신나는 취미를 즐기지 못할 것 같아 결혼에 관심이 없습니다. 한호걸 씨는 스릴과 모험은 젊을 때 만끽해야 한다고 믿기에 결혼은 마흔 살이 넘어 생각해 봐도 늦지 않을 것 같다고 말합니다.

한호걸 씨처럼 미혼 남성들은 결혼하면 부모의 구속을 벗어나자마자 아내에게 구속받고 살게 될 것 같아 겁을 냅니다. 또 짜릿한 즐거움도 반납해야 하고 매우 따분하고 지루한 삶이 전개될 것 같아 걱정이 되지요. 마누라의 잔소리와 가족 부양의 스트레스에 시달리다 재미도 못 보고 일찍 병들어 죽을지도 모른다는 생각이 들 것입니다. 하지만 이런 환상과는 정반대로 결혼을 하면 건강 통장에 엄청난 흑자가 생긴다는 것이 의학적으로 입증되었습니다.

먼저 남자가 독신으로 산다는 게 건강 통장을 얼마나 빈약하게 만드는지부터 알아보겠습니다. 캐서린 로스 박사는 1990년대의 인구 조사 자료를 총괄적으로 검토한 결과 독신 남성들은 (독신의 이유가 미혼, 사별, 또는 이혼이든 상관없이) 결혼한 남자들에 비해 심장병, 중풍, 폐렴, 암, 간경화, 자동차 사고, 자살 및 타살 등 거의 모든 분야에 걸쳐 사망률이 무려 250퍼센트나 높다는 사실을 알아냈습니다.

그 가장 큰 원인은 라이프 스타일 때문입니다. 이를테면 독신남성은 동일 연령의 기혼자보다 술을 두 배 더 마시는 것으로 조사되었고, 19세부터 26세의 독신남성 가운데 4명 중 1명은 술로 인해 직장에서나 사회에서 말썽을 일으킨 것으로 나타났습니다. 그러나 동일 연령의 기혼 남성 중에서는 7명 중에 1명이 말썽을 일으킨 것으로 나옵니다. 술 담배를 즐기던 남자라도 대개 결혼을 앞두는 시점부터 양을 줄인다니 "남자는 자고로 결혼만 해도 오래 산다"던 벤저민 프랭클린의 말이 틀리진 않은가 봅니다.

현재 48세의 남자가 65세까지 살 확률은 얼마일까요? 리라드와 웨이트 교수는 30년 이상 연구를 하여 다음과 같은 결론을 얻었습니다. 동일 조건을 지닌 남자들을 기혼남, 독신남, 이혼남, 부인과 사별 후 혼자 사는 남자 이렇게 네 집단으로 나눠서 비교해 보면 가장 오래 사는 집단은 결혼한 남자들입니다. 10명 중에 9명은 아직 생존한다는 것입니다. 그러나 나머지 세 그룹의 독신남들은, 즉 혼자 사는 이유가 미혼이건 이혼이건 사별이건 모두 똑같이 생존율이 10명 중 6명으로 현저히 떨어집니다. 결국 악처도 없는 것보다는 낫다는 것이지요. 우리나라 속담에 열 효자보다 악처가 낫다는 말이 연상되지 않습니까?

홍성혜(27세) 씨는 연애지상주의자입니다. 돈 많고 멋진 남자와의 즐거운 데이트라면 하루에 두세 번도 사양하지 않습니다. 그러나 결혼은 단호히 노(No!)입니다. 한 남자만 바라보고 살아야 한다는 구속감이 싫고 돈 쓰는 것, 잠자는 것 등 개인의 자유를 빼앗기는 것도 싫고, 아이를 낳는다는 생각은 더욱 끔찍하고, 시댁 눈치를 봐야 한다는 것은 도저히 상상도 못할 것 같습니다.

재즈 피아니스트인 홍성혜 씨에게 밥하기, 설거지, 화장실 청소 등은 생각조차 하기 싫은 일입니다. 결혼하지 않고 자신이 번 돈으로 먹고 싶은 것 사먹고, 사고 싶은 옷 사고, 마음대로 훨훨 여행도 다니고, 담배를 피우든 술을 마시든 누구의 간섭도 받지 않고 살 수 있는 자유가 좋다고 합니다. 그렇다면 싱글 여성 자유로운 만큼 건강하고 오래 살까요?

실제로 미혼 여성은 아이가 없는 기혼 여성에 비해 일주일에 대략 6.5시간 덜 일하고 자녀가 있는 기혼 여성에 비하면 주당 평균 12시간의 가사 노동을 덜 합니다. 혼자 사는 여자들이 결혼한 여자들에 비해 가사 노동을 덜 하고 자유를 더 많이 누릴 수 있기에 훨씬 건강하게 잘 살 수 있을 것 같지 않습니까? 하지만 독신 여성은 결혼한 여성에 비해 사망률이 50퍼센트 높은 것으로 나옵니다.

연령, 학력, 직업, 거주지 등 동일 조건에 있는 독신녀, 이혼녀, 과부, 기혼녀 네 그룹을 비교해 보니 혼자 사는 이유를 불문하고 단지 독신이라는 요인만 놓고 봐도 암 사망자와 같은 비율의 높은 사망률을 보입니다.

싱글은 정서적으로 불안정하다!

이창호(36세) 씨는 투자 컨설턴트입니다. 그가 악착같이 돈을 벌기로 결심한 것은 군대에서라고 합니다. 모두가 똑같은 훈련을 받는 줄 알고 군대에 갔는데 가서 보니 빈부 차이는 여전히, 아니 더 적나라하게 드러난다는 것을 뼈저리게 체험했기 때문이지요. 부유층 자제는 고된 훈련이나 기합에서 제외되는 예가 많고, 부모들이 한 번씩 다녀가면 상관부터 졸병까지 얼굴이 펴지고 분위기가 달라지는 돈의 위력을 똑똑히 보았다고 합니다. 이창호 씨는 제대하면 무슨 수를 써서라도 돈을 벌겠다는 각오로 피나는 노력 끝에 결국 십여 년 만에 7억을 모았다고 합니다. 주위에선 그만하면 일등 신부감 얻기에 충분하다며 결혼을 재촉하지만 이창호 씨는 20억을 벌기까지는 결혼을 미룰 작정이라 합니다. 결혼하면 아파트 사느라 돈이 들고 지금처럼 원룸에 세들어 24시간을 자기 마음대로 쓰며 생활비도 최소한으로 지출하며 살 수 없을 것 같아서입니다.

제가 인생 컨설턴트의 관점으로 이창호 씨를 보면 딱하기 짝이 없습니다. 바퀴 하나(재정 통장)만 엄청나게 크고 나머지 셋(건강, 정서, 도우미 통장)은 아주 작거나 구멍이 뚫린 것처럼 보이기 때문이지요. 나이가 들수록 이런 불균형은 더 커질 것으로 예측됩니다. 저의 예측은 다음과 같은 사실에 근거한 것입니다.

우선 정서 통장의 개념을 다시 한번 정리해 보겠습니다. 살다보면 여러 감정에 부대끼게 됩니다. 즉 기쁜 일도 있고 슬픈 일도 있고 즐거운 일도 있고 화나는 일도 있습니다. 감정에 따라 우리의 몸은 즉각 반응을 합니다. 대개 기쁘고 평화롭고 만족한 감정을 느낄 땐 정서 통장이 넉넉히 채워지고, 반대로 슬프거나 화나거나 두려운 일이 생기면 정서 통장의 지출이 생깁니다.

정서 잔고가 넉넉할 때는 대개 낙관적이고, 행복감을 느끼며, 자기 자신에 대해 긍정적인 자아상을 갖는다고 앞에서 말씀 드렸습니다. 이를 요즘 유행어로 말하면 심리적 웰빙이라 하겠습니다. 반대로 정서의 유출이 유입보다 커서 잔고가 부족할 때는 우울해지며, 짜증이 나고 전반적으로 비관적인 기분에 젖게 되고 부정적인 자아상을 갖습니다. 이럴 때 누가 뭐라 하면 즉각 싸움 태세가 되거나 짜증이 나고 죽고 싶은 생각마저 듭니다.

이창호 씨는 피나는 노력 끝에 자신이 모든 것을 걸고 바랐던 재정 통장은 두둑히 채울 수 있었습니다. 하지만 그 10년 동안 시간이 아까워서 혹은 돈이 아까워서 여자 친구 한 명 사귀지 않았다면, 또한 앞으로도 20억을 모을 때까지 결혼도 미룬다면 그의 정서 통장은 어디에서 채워질까요? 외롭고 힘들 때 누구와 대화하며 긴장감을 해소할까요? 행여 투자한 돈이 잘못되는 불상사가 일어난다면 그 불안감, 초조감, 절망감을 어찌 감당할까 걱정스럽기 짝이 없습니다.

그러면 독신녀들의 정서 통장은 어떨까요? 앞서 자살률을 살펴본 스미스의 연구에 따르면 이혼한 여성의 자살률이 가장 높고, 독신녀가 그 다음, 그리고 결혼한 여성의 자살률이 가장 낮은 것으로 집계되었습니다. 막스와 램버트의 연구에서도 우울증 증가, 적개심 증가, 자아 존중감 저하, 자아 성장감 저하, 자기 수용감 저하, 환경 통제감 저하 등이 이혼 남성보다도 이혼 여성들에게 더 심각하게 나타나는 것으로 조사되었습니다. 이혼이 여성의 정신 건강에 치명타라는 것입니다.

싱글의 도우미 통장은 빈약하다!

흔히 여성은 결혼을 함으로써 아내, 엄마, 며느리, 딸, 올케 등 '사회적 역할'의 의무감을 잔뜩 지게 되므로 손해를 본다고 생각하기 쉽지만, 심리학자들은 바로 이 다양한 역할이 정신적으로 인간, 특히 여성을 성장시켜 주고 정신 건강을 향상시켜 주는 약이라고 합니다.

버튼 박사는 전 세계 여러 문화 속에 사는 남녀들을 비교한 결과 결혼을 함으로써 얻는 사회적 역할은 남자에게도 생의 목표 의식을 뚜렷하게 해주지만 특히 여성에게는 더욱 그렇다고 합니다. 결혼한 여성은 직장의 유무나 자녀의 유무를 떠나 삶의 목표의식이 분명한 반면, 독신 여성은 직장이나 자녀 그 자체를 통해 삶의 의미를 별로 크게 느끼지 못한다고 합니다.

동거가 결혼보다 손해인 이유 4가지

김진아(28세) 씨는 프리랜서 방송작가입니다. 후배 소개로 만난 홍성수(31세) 씨와 사귄 지 두 달 만에 여의도 오피스텔에서 동거를 시작했습니다.

김진아 씨는 동거의 편리성을 잘 압니다. 첫째, 오피스텔을 같이 쓰니 월세 부담이 적어 좋고, 둘째, 결혼한 친구들처럼 가사에 매이지 않으니 시간과 에너지를 덜 빼앗겨서 좋습니다. 셋째, 성적 욕구는 해결할 수 있되 언제든 싫증나거나 더 좋은 사람을 만나면 이혼이라는 복잡한 절차 없이 짐 싸서 나오면 그만이라 구속감이 없어 좋습니다. 넷째, 결혼 4년차인 언니처럼 명절 때마다 시댁이나 친정 오가느라 고생하지 않고 단둘이 여행 갈 수 있고, 다섯째, 무엇보다 내키는 대로 늦게 일어나고 밤샘 작업할 수 있는 자유로움이 동거의 가장 큰 매력입니다.

홍성수 씨도 동거의 이점을 너무나 잘 알고 있습니다. 첫째, 자기 시간을 자기 마음대로 쓸 수 있다는 것입니다. 일이나 사교 때문에 늦어져도 일일이 보고하거나 허락 받을 필요가 없고, 또 기혼 남성들처럼 주말이라고 가족과 함께 뭘 해야 된다는 구속감 없이 자기 하고 싶은 일에 실컷 시간을 써도 되는 게 부모님과 함께 살 때보다도 더 편하다고 합니다.

둘째, 빠빠지게 돈을 벌어 고스란히 마누라에게 갖다 바치는 기혼 친구들에 비해 자기가 번 돈은 온통 자기 몫이고, 또 자기 쓰고 싶은 대로 써도 간섭할 사람이 없어서 좋다고 합니다.

셋째, 편리한 성욕 해소입니다. 동거하기 전에는 성욕을 해결할 방법이 마땅찮았는데 지금은 전속 파트너가 있어서 편하다는 것입니다.

이들의 얘기를 듣다보면 과연 동거가 좋겠구나 하는 생각이 절로 들지 않습니까? 더구나 요즘처럼 이혼이 급증하는 시대에 어차피 헤어질 거라면 복잡한 법적 절차와 비싼 변호사 비용을 들이지 않고 쿨하게 끝날 수 있으니 얼마나 간편합니까? 동거의 이점과 결혼의 불합리성을 비교하면 도대체 왜들 그 답답한 결혼을 해서 고생할까 의구심이 들 지경입니다. 결혼이 주는 속박감, 책임감, 가사 분담에 억눌리고 양가 어른들과 친척들에게까지 강요된 의무감을 가져야 한다는 게 바쁘게 사는 현대인에게는 전혀 맞지 않는 구습처럼 느껴지는 건 어쩌면 당연한 일입니다.

일이냐 결혼이냐도 선택이지만 결혼이냐 동거냐도 선택 사항이 되었습니다. 동거, 과연 결혼 대신 선택해 볼 만한가요?

예전에도 동거는 있었지만 아주 부끄럽고 숨길 일이었지 요즘처럼 당당한 선택은 아니었지요. 80년대까지도 저소득층에서 결혼식을 치를 비용이 없어서 동거를 하다가 아기 낳고 몇 해가 지난 뒤에 '면사포 한번 쓰고 싶은' 아내의 소원을 들어주기 위해 눈물의 합동 결혼식을 하는 장면을 종종 볼 수 있었습니다. 하지만 2000년대는 경제적으로 여력이 있는 남녀들이 더 동거를 선호하는 추세입니다. 특히 일을 인생에서 가장 큰 비중으로 두는 고학력 전문직 여성들이, 자유분방함과 자기만의 시간을 원하는 고소득 남성들이 동거를 선택하는 경향이 높다고 합니다.

시카고 대학의 린다 와이트 교수가 동거에 대한 신뢰도 높은 연구 데이터를 종합해서 꼼꼼하게 득과 실을 체계적으로 비교해 보았더니 놀랍게도 동거는 단기간의 이점에 비해, 장기간으로는 얻을 게 없을 뿐 아니라 훨씬 큰 손해를 본다는 결론을 얻었습니다. 이전에 동거를 극구 찬성하던 일부 학자들마저도 방대한 연구 결과를 보고 '동거 무익론'에 깨끗이 항복하고 말았습니다. 저는 이 연구 결과를 다시 저의 라이프 통장의 관점에서 재조명해 보았습니다.

동거는 재정 통장을 불려주지 않는다!

경제학자와 사회학자들이 면밀히 연구해 보았더니 동거의 편리함 뒤에는 더 큰 대가를 지불할 수밖에 없는 위험 부담이 산적되어 있다고 합니다. 따라서 동거를 '진화된 21세기 결혼'으로 보지 않고 '오래 유지될수록 적자와 후회만 남는 계산 착오'라는 결론을 내립니다. 그 이유는 다음과 같습니다.

첫째, 목돈이 모이지 않는다

네 돈 내 돈을 갈라 쓰니 당장은 합리적인 것 같지만 길게 보면 재정 통장에 재산이 모이지 않는다는 것입니다. 동거는 서로가 결혼처럼 영속성을 책임질 의도가 없기 때문에 대개 보금자리(주택)에 대한 공동 투자를 꺼립니다. 각자 월세를 반씩 부담하면서 살면 일시적으로는 계산이 편하지만 결혼한 부부처럼 공동으로 융자 받아 집을 사고 저축하며 재산을 넓히는 경제 전략에서는 세월이 갈수록 뒤진다는 게 전문가들의 분석입니다.

둘째, 결혼 프리미엄이 없다

학력, 연령, 직업 등 동일 조건의 남성들 가운데 동거 남성들은 결혼한 남성에 비해 수입이 적은 것으로 조사되었습니다. 그 가장 큰 이유는 동거 남성들은 기혼 남성처럼 규칙적인 생활을 하지 않고, 가족 부양을 위해 어려움을 감수하려 하지 않고, 언제든 싫으면 일을 그만두겠다는 사고방식과 근무 태도 때문인 것으로 분석됩니다. 이런 행동이 암암리에 직무에 부정적인 영향을 미치고 따라서 승진이나 실적 보수에서 결혼한 남성에 비해 처진다는 것이지요.

셋째, 저금 통장이 채워질 날이 없다

학력, 직업, 수입, 연령 등을 동일하게 조정하고서도 결혼한 부부는 세월이 지날수록 자산 가치 총액이 크게 늘어나지만 동거 커플들은 아무리 동거 기간을 오래 해도 저축액이나 자산 총액이 별로 늘지 않는 것으로 조사되었습니다. 마누라 눈치를 봐가면서, 남편의 잔소리를 들어가면서 지출을 절제하며 돈을 모으는 결혼한 부부에 비해 이런 소비

제어 장치가 없는 동거남녀들의 저금 통장은 대체로 불어날 가능성이 적다는 것입니다.

넷째, 부모로부터 경제적 도움을 못 받는다

결혼한 부부들이 양쪽 부모에게 좀더 경제적 도움을 받는 것에 비해 동거 커플들은 그 반도 못 받는 게 현실이라고 합니다. 부모 입장에서 자녀의 동거녀나 동거남을 믿고 큰 돈을 빌려줄 사람이 어디 많겠습니까? 이러다 보니까 젊어 한때의 자유로움과 편리함이 주는 대가로 얻는 것은 세월이 지날수록 얇아지는 재정 통장입니다.

동거는 건강 통장에 보탬이 안 된다!

동거의 가장 큰 특징은 상대에 대한 책임을 지지 않는다는 데 있습니다. 이 말을 뒤집어보면 그만큼 서로에 대한 믿음도 없다는 뜻입니다. 이를 테면 동거 상대가 나하고만 섹스를 할 거라는 믿음이 없기에 항상 '임시용'이라는 기분으로 살고, 실제로 동거남녀들은 결혼한 남녀보다 몇 배나 많은 성 파트너를 가진 것으로 조사되었습니다.

전문가들은 동거남녀가 결혼한 남녀에 비해 섹스 파트너를 더 많이 갖는 이유를 다음과 같이 분석합니다. 동거남녀는 누구한테 매이지 않은 '자유인'이기 때문에 동거 파트너 외에 다른 사람들도 성적인 접근을 쉽게 하는 경향이 높습니다.

하지만 결혼한 남녀(특히 기혼녀)에게는 본인이 결혼 사실을 숨기지 않는 한 다른 사람(특히 남자들)이 성적으로 접근할 생각을 쉽게 하지 않는다는 것입니다. 결국 결혼 서약 같은 사회적 계약이 결코 쓸모없는 종이 조각이 아니라 실제로 사회 생활에서 부부를 지켜주는 울타리 역할을 한다는 것입니다.

또 동거남녀는 결혼한 남녀처럼 "둘이 하나로 된다"는 약속을 하지 않았기에 애당초 결혼한 부부처럼 서로 몸을 아껴주거나 챙겨주지 않습니다. 즉 서로의 건강을 '공동의 건강 통장'의 개념으로 보지 않는다는 뜻이지요. 결과적으로 동거인들은 같은 햇수를 산 기혼 부부보다 평균적으로 건강이 나쁘고, 평균 기대 수명도 독신자들과 별반 다르지 않게 짧은 것으로 나옵니다.

그 이유는 불규칙한 생활과 위험한 취미 생활을 할 때 결혼한 부부처럼 서로 감시하고 절제하는 메커니즘이 없기 때문입니다. 즉 아내는 남편의 눈치를 보고 남편은 아내의 잔소리를 들으며, 때로는 자녀를 위해 하고 싶은 욕구를 줄이기도 하는, 이 모든 결혼의 일상사가 건강을 지켜주고 생명을 연장시켜 주는 '입에는 쓰지만 몸에는 좋은 약'이라는 뜻이지요. 그 결과 동거남녀의 흡연율, 음주량, 발병률, 사망률도 결혼한 부부보다 훨씬 높습니다.

더 큰 문제는 대개 동거를 하다가 둘 중에 하나가 크게 아프거나 실직을 당할 때 벌어집니다. 대개 이럴 때 동거는 끝나버리고 말지요. 결혼한 부부처럼 의료보험 혜택을 공동으로 받을 수도 없고, 퇴직금으로 함께 장사를 시작한다든가 하는 모험은 하지 않을 것입니다. 생각해 보십시오. 동거인이 암 같은 중병에 걸렸거나 사고로 크게 다쳤을 경우 애당초 골치 아픈 속박과 책임을 지지 않기로 한 동거인 사이가 더 가까워지겠습니까, 멀어지겠습니까? 즉 결혼처럼 '아플 때나 늙었을 때' 서로 바람막이 역할을 해주지 못한다는 것입니다.

요컨대 동거 커플은 자유를 누리는 대신 결혼한 부부가 평소에 견제와 균형, 즉 잔소리를 해가면서 공동의 건강 통장을 지켜주고 서로의 건강을 챙겨주는 '건강 저축'이 줄어든다는 것입니다. 아마 건강 통장이 빈곤하다는 사실은 20대나 30대에는 별로 실감이 나지 않을지도 모릅니다. 아무리 피곤해도 하룻밤 푹 자고 나면 회복이 가능할 때이니까요. 하지만 40대 이후 회복 능력이 감퇴하게 되면 건강 통장의 출납이 즉각 몸으로 느껴질 것입니다.

동거는 정서 통장을 메마르게 한다!

동거인들이 한 명 이상의 섹스 파트너를 가질 확률이 훨씬 높다고 했는데 그들의 섹스 만족도는 어떨까요? 레만 교수의 〈성의식과 성행동 조사〉에 따르면 놀랍게도 독신남녀나 동거 커플보다 결혼한 부부들이 가장 만족스런 성생활을 하는 것으로 나왔습니다.

이런 결과는 사실 연구자들에게도 놀라운 결과였다고 합니다. 통념적으로 결혼하면 한 사람하고만 섹스를 해야 하니까 같은 음식에 싫증나듯이, 시간이 지날수록 성생활이 따분하고 불만족스러울 거라고 흔히 생각하기 쉽지요. 하지만 실제로는 한 사람과 지속적인 관계를 할수록 서로에게 익숙해지고 신뢰가 쌓이기 때문에 육체적으로나 정서적으로 깊은 교류감을 얻을 수 있다고 합니다. 만일 문제가 생겨도 서로 개선해 보려고 노력한다는 것입니다.

이는 마치 자기 소유의 집과 월세나 전세의 차이라고 말할 수 있겠습니다. 비교해 보십시오. 문제가 있을 때 자기 집이라면 아끼고 고치려는 노력과 투자를 하겠지만 월세나 전세라면 그런 책임 있는 행동을 하겠습니까?

이렇게 섹스 한 가지만 놓고 보아도 정서 통장의 차이는 확연합니다. 정서적으로, 육체적으로 깊은 만족감을 주고받는 성생활과 '일회용' 또는 '임시용'의 섹스 파트너가 되는 것과는 눈에 보이지 않는 깊은 자긍심과 자부심에 차이를 준다고 저는 생각합니다. 또 장기간의 지속적인 관계는 안정감을 주지만 언제 헤어질지 모르는 동거 관계는 항상 불안감을 안고 사는 것입니다. 정서 통장으로 본다면 아무래도 동거 쪽이 불리할 듯합니다.

또 동거남녀들은 평균 2년 안에 대부분 헤어지고 일부는 동거를 결혼으로 연결하는데 혼전 동거를 했던 커플은 전반적으로 결혼 생활에 대한 만족도, 행복감이 동거를 하지 않았던 부부보다 현저히 낮고, 이혼율은 훨씬 높습니다.

이들이 헤어지는 가장 큰 이유는 서로를 못 믿는다는 데 있습니다. 책임을 지지 않고 쉽게 떠날 수 있다는 게 동거의 전제조건이라서, 즉 '네가 나를 버리기 전에 내가 너를 먼저 버리마' 하는 무의식이 자리하고 있어, 결혼한 부부가 갖는 지속적이고 안정된 정서 교류가 이루어지지 않는다는 것입니다. 상대가 그럴 수 있다는 가능성이 서로의 신뢰감을 더욱 약화시키는 악순환을 만드는 것이지요.

하지만 동거남녀도 이혼한 사람들처럼 헤어진 후에는 정서적으로 매우 고통스러운 방황을 한다고 합니다. 특히 버려진 쪽에서는 이용당했다는 배신감이 가장 큰 상처로 남습니다. 안정과 장래성을 담보로 편리와 쾌락을 얻은 대가가 정서 통장을 고갈시키는 후유증을 남기는 것입니다.

우리 말로 '미운 정 고운 정'이라는 게 있습니다. 결혼한 부부들도 살다보면 다툴 일이 많지만 '함께'라는 공동의 정서 통장이 존재하기 때문에 밉다가도 용서가 되고 화해가 되는 것입니다. 하지만 동거 커플은 이런 공유 의식이 없어서 개인의 정서 통장이 위협을 받는 상황(예를 들어 화나거나 슬프거나 불안하고 두려울 때)일 때 상대로부터 심리적인 지원이나 대출을 받기가 쉽지 않습니다.

끝으로, 동거의 효과를 장기간 연구한 학자들은 다음과 같은 사실에 주목합니다. 아동발달 심리학에서는 성숙함의 척도로 '더 큰 보상을 위해 지금 당장의 작은 보상을 얼마나 오래 참을 수 있는가'를 측정하는 방법이 있습니다. 예를 들어 세 살짜리는 눈 앞의 풍선을 포기함으로써 한 달 뒤 생일날에 자전거를 받을 수 있다는 것을 선택하기가 너무나 힘들지만, 반대로 아홉 살짜리는 풍선 때문에 자전거를 포기하는 게 어리석게 보일 것입니다. 즉 당장의 작은 보상(편리와 쾌락) 때문에 더 큰 보상(안정과 장래성)을 포기하는 것은 미성숙한 태도입니다.

요컨대 신뢰감, 자긍심, 책임감, 안정감, 성숙도, 지속적이고 깊은 인간관계 등 정서 통장을 채워줄 수 있는 기본 요소들이 동거 관계에는 결여되어 있다는 것입니다.

동거는 도우미 통장을 빈약하게 한다!

앞서 결혼은 서로에게 용인된 도우미가 되어주는 것이라고 했습니다. 하지만 동거는 도우미 역할의 분업에서 오는 효율을 얻지 못할 뿐 아니라 하찮은 일까지도 각자 따로 헤아려야 합니다. 결혼한 부부 사이에서는 흔히 아내가 수입이 없어도 재테크를 전적으로 관리하는 능력이 있다면 남편이 아내에게 통장을 맡기고 일에 몰두할 수 있습니다. 동거인의 경우 둘 중 한쪽의 수입이 없거나 훨씬 적은 경우 동거의 지속력은 급격히 떨어집니다.

결혼한 부부들이 휴지 한 통, 샴푸 한 병 살 때 네 것 내 것을 헤아리지 않고 '신경 끄는' 편안함을 누리는 반면, 동거인들은 암암리에 요구르트 한 병도 속셈에 접어두는 '치사함'을 맛보게 마련입니다. 말하자니 쫀쫀한 것같고 손해를 보자니 속이 껄끄러워 정말 하찮은 이유로 동거를 청산하는 예가 많습니다.

또 동거 커플은 서로 상대의 부모형제에 대한 의무감을 지지 않습니다. 언뜻 보기엔 마음 편하고 속 시원할 것 같지만 의무감을 지지 않는다는 것을 바꾸어 말하면 아쉬울 때 도움을 받지 못한다는 뜻과 같습니다. 미우니 고우니 해도 며느리나 사위에게 주는 정과 자녀의 동거인에게 주는 정은 다를 수밖에 없습니다. 예를 들어 자동차 사고가 났을 경우 시부모 형제나 친정 부모형제가 먼저 달려 오겠습니까, 동거자의 부모형제가 먼저 오겠습니까?

여기까지는 그래도 동거인 사이에 아이가 개입되지 않은 상황입니다. 동거 중에 아이가 생기면 일이 여간 복잡해지지 않습니다. 무책임에 대한 감정적 상처, 헤어짐에 대한 불안, 미래에 대한 불안을 고스란히 아기가 떠안고 태어나 자라게 됩니다. 또한 아이 딸린 이혼녀가 미혼남과 동거를 할 경우, 아니면 전 배우자의 아이가 있는 이혼남이 미혼녀와 동거를 할 경우, 양쪽에 전 배우자의 사이에서 낳은 아이들이 각각 있을 경우 등 여러 복합적 상황에서 가장 문제되는 건 아이의 양육에 대한 책임 소재와 양육 비용에 대한 모호성입니다.

아이에게 결혼한 부부처럼 무조건적인 보호와 관심을 주기 어려울 뿐 아니라, 최악의 경우 방임과 학대가 일어날 확률이 높고, 아무리 좋게 봐도 아이가 혼란밖에 얻을 게 없는 상황입니다.

결혼은 깨어지면 위자료나 양육비 등 법이 나서서 해결해 주는 사회적 보호망이라도 있지만 동거하다 헤어지면 법이 나설 여지가 없습니다. 혹시 둘 사이에 아이가 생겼다면 이 경우 가장 큰 희생자는 아무 죄 없이 태어난 아이 아닙니까? 결혼한 부부가 이혼할 경우는 적어도 아이와 양쪽 조부모, 삼촌, 이모, 고모, 사촌 등 친인척관계는 법적으로 유지되지만, 동거 중에 태어난 아이는 이런 친인척 관계의 네트워크 속에 애당초 들어가 있지 않았기에 부모가 헤어진 뒤에는 더욱 도우미 네트워크로부터 외톨이가 됩니다.

요컨대 '결혼을 해봐야 어른이 된다'는 말에서 알 수 있듯이, 결혼은 서로에게 책임을 진다는 어른다운 약속입니다. 이 약속을 지켜내느라 달고 쓴 맛을 봐가면서, 고통과 희열의 높낮이를 맞춰가면서 어른으로 성장하게 됩니다.

동거는 이런 책임을 지지 않는다는 전제 조건으로 출발한 거라서 어른으로 성장하는 데 거쳐야 할 참을성, 극기심, 양보심, 타협과 절충을 피하다 보니 도움을 주고받을 수 있는 능력이 성장하지 않고, 따라서 인적 네트워크도 그만큼 빈곤해지는 것입니다.

불완전한 라이프 통장을 합치는 결혼

네 가지 라이프 통장은 개인의 생존뿐 아니라 삶의 질을 크게 좌우합니다. 그런데 결혼을 하게 되면 각자 지니던 네 가지 라이프 통장이 두 배로 늘어 여덟 개가 되니까 훨씬 복잡해집니다. 하지만 제가 보기에 많은 사람들이 이 여덟 개 통장의 존재를 의식하지 못하는 것 같습니다. 눈에 보이는 재정 통장 하나만을 추구하다가 건강 통장, 정서 통장, 도우미 통장이 파탄이 난 뒤에도 진짜 문제가 무엇인지조차 여전히 모르고 있는 사람들이 많더군요.

한국이 겪는 가정의 위기는 라이프 통장의 총체적 위기라고 말할 수 있습니다. 저는 행복한 부부들은 둘의 라이프 통장이 합쳐져서 서로 부족한 점은 채워주고 넘치는 것은 나눔으로써 각자 혼자 사는 것보다 훨씬 풍요로움을 느끼는 사람들이라고 생각합니다. 반대로 문제가 있는 부부들은 네 통장 가운데 적어도 두 가지 이상이 파탄났거나 심한 불균형 상태입니다.

돈이 너무 없어도 탈이지만 돈만 많고 건강이 나쁘다거나, 정서적으로 불안정하거나, 대인관계 능력과 인적 네트워크를 전혀 고려하지 않는다면 기둥 하나로 집을 세우려는 것처럼 어리석은 일입니다.

하지만 이 네 통장을 완벽히 갖춘 사람은 아주 드물 것입니다. 아마 이 네 통장을 완벽히 갖춘 뒤에 결혼하려다가는 죽을 때까지 독신으로 살게 될지도 모릅니다. 동시에 혼자 너무 완벽히 갖추었다 해도 남과 함께 살 필요를 느끼지 못하기에 독신으로 살지도 모릅니다. 그러나 일반적으로 그런 사람들을 '괴짜', '비정상적인 사람'이라고 약간 의심스럽게 보는 경향이 있습니다. 생명체의 세포들이 서로 협동을 해야 생존력이 높아지듯 사람과 사람 사이 역시 그러는 게 순리겠지요.

저는 결혼이란 각자 가지고 있는 불완전한 라이프 통장을 보완하고 협력함으로써 두 사람이 좀더 효율적으로 생존력을 높일 수 있는 고도의 진화된 제도, 또는 생존전략이라고 봅니다. 무엇보다 중요한 점은 당사자들의 생존력뿐 아니라 2세의 생존력이 결혼이라는 제도를 통해 훨씬 높아진다는 것입니다.

결혼은 재정 통장을 풍요롭게 해준다

최용건 씨와 이미연 씨는 결혼한 지 10년 되었습니다. 최용건 씨는 결혼 당시 대학원생이었고, 이미연씨는 도서관학과를 나와서 취직을 한 상태였습니다.

결혼 초기에는 거의 이미연 씨의 월급으로 생활을 했기에 무척 쪼들렸지만 최용건 씨가 대학원 졸업 후 취직하면서부터는 형편이 훨씬 나아졌습니다. 둘은 아기를 갖기로 했습니다.

바로 그 무렵 이미연 씨는 승급이 되어 팀장 역할을 맡아 과로를 하다가 유산을 두 번이나 한 뒤, 세 번째 가진 아기가 태어나자 곧바로 사표를 냈습니다.

그로부터 6년 동안 전업주부로 지내던 이미연 씨는 작년에 아이가 초등학교에 들어가는 것을 계기로 집에서 가까운 시립 도서관에 시간제로 취직을 했습니다. 이미연 씨의 시간당 급여는 물가상승률을 감안하더라도 아기를 낳기 전에 받던 월급의 50퍼센트도 안 되지만 그대신 최용건 씨의 봉급이 계속 상승하여 세 식구가 사는 데 지장이 없고, 그동안 이미연 씨가 알뜰하게 가정 경제를 꾸려온 덕택에 올 초 이 부부는 드디어 30평짜리 집을 마련할 수 있게 되었습니다.

이미연 씨는 사표를 낼 때는 다시 직업을 얻지 못할 것 같아 고민을 많이 했지만 지금 와서 돌이켜보니 6년을 전업주부로 지낼 수 있었던 것이 얼마나 큰 축복인지 모른다고 합니다. 직장 여성들이 아기 맡길 데가 없어 쩔쩔 매고 몸은 몸대로 상하고, 정신적으로 각박하게 살다보니 부부 불화가 심한 것을 너무 잘 알기 때문이지요.

흔히들 남자는 결혼하면 가족 부양하느라 뻬빠지게 일해야 하고 여자들은 가사와 육아 부담 때문에 직장을 희생해야 한다는 생각에 결혼을 미루거나 독신을 선택합니다. 결혼 후 첫 5년 정도만 보면 이미연 씨는 좋은 직장을 포기하고 남편과 아기 뒷바라지로 고생만 하는 것 같고, 최용건 씨는 아내의 몫까지 버느라 부양의 책임이 한층 무거워진 것 같습니다. 둘 다 결혼함으로써 고생을 '사서 하는' 것같이 보이지요. 하지만 10년 이상 세월이 지날수록 그 보상이 적지 않게 쌓이고 있음을 알 수 있습니다. 부부의 라이프 통장 넷에 다 보상이 있지만 우선 재정적인 보상부터 살펴보겠습니다. 요즘 한국에서 대중매체를 통해 결혼 제도 자체에 대한 회의론이 자주 거론되는데 서구에서도 한때 그런 적이 있었으나, 25년 이상의 방대한 연구를 통해 결혼이 주는 혜택이 여러 어려움에 비해 훨씬 더 우세하다는 결론이 나왔습니다. (따라서 이 장에서 언급한 말들은 저의 사견이 아니라 학계에서 검증된 결과라는 것을 밝힙니다).

남성의 결혼 프리미엄

남자들에게는 결혼이 재정적으로 어떤 득실을 가져다줄까요? 미국에서도 이 점이 경제학자들 사이에 뜨거운 이슈라서 다각도에서 방대한 연구가 진행되었습니다. 동일 조건(학력, 직업, 연령 등)의 남자를 기혼남과 싱글남(독신, 동거, 이혼한 남자)으로 나눠 다년간 비교를 해 보았더니 기혼남들은 봉급 상승률이 싱글남보다 최소한 10퍼센트에서 많게는 40퍼센트까지 더 높다고 나옵니다. 다양한 직종과 학력군들을 비교해도 역시 기혼남이 싱글남보다 돈을 더 잘 버는 것으로 나와서 그 원인을 심층 조사해 보았더니 다음 셋으로 요약이 되더군요.

첫째, 기혼 남성은 일 외에 많은 사적인 일(예를 들어 집 관리, 고지서 내는 일, 은행 가는 일 등)을 아내에게 맡길 수 있어 일에 전념하기 때문에 생산성이 높고 따라서 승진이 잘 됩니다. 앞서 말씀 드렸듯이 전문용어로는 이렇게 기혼 남자가 더 잘 나가는 것을 '결혼 프리미엄'이라고 합니다. 경제학자 로버트 쇼니(Robert Schoeni, 1995)는 기혼남이 싱글남보다 돈을 더 잘 버는 '결혼 프리미엄' 현상은 미국뿐 아니라 OECD 14개 국가에서 공통적으로 나타난다고 합니다.

흥미롭게도 결혼 프리미엄은 결혼 직후부터 나타나는 게 아니라 대략 결혼 1년 전부터 나타나는데 경제학자들은 그 이유가 총각이 결혼하기로 작정하여 결혼식까지 평균 1년의 준비 기간이 있음을 감안할 때, 대략 그 무렵부터 이전의 위험하고 무질서한 라이프 스타일을 자제해 지각, 결근, 병가 등이 줄어들기 때문으로 분석합니다. 결혼한다는 계획만으로도 남자들의 생활 패턴이 훨씬 생산적으로 개선된다는 것이지요. 결국 남자들은 결혼을 하는 게 재정 통장을 늘리는 가장 확실한 비결이라는 것입니다.

결혼 프리미엄은 이혼과 함께 하락하지만 반대로 결혼 생활이 오래 유지될수록 점점 상승합니다. 이 격차는 계속 벌어져 나이가 55세쯤 되었을 때는 기혼남이 싱글남이나 이혼남에 비해 32퍼센트나 더 많이 버는 것으로 나옵니다.

둘째, 남자들이 결혼을 함으로써 재정 통장을 늘릴 수 있는 이유는 부양가족에 대한 책임감 때문에 좀더 힘든 일을 감수하려고 하고, 좀더 오랜 직무도 견디며, 승진의 기회가 있을 때 싱글남보다 더 적극적으로 나서기 때문으로 분석되었습니다. 혹자는 원래 성실한 남자들이 더 결혼을 많이 하니까 그렇지 않느냐고 할지 모르나 동일한 남성일지라도 이혼이나 사별을 한 뒤에는 이런 적극성, 책임성, 인내력이 현저히 떨어지는 것으로 나타납니다.

셋째, 기혼남들의 결혼 프리미엄이 높아지는 비결에는 아내의 '두뇌(지능)'가 적지 않은 역할을 하는 것으로 조사되었습니다. 학력, 연령, 직업 등 동일 조건의 남성이 고졸 여성과 결혼하면 싱글남보다 4.3퍼센트 더 수입이 높고 전문대를 졸업한 여성과 결혼할 경우 7.1퍼센트, 대졸 여성과 결혼할 경우는 11.5퍼센트 더 수입이 높아지는 것으로 나타납니다. 그로스바드 셰치맨은 이 연구 결과를 놓고 "두 두뇌를 합치면 한 두뇌보다 낫다"는 말로 압축합니다. 아내의 교육 수준이 높을수록 직장에서 인간 관계나 업무에 어려움이 있을 때 적절한 조언을 받을 수 있고, 실직을 한 경우에 아내의 교육 수준이 높을수록 훨씬 더 적극적이고 효과적인 방법으로 남편의 재취업을 돕기 때문으로 풀이됩니다.

결국 기혼 남성들은 결혼을 함으로써 재테크를 아내에게 맡기거나 분업을 함으로써 일반적으로 일에 더 몰두하고, 부양가족에 대한 책임감으로 좀더 열심히 일하며, 내조의 덕으로 결혼하면 재정 통장에 지출보다 수입이 느는 보상을 톡톡히 받는다는 것입니다.

결혼이 여성의 재정 통장에 미치는 영향

여성의 경우 결혼과 재정 통장과의 관계는 남성의 경우보다 훨씬 복잡합니다. 결혼, 가사, 육아, 직장 네 변수가 동시에 복합적으로 작용하기 때문이지요. 먼저 여성의 재정 통장에 영향을 미치는 가사, 육아를 분리해서 보면 일반인의 예상과는 다른 그림이 그려집니다.

모성벌금(the motherhood penalty) 흔히 직장 여성이 결혼하면 가사와 육아 때문에 많은 불이익을 당하는 것으로 알고 있지만, 아이가 없을 경우에는 기혼 여성과 싱글 여성의 가사 노동에 들이는 시간은 하루에 1시간 미만(일주일에 총 6.5시간)밖에 차이가 나지 않는다는 것이지요. 여성들은 미혼이든 동거든 이혼을 했든 싱글 남자들에 비해 기본적으로 먹고 입고 자는 데 시간을 많이 들이기 때문에 단지 결혼했다는 사실 하나만으로 가사에 매여 직장 일에 지장을 주지는 않는다는 것입니다.

하지만 아이가 생기면 다른 이야기가 전개됩니다. 자녀가 있는 기혼 여성은 자녀가 없는 미혼 여성에 비해 일주일에 평균 12시간의 가사 노동을 더 하는 것으로 나옵니다. 그러나 자녀가 있는 싱글녀(미혼모, 이혼녀, 동거녀)와 비교하면 가사 노동 시간에 큰 차이가 나지 않습니다. 결국 결혼 자체가 여성을 힘들게 하는 게 아니라 출산과 육아로 인해 음식 장만하는 시간, 세탁 시간, 청소 시간 등이 느는 것입니다.

예전에는 여성들은 결혼과 함께 사표를 쓰는 일이 관례였지만 요즘은 결혼 그 자체 때문에 직장을 포기하거나 수입이 줄지는 않습니다. 이미연 씨는 결혼 후에도 승진의 기회가 주어졌습니다. 그러나 대부분의 경우 출산과 육아는 여성들에게 직장을 포기하게 하는 결정적 요인으로 작용합니다. 이는 단지 기혼 여성에게만 해당되는 것이 아니라 미혼모나 이혼 여성에게도 똑같이 적용되기에 결혼했기 때문에가 아니라, '엄마'가 되었기에 '벌금'을 무는 셈이 되는 것입니다. 그렇다면 얼만큼 벌금을 낼까요?

동일 학력, 연령, 직업, 근무 경험 등을 감안할 때 자녀가 하나일 때는 무자녀 여성보다 4퍼센트 덜 벌고, 자녀가 둘인 경우에는 무려 12퍼센트, 셋인 경우에는 16퍼센트 덜 버는 것으로 나타납니다. 이혼녀는 기혼녀보다 수입이 약간 더 높은 것으로 나타나는데 그 이유는 결혼한 여성은 육아로 인해 돈을 덜 버는 대신 남편의 수입으로 보충할 수 있기에 시간제로 일하거나 좀 덜 힘든 일을 선택할 여지가 있으나, 이혼녀는 이런 선택의 여지가 없어 더 고된 일도 감수하기 때문으로 분석됩니다(하지만 이때 무리한 일을 하느라 건강 통장과 정서 통장의 지출이 클 수 있음을 고려하지 않을 수 없습니다).

여기서 기혼 여성들의 위험한 선택의 부담이 생깁니다. 절대 이혼을 하지 않고 검은 머리가 파뿌리가 될 때까지 한 남자의 아내로 남는다는 보장만 확실하다면 직장을 좀 희생하고 육아와 가사에 충실한다 해도 그 결과는 더 풍요로운 생활에, 더 큰 저축을 할 수 있고 아이와도 충분히 시간을 보낼 수 있습니다. 바로 한 세대 전까지 우리나라 현모양처들이 해왔던 자식과 가정에 '올인'하기를 해볼 만하다는 뜻입니다.

그러나 만일 도중에 이혼을 하게 된다면? 그것도 자신의 잘못 때문이 아니라 요즘 드라마에서 그려지는 것처럼 남편이 다른 여자가 좋아서 일방적으로 이혼 선언을 해버린다면? 일단 재산 분할을 한다 해도 재산이 반 이하로 쪼개질 것이며, 그 동안 경력이 쌓이지 않고 나이만 들었기에 좋은 조건의 직장을 갖기는 거의 불가능할 것이고, 무엇보다 경제력이 없다는 이유로 양육권을 빼앗길 가능성도 있습니다. 여자에게는 그야말로 삶의 터전을 모두 잃을 수 있는 위험스럽기 짝이 없는 '도박'이 되는 것입니다.

한국 아줌마들이 활기찬 이유 저는 한국의 아줌마들이 활기차고 생명력이 넘치는 모습과 대조적으로 미국의 주부들은 대부분 삶의 활기가 빠져 있고 어쩐지 기운이 없는 것 같아 이상하다고 생각한 적이 많았습니다. 미국 주부들의 우울증과 만성 무기력감은 이미 의학계에도 널리 알려진 사실입니다. 제 나름대로 그 이유를 생각해 보았습니다.

한국의 아줌마들은 생활력이 강해서 남편과 자녀가 자신이 없으면 못 산다고 자신의 존재 가치를 뚜렷이 느끼며, 쉽게 이혼 당하지 않는다고 믿는 구석도 확실합니다. 한마디로 정서 통장과 도우미 통장이 튼튼하다는 것입니다. 그러나 미국의 중산층 주부는 대부분 직장과 가정을 병행하다 보니 가족에게 소홀해지기 쉽고 따라서 가족에서의 중심 위치를 잃어버린 것입니다.

같은 맥락에서 저는 한국의 일부 부유층 주부들도 파출부를 고용한다든지 함으로써 주부로서 할 많은 일들을 돈으로 사서 하다 보니 가족에게 '없어서는 안 될 존재가치'를 스스로 상실해 버리는 게 아닌가 생각합니다. 김치도 사서 먹고 제사 음식, 명절 음식도 주문하고 아이들 생일잔치부터 집안의 대소사를 돈으로 해결하면 당장은 우아하고 편한 것 같지만, 길게 본다면 스스로를 '고급 소비자'나 '돈으로 대치해 버릴 수 있는 소모품'으로 전락시키는 것입니다. 그러다 보면 가정을 관리해 나가는 주도권을 잃고 또 생산자로서의 사회적 능력도 없기에 자신감이 없어집니다. 남편에게 이혼을 당할 경우 대책이 막막하기에 불안감이 높고 신경쇠약증에 잘 걸리기도 합니다.

어찌되었거나 기혼 여성이 가사나 육아로 인한 경제적 손실을 남편의 '결혼 프리미엄' 수입으로 보상 받을 수 있는 것은 혼인 상태를 유지하는 기간 동안 뿐입니다. 이혼하는 순간부터 전 남편의 수입으로부터 얻던 경제적 혜택은 급격히 감소하여 이혼한 여성과 자녀를 위협합니다. 특히 무결함 이혼법(둘 중 누가 잘못하지 않아도 살기 싫으면 이혼할 수 있게 하는 법)이 확산된다면 여성으로서는 남편을 믿고 전심전력 육아와 가정에 투자할 경우 위험 부담이 높아집니다. 이혼 선진국인 미국에서는 무결함 이혼법이 이혼율 증가에 가장 결정적인 작용을 한 요인으로 지적되고 있습니다.

결혼은 장기 투자다 출산과 육아로 인해 기혼 여성이 모성 벌금을 지불한다는 것을 좀더 장기적인 시각으로 보면 직장의 유무와 자녀의 유무를 떠나 기혼 여성(전업주부, 맞벌이 주부, 시간제 주부)은 일반적으로 싱글녀(미혼 여성, 동거 여성, 이혼 여성)보다 훨씬 경제적인 풍요를 누리고 사는 것으로 나타납니다. 이미연 씨의 경우 육아에 전념하기 위해 전업주부를 선택했던 6년 동안 비록 자아실현에는 마이너스가 되었을지 모르나, 단순히 재정 통장만 본다면 그녀가 육아 때문에 잃은 액수보다 훨씬 많은 액수가 남편의 월급으로 보상이 되었습니다. 그리고 재산 관리를 잘하여 10년 만에 30평 아파트를 살 수 있게 되었는데, 아마 결혼하지 않고 직장을 다녔더라면 30평 아파트를 구입할 만큼 저축을 하지 못했을 것입니다.

여성이 결혼과 함께 직장을 포기하고 육아의 부담을 맡는 대신 남편의 결혼 프리미엄 덕을 보기 때문에 결국 '공동 재정 통장'은 남녀 각자가 모을 수 있는 것의 합보다 커진다는 윈윈 결과를 얻는 것입니다.

방금 저는 결혼을 하면 남성이나 여성이 모두 재정적으로 보상을 받는다고 말씀 드렸습니다. 새내기 부부들만 보아도 이 차이는 현격합니다. 결혼한 새내기 부부의 평균 자산 액수가 동거 커플이나 미혼모보다 단연 가장 높습니다. 동일 연령, 학력, 직업, 수입을 비교한 연구 결과라서 원래부터 잘살던 사람이 결혼도 잘한 것 아니냐는 비판은 성립되지 않습니다. 부부가 협심하여 공동 투자한 윈윈 전략의 반영이라고밖에는 달리 설명할 수가 없는 것입니다.

소득뿐 아니라 결혼한 부부들은 서로의 소비 활동에 대해서도 일종의 견제 역할을 함으로써 재정 통장이 불어난다고 앞서 말씀 드렸습니다. 이를테면 독신자들은 자신이 번 돈으로 새 스포츠카를 사든 해외 여행을 하든 값비싼 레스토랑에 가서 분위기를 내든 자기 마음대로지만, 기혼자들은 가능한 차를 잘 보수해서 오래 쓰려고 하고, 알뜰 여행을 하며, 외식보다는 직접 장을 봐서 푸짐한 상을 차리는 게 더 실속있다고 믿으며, 배우자가 돈을 함부로 쓰려는 것을 제지하기 때문이라고 합니다.

결혼은 건강 통장을 풍족하게 해준다

기혼 남성들은 아내의 잔소리 덕에 오래 산다

아무리 모두가 돈, 돈 하는 세상이라지만 결혼 생활을 돈으로 환산하여 이득이 어떻고 자산 총액이 어떻고 하면서 재정 통장의 출납 계산을 하고 보니 참으로 삭막하기 그지 없습니다. 저도 이런 자료를 볼 때마다 미국은 자본주의 사회답게 재정 논리를 철저하게 따지고 분석해 놓았구나 하는 생각이 듭니다. 하지만 지금부터 살펴보겠듯이 결혼은 남녀 모두의 건강에도 매우 큰 혜택을 주고 있음을 알 수 있습니다.

독신남보다 기혼남이 더 건강히 오래 사는 이유를 사회학자 데브라 움버슨은 아내의 잔소리 덕이라 합니다. 즉 기혼 남성들은 담배를 피우거나 술을 마시거나 컴퓨터 중독에 빠지면 당장에 아내의 저지를 받고 잔소리를 듣기 십상인데, 바로 이 덕에 오래 산다는 것입니다. 뿐만 아니라 몸이 아프면 병원에 가라고 채근하고 검진 예약을 잡아줄 뿐 아니라 이 닦고 자라, 운동해라, 비타민 챙겨 먹어라 등등 평소에도 나쁜 생활 습관 등을 끊임없이 교정해 주니까 기혼 남성들은 아내의 잔소리를 고마워해야 할 것 같습니다.

연령, 학력, 직업, 수입 등 동일한 조건하의 독신 남성은 와이프의 잔소리를 듣지 않은 탓인지 결혼한 남자들보다 평균 수명이 10년 짧게 나옵니다. 의사인 마이클 로이젠 박사는 같은 나이라도 독신남은 기혼남보다 신체 연령이 3년 더 높게 나오고, 특히 행복한 결혼 생활을 하는 기혼남에 비하면 4.5세 더 높다고 합니다. 몇 년 더 젊어지겠다고 조깅하고 헬스클럽에 다니는 것보다 결혼해서 사는 게 더 젊고 건강하게 사는 비결이라는 것입니다.

더욱 놀라운 사실은 결혼 상태의 유무 요인 하나만 놓고 볼 때 사망률의 차이가 가장 큰 연령대는 남자 나이 35세부터 45세 사이라는 점입니다. 결국 마누라 눈치 안 보고 실컷 컴퓨터에 빠지고 연애도 맘껏 해보고 싶은 '젊은 오빠'들의 자유에 대한 갈망은 환상일 뿐이라는 결론이 났습니다. 자유를 구가하기는커녕 일찌감치 병마에 쓰러지는 사람 중엔 기혼 남성보다 홀로 사는 3, 40대가 훨씬 많으니까요. 남성은 여성의 도움을 받아 위험한 라이프 스타일을 줄임으로써 건강하게 오래 살 수 있다는 결론입니다.

결혼은 여성을 질병, 범죄, 폭력으로부터 보호해 준다

마이클 로이젠 박사의 연구에 따르면 이혼녀는 기혼 여성에 비해 신체 연령이 평균 2세 높게 나오고, 특히 행복하게 사는 기혼 여성에 비하면 평균 2.5세 더 늙어 보인다고 합니다. 이런 통계 수치는 미국뿐 아니라 대부분의 선진국에서 거의 동일한 수준으로 나옵니다. 예를 들어 일본과 네덜란드에서도 이혼녀와 독신녀의 사망률은 기혼 여성의 1.5배 정도로 높고, 따라서 기대치 평균 수명도 짧습니다.

여성의 범죄 피해율을 보더라도 같은 결론에 도달하게 됩니다. 흔히 '가정 폭력 피해자'라고 집계된 통계를 정밀 분석해 본 결과 실제로 결혼 생활을 하고 있는 기혼 여성이 가정 폭력을 당하는 경우에 비해 이혼 후 전 남편에게 당하는 폭력이 3배, 별거 중인 여성이 당하는 경우가 25배나 높아서 현재 결혼 생활 중인 여성이 오히려 가장 피해를 적게 본 것으로 나타났습니다.

일부 사회학자들은 결혼이 여성의 건강 장수에 도움을 주는 요인은 남편의 직접적인 보살핌이나 배려 때문이라기보다는 일반적으로 독신

여성보다 높은 남편의 수입으로 인해, 보다 나은 의료기관에서 보다 자주 정기적인 검진과 치료를 받는 간접적인 혜택 덕이라고 합니다. 이유야 어쨌든 결국 결혼은 남자와 여자 모두의 건강 통장에 도움을 준다는 사실은 부인할 수가 없습니다.

여성은 남편이 있다는 사실만으로도 건강하게 사는 한편 질병, 폭력, 범죄로부터 보호를 받을 수 있습니다. 건강 통장 하나만 보더라도 결혼을 함으로써 들이는 수많은 노력과 시간이 결코 헛되지 않다는 생각이 들지 않습니까? 결국 결혼은 '잘 먹고 잘 사는 문제(재정 통장)' 뿐 아니라 '죽고 사는 문제(건강 통장)'까지 혜택을 주는 것이라 하겠습니다.

결혼은 정서 통장을 넉넉히 채워준다

정서적 분업

경제학자들이 결혼의 이점을 '노동의 분업' 때문이라고 보듯이 심리학자들은 결혼의 이점을 '정서적 분업'으로도 봅니다. 예를 들어 내성적인 남성들은 명랑하고 낙천적인 아내를 얻는 경향이 많고, 성격이 급한 사람은 느긋한 배우자를 얻어 감정적 균형을 이룬다는 것입니다. 뿐만 아니라 살다보면 해결할 문제가 많기에 이렇게 부부가 정서적 분업을 할 수 있을 때 다양한 상황 대처를 함으로써 가족의 생존력을 높이는 것이지요. 물론 이런 정서적 분업이 조화롭지 않을 때에는 바로 이 때문에 정서적 지출, 즉 부부 불화를 일으키기도 하는 것입니다. 하지만 어느 정도의 불화는 감정적 분업의 이점을 초과하지 않는다는 것이 일반적인 학자들의 의견입니다.

정서 통장을 부부 공동의 자산으로 보면 부부 중 한 사람이 정서적 지출이 심한 경우라도 배우자의 정서로 보충하는 예를 우리는 흔히 볼 수 있습니다. 작년에 제가 심리 치료를 한 대기업 간부 한 분이 바로 그런 케이스였습니다. 대기업 CEO인 그는 평소에도 완벽주의 성향이 강했는데 최근 실적이 떨어지면서 '불안 공황(Anxiety Attack)'으로 병원에 입원했다가 저의 도움을 청했습니다. 그는 병원에서 처방 받은 신경안정제의 부작용 때문에 업무를 잘 볼 수 없어 더 큰 불안감을 느끼는 악순환을 겪고 있어 제게 심리 치료를 받아보려고 한 것입니다.

저는 그의 정서 통장이 심리적 압박감과 불안감으로 고갈된 것을 지적하고 부인을 만나보았습니다. 다행히 부인은 정서적으로 퍽 안정감이 있으며 유머 감각도 있고 느긋한 성격이었습니다. 저는 부인에게 아침 저녁으로 10분씩 남편에게 위로와 자신감을 주는 말을 해주라고 했습니다. 그리고 남편이 불안 공황으로 호흡이 가빠지거나 기도가 막히는 기분이 들 때, 손을 잡고 함께 천천히 호흡하면서 안심시키는 대화를 해보라고 했더니 과연 일주일도 못 되어 그 분은 완전히 불안 공황에서 벗어나 전처럼 활기차게 일을 하게 되었다고 합니다. 덤으로 부인과의 사이가 더 좋아졌고 평소 자신의 완벽주의 때문에 힘들어하던 가족들을 돌아보는 계기가 되었다고 합니다.

결혼은 우울증 치료제

결혼과 정서와의 상관 관계를 따질 때 행복한 사람이 더 많이 결혼하니까 기혼자들이 더 행복하게 나타나는 게 아니냐고 반문하는 사람이 있을지 모릅니다. 이를 통계학 용어로는 '선택적 편향'이라고 하는

데, 결론은 한결같이 결혼이 행복을 증가시키는 것으로 나옵니다.

예를 들어 심리 검사를 통해 같은 정도의 우울증을 지닌 사람들을 결혼 전, 결혼 후, 별거, 이혼, 독신 등 사는 스타일에 따라 행복도가 어떻게 변화하는지를 살펴보니까, 일단 결혼을 하고 난 뒤에는 행복도가 높아지지만, 독신으로 남거나 별거, 이혼, 사별 뒤에는 우울증이 더 심해지는 것으로 나타납니다.

결혼은 부부의 도우미 통장을 불려준다

인류의 다양한 결혼 형태를 조사하고 그 기능을 연구한 멜리노브스키 같은 인류학자들은 결혼 제도는 독립적이거나 때론 적대 관계에 있던 두 집단이 공통의 관심사를 갖게 하고, 이해타산이 생기게 하는 훌륭한 생존전략이라는 것을 밝혔습니다.

여기서 두 집단의 가장 큰 공통 관심사와 이해타산은 주로 자손이 되겠고 그밖에 노동력, 경제력, 정치력 등도 공동의 자산이 되는 예가 많습니다. 다시 말해 결혼한 두 남녀 당사자뿐 아니라 두 집단이 서로의 도우미가 된다는 것입니다. 이들이 강하게 결속될수록 서로의 인적 네트워크도 든든해지고 전쟁이나 자연 재해 때 서로 도와 생존력을 높이게 됩니다.

그러다 보니 정략 결혼도 생기고 결혼 당사자들의 사랑이나 연애 감정 등은 도외시되기도 했습니다. 요즘은 사랑의 감정이나 호감 없이 순전히 '동맹 관계'나 이득 때문에 결혼하는 사람은 거의 없을 것입니다. 하지만 주변의 반대를 무릅쓰고 오로지 두 사람만의 사랑만 믿고 하는 결혼도 위태롭게 보이는 것은 마찬가지입니다.

아무리 핵가족이 되었다 해도 결혼한 남녀는 서로를 포함한 가족, 친척, 친구, 이웃의 도움을 끊임없이 주고받음으로써 자녀에게까지 도우미 통장을 물려줄 수 있습니다. 칙센트미하이 박사는 『몰입의 즐거움』이라는 책에서 "가정의 형태가 아무리 변화무쌍하게 펼쳐져 왔다고는 하지만 한 가지 변하지 않는 요소가 있으니, 그것은 곧 성이 다른 두 어른이 결합하여 서로의 행복을 위해 노력하면서 자식에 대해 책임을 함께 나누어 가진다는 사실"이라 했습니다. 즉, 결혼함으로써 부부가 서로의 도우미가 됨과 동시에 자식에게도 책임 있는 도우미가 된다는 뜻이지요.

최근 의사와 심리학자들은 교회, 이웃, 지지 그룹, 동호회 같은 공동체가 심신의 건강에 아주 지대한 영향을 미친다는 연구를 속속 발표하고 있습니다. 심장병, 알레르기, 천식 같은 육체적 병뿐 아니라 알츠하이머, 우울증, 불면증 같은 정신과적 증상도 공동체에 활발하게 참여함으로써 단순히 약 처방을 받는 것보다 훨씬 좋은 효과를 본다는 것입니다. 공동체란 다시 말해 도우미들의 모임이 아니겠습니까. 우리나라는 옛부터 두레나 향약 같은 공동체 의식이 뚜렷했지만 도시화, 핵가족화, 산업화 과정에서 아쉽게도 잊혀지게 되었습니다.

저는 결혼이 여성의 정서 통장에 크게 도움을 주는 이유는 주부, 아내, 어머니 역할을 맡음으로써 오는 목적 의식 외에도 결혼을 함으로써 확대된 소속감을 갖게 된다는 것도 무시 못할 요인이라 생각합니다. 또 남편과의 대화를 통해 일상사의 크고 작은 걱정거리를 나눌 수 있고, 안정된 성생활을 함으로써 심리적인 안정감과 깊은 정서적 충족감을 느낄 수 있는 것 등이 모두 복합적으로 상승효과를 낸다고 봅니다.

소속감, 대화, 심리적 안정감 등은 또한 부부의 도우미 통장과도 직결됩니다. 그러나 결혼이 도우미 통장에 주는 혜택은 앞에서 이미 언급했으므로 여기서는 생략하겠습니다.

이상으로 결혼이 주는 혜택을 라이프 통장의 관점으로 모두 살펴보았습니다. 물론 어디까지나 통계적인 사실일 뿐, 각자 다양한 삶의 모습이 있을 것입니다. 따라서 결혼은 각자의 자유이고 선택이라는 점을 다시 한 번 강조합니다. 하지만 대부분의 사람들에게는 재정 통장, 건강 통장, 정서 통장, 도우미 통장 등 부부의 라이프 통장이 결혼 생활을 함으로써 훨씬 풍성해짐을 구체적인 수치와 방대한 연구 결과로 확인이 되었으리라 생각합니다.

이처럼 다양하고도 확실한 결혼의 이점을 안다면 부부가 다투고 힘들 때 쉽게 가정을 포기하거나 파괴적인 방향으로 문제를 더 악화시키지 않고, 굳은 믿음과 희망으로 문제를 타결해 나갈 수 있지 않을까요?

맺는 글

세 가지 질문

지난 25년 동안 미국에서 공부하고 대학에서 가르치며 독일의 가족 치료 자격증도 얻고 세계 최고의 부부 치료 센터라는 가트맨 연구소에서 전문가 훈련까지 받았지만 저는 개인이나 핵가족 단위로만 보는 심리 치료는 한계가 있다는 것을 통감했습니다. 한 가지만 예를 들어 보겠습니다. 미국의 초혼 이혼율은 50퍼센트, 재혼 이혼율은 63퍼센트, 삼혼 이혼율은 80퍼센트입니다. 이들은 각종 사회적 문제를 유발하기 때문에 국가 차원의 정책도 많고 심리 치료도 많이 개발되었습니다.

하지만 공식적으로 각 치료 방식의 성공률(성공률은 5년 뒤에 재발하지 않는 것을 기준으로 한다)을 엄정히 비교한 신뢰할 만한 연구 결과를 보면 정신 치료나 심리 치료의 성공률이 30퍼센트밖에 안 됩니다.

평균 10~20퍼센트의 성공률만 되어도 다행이라 여기지요. 왜냐하면 치료 받고 더 악화되는 케이스도 많으니까요.

저는 지난 수년 동안 매해 프랑스, 영국, 독일, 이스라엘, 터어키, 스페인 등 여러 나라의 가족 치료 학회와 워크숍에 참가하면서 저 나름대로 다양한 치료법의 장단점을 비교하고 종합해 보았습니다. 아동이나 청소년뿐 아니라 부부 치료를 할 때 기존의 심리 치료 방식의 부족한 점을 보완하려면 어떤 방식이 좋을까를 끊임없이 생각했습니다.

특히 미시간 텍 대학에서 〈비교 문화 심리학〉을 가르치면서 심리적인 문제를 문화적 맥락에서 재검토하는 수많은 자료를 보며 백인 중심의 개인주의적 치료 방식을 동양의 사회 문화에 그대로 적용하는 것은 한계가 있다는 판단 아래 구체적인 내용들을 정리해 두었습니다. 그 결과 우리 실정에 맞도록 가족 치료와 심리 치료에 건강, 정서, 대인관계, 문화 환경까지 포함하는 제 나름의 '라이프 통장' 방식을 개발하게 된 것입니다.

책을 덮기 전 다음의 세 가지 질문을 스스로에게 해보시기 바랍니다.

첫째, 우리 부부가 살기 힘든 진짜 이유가 과연 성격 차이 때문일까? 혹시 네 가지 기본 라이프 통장의 고갈이나 불균형 때문은 아니었을까? 그렇다면 현재 우리 부부는 어떤 통장이 가장 비어 있고 어떤 위기감을 느끼는가? 무엇이 우리 부부의 라이프 통장을 가장 위협하고 있는가? 정확한 진단을 하고 싶다면 4장과 5장을 다시 읽어보십시오.

둘째, 우리가 지금까지 해온 부부 싸움 방식이 문제를 해결하기보다는 오히려 더 악화시켜 왔다면 그 진짜 이유가 무엇일까? 혹시 비난, 경멸, 자기 방어와 같은 나쁜 습관이 몸에 배어 있지 않았던가? 혹시 꾹 참았다가 한번 터뜨리면 '감정의 홍수'를 일으키지는 않았던가? 싸울 때마다 꼭 튀어나오는 '고정 레퍼토리' 때문에 서로 기진맥진 지치고 증오하는 상태는 아닌가?

매일 새롭게 벌어지는 일상적인 부딪힘이나 십여 년 쌓아왔던 단골 소재나 내용 자체는 큰 문제가 되지 않습니다. 부부 싸움 방식이 문제입니다. 혹시 내 안에 있는 그릇된 신화가 문제라면 3장을 다시 읽어보시기 바랍니다. 그러나 좀더 발전적으로 문제를 해결하고 싶다면 6~7장을 천천히 다시 읽어보시고 자신의 오늘의 '주제'에 가장 적합한 방식을 한 가지만이라도 선택해 실행해 보십시오. 예전에 모르고 자기 방식대로 하던 것과는 다른 결과를 얻으실 수 있을 것입니다. 아주 힘든 쟁점이라면 뇌리에 깊이 박힌 인생 대본의 문제일 가능성이 높습니다.

셋째 우리 부부도 지금보다 훨씬 더 성숙하고 행복한 결혼 생활을 할 수 있을까?

답은 물론입니다. 부부 관계를 이 닦기에 비교해 보겠습니다. 우리는 매일 음식을 먹고 섭취하지만 동시에 그 자체가 입 안에 항상 박테리아를 생성시킵니다. 예전엔 입에서 악취가 나고 썩어서 이가 빠져도 그냥 지나쳤지만 이제 과학적으로 이를 건강하게 관리하는 방법을 알고 있고, 어릴 때부터 실행함으로써 충치와 악취를 방지할 수 있게 되었습니다.

부부 관계도 이와 같습니다. 매일 부딪치는 일들로 인해 감정의 찌꺼기가 남게 되므로 매일 감정 청소를 해주지 않으면 부부 관계는 악취를 풍기게 되어 있습니다. 가트맨 박사는 하루에 이를 3번 닦듯이 하루에 3번씩, 3분 정도만이라 서로에게 따뜻한 말, 포옹, 도움이 되는 선한 행동을 하면 부부 관계가 건강하게 오래 지속되며, 매일 서로에게 향기로움을 선사할 수 있다고 전합니다.

부부의 삶이 건강하면 기쁨과 평화를 느낍니다. 고통 속에서도 인내할 수 있고, 서로를 아껴주는 따스함과 온유함이 감돕니다. 욕망과 욕심이 생길 때라도 가족과 배우자를 위해서 절제할 수 있는 용기도 생깁니다. 그리고 아무리 어려움이 있더라도 희망을 잃지 않고 서로를 믿고 진실된 행동을 할 수 있습니다.

여러분의 가정에 평화와 사랑이 충만하기를 빕니다.

감사의 글

사랑은 작은 변화와 실천으로 키울 수 있습니다

제가 이 책을 쓰는 동안 남편은 옆에서 『나는 대한민국의 교사다』를 집필했습니다. 저희는 새벽에 일어나 컴퓨터 앞에 나란히 앉아 글을 쓰다가 서로 바꿔가며 읽어보고 의견 교환을 했습니다.

글 쓰는 스타일이 무척 달라서 남편은 저의 끊임없이 써내려가는 능력에 감탄하고, 저는 요점이 머리에 환히 그려지도록 간단히 줄이는 남편의 능력을 부러워했습니다. 제 책의 '큰 그림'은 거의 남편과의 대화 속에서 틀을 잡아갔고 각 장의 배열 또한 그의 의견을 반영했습니다. 하지만 이 책은 제 지식과 경험의 산물이며 부족한 점이 있다면 모두 저의 한계임을 밝힙니다.

이 책이 나오기까지 도움을 주신 분들이 너무 많아 일일이 다 감사를 드리기 어려울 정도입니다. 우선 서로 존경하고 아껴주는 행복한 부부의 귀감이 되어주신 저의 부모님께 가장 먼저 감사드립니다.

그리고 제게 '인간발달학'이라는 아주 멋지고 폭넓은 학문의 세계를 소개해 주셨던 컬럼비아 대학의 존 브로튼 은사님, 학문과 가정의 균형을 몸소 보여주신 시카고 대학의 칙센트미하이 교수님, 졸업 후에도 늘 저의 능력을 믿는다며 용기를 주셨던 댄 프리드먼 지도교수님께 감사를 전합니다. 이들이 학문적 기초를 쌓는 데 도움을 주셨다면 독일의 제롬과 웰리 케이건 박사 부부와 가트맨 연구소의 존과 줄리 가트맨 박사 부부는 제가 가족 치료 전문가로서 성장하는 데 아낌없는 지원을 해주셨습니다. 저를 친딸처럼 대해주는 케이건 박사 부부와 뵐 때마다 아무리 질문을 많이 해도 늘 웃는 얼굴로 열심히 답해주시던 가트맨 박사 부부께 깊이 감사드립니다.

또 제게 '비교문화 심리학'이나 '뇌과학' 같이 최신 과목을 맡아보라면서 무제한의 자유와 전폭적인 지원을 해주신 미시간 텍 대학 교육학과의 벌튼스퍼거 과장님과 책을 쓰다가 궁금한 사항이 있어 물어보면 언제나 자기한테 있는 책과 자료를 즉각 빌려주던 로잘리 컨 교수에게도 고마움을 전합니다.

찾는 책은 가능한 다 구해 주려고 타도서관과 신속한 연락을 취해주던 도서관 직원들께도 그동안 다 못 드린 감사를 표합니다.

제게 치료를 받은 분들께도 깊이 감사드립니다. 여기에 소개한 분들은 당사자들의 허락을 받았고, 자신들의 시행착오가 비슷한 어려움을 겪는 다른 부부들에게 도움이 되기를 바란다면서 이 책에 소개하는 허락을 해주셨습니다.

저의 긴 원고를 읽으면서 지나치게 쓴 부분을 지적해 주고 동시에 독자들이 아쉬워할 부분을 보충해 달라고 요구함으로써 저와 독자들을 연결해 준 해냄출판사의 박은미 님과 이혜진 팀장의 무진장한 수고덕이 없었더라면 이 책이 나오기 힘들었을 것입니다.

끝으로 아무리 바빠도 가족과 함께 보내는 시간만큼은 항상 우선순위에 두는 남편에게 글로 다 표현 못할 만큼 많은 사랑을 전합니다.

가정의 화목과 행복을 되찾는 일은 아주 사소한 변화와 실천에서부터 시작할 수 있습니다. 부부가 이 책을 함께 읽으며 사랑을 지키고 관계를 회복하려는 노력을 시작한다면, 대한민국이 이혼공화국에서 행복공화국으로 바뀔 수 있다고 믿습니다. 이 책을 읽고서 집집마다 재정 부자뿐 아니라 건강 부자, 정서 부자, 도우미 부자가 많이 늘어나기를 진심으로 바랍니다.

부록_ 결혼 생활 진단 셀프 테스트 1

당신은 결혼 생활에 얼마나 행복감을 느끼십니까?

다음은 〈로크-월러스의 결혼적응검사지(Locke-Wallace Marital Adjustment Test)〉라고 하는 테스트 표입니다. 아래 선에서 한가운데 표시된 '행복'을 당신이 생각하는 보통 사람들의 평균치 행복이라 가정할 때 중간에서 좌측으로 갈수록 극심한 불행감을, 우측으로 갈수록 최고의 행복감을 표시합니다. 당신은 현재의 결혼에서 (주관적으로) 얼마나 행복감을 느끼는지 해당되는 점에 표시를 하시기 바랍니다.

결혼에 대해 당신이 느끼는 행복감은?

0	2	7	15	20	25	35
극심한 불행			행복			최고의 행복

다음 각 사항에 대해 당신과 배우자 사이에 얼마나 의견이 일치 또는 어긋나는지 각 문항마다 해당되는 곳에 체크하십시오

	항상 일치	대부분 일치	가끔 어긋남	종종 어긋남	대부분 어긋남	항상 어긋남
돈쓰는 문제에 대해	5	4	3	2	1	0
여가, 휴가에 대해	5	4	3	2	1	0
애정 표시에 관해	8	6	4	2	1	0
친구나 주변 사람에 관해	5	4	3	2	1	0
섹스	15	12	9	4	1	0
가치관과 생활방식	5	4	3	2	1	0
인생관에 대해	5	4	3	2	1	0
양가 부모형제/친인척 문제	5	4	3	2	1	0

다음 문항의 a~d 중 당신의 결혼 생활에 가장 적합한 답에 표시하십시오

1. 의견이 서로 어긋날 때 대개

a. 남편이 진다 0　b. 아내가 진다 2　c. 서로 양보하여 타협안을 찾는다 10

2. 당신 부부는 취미나 여가를 함께합니까?

a. 모두 같이 한다 10　b. 일부만 같이 한다 8

c. 거의 같이 하는 게 없다 3　d. 아무것도 같이 하지 않는다 0

3. 여가가 있을 때 당신은 대체로

a. 어딘가 가거나 뭔가를 하려 한다　b. 집에 있고 싶어한다

당신의 배우자는 대체로

a. 어딘가 가거나 뭔가를 하려 한다　b. 집에 있고 싶어한다

둘 다 대체로 'b. 집에 있고 싶어한다'라고 답했으면 10, 'a. 어딘가 가거나 뭔가를 하려 한다'에 답했으면 3, 둘의 답이 서로 다르면 2입니다.

4. 차라리 독신으로 살았더라면 하는 생각이 든 적이 있습니까?

a. 종종 그런 생각을 한다 0　b. 가끔 그런 생각이 든다 3

c. 별로 그런 생각을 한 적이 없다 8　d. 한번도 그런 생각을 한 적이 없다 15

5. 만일 다시 태어난다면

a. 같은 배우자랑 결혼하겠다 15　b. 다른 사람과 결혼하겠다 0

c. 결혼을 절대 하지 않겠다 0

6. 배우자를 신뢰합니까?

a. 거의 믿어본 적이 없다 0　b. 아주 드물게 믿는다 2

c. 대부분 믿는다 10　d. 모든 것을 신뢰한다 10

▶ 테스트 결과 : 위의 점수표는 로크와 월러스 박사가 수천 쌍의 부부를 대상으로 한 조사를 토대로 하여 결혼의 행복도에 영향을 미치는 비중까지 통계상으로 분석하여 작성된 것이라 각 문항당 해당 점수가 약간씩 다릅니다. 이 모든 문항에 표시하신 곳에 적혀 있는 점수의 총합이 85점 이하라면 현재 당신의 결혼은 불행한 것으로 판정됩니다. 점수가 낮을수록 불행감이 크다는 뜻입니다.

당신의 결혼은 얼마나 안전한가요?

다음 질문은 당신의 현재 결혼 상태를 측정할 수 있는 점검표입니다. 〈와이스-세레토(Weiss-Cerretto) 결혼 위기 진단 검사〉로서 세계적으로 부부 치료 초기 진단용으로 가장 널리 사용되는 신뢰도 높은 검사 중 하나입니다. 정확한 진단을 위하여 '예'와 '아니오'를 솔직하게 답변해 주시기 바랍니다.

1. 나는 이혼이나 별거에 대해서 배우자에게 말할 구체적인 준비를 해놓은 상태이다. 뭐라고 말할지에 대해서도 생각해 놓았다. 예_ 아니오_
2. 나를 위해 별도의 통장을 마련해 두었다. 예_ 아니오_
3. 이혼에 대한 생각을 일주일에 최소한 한 번 이상 한다. 예_ 아니오_
4. 배우자에게 이혼, 별거 또는 헤어지고 싶다는 의사 표시를 한 적이 있다. 예_ 아니오_
5. 이혼이나 별거에 대해 구체적으로 생각한 적이 있고, 아이들은 누가 맡을지, 재산은 어떻게 나눌지 등에 대해서도 생각해 본 적이 있다. 예_ 아니오_
6. 실제로 배우자와 합의 별거나 법적 별거를 한 적이 있다. 예_ 아니오_

7. 이혼이나 별거에 대해 배우자 이외의 사람에게 물어본 적이 있다. (친구, 선배, 결혼상담가, 심리 치료사, 종교 지도자 등) 예__ 아니오__

8. 부부 싸움이나 논쟁 후에는 종종 이혼이나 별거하고 싶다는 생각이 든다. 예__ 아니오__

9. 배우자와 이혼이나 별거에 대해 진지하게 장시간 얘기한 적이 있다. 예__ 아니오__

10. 이미 이혼 신청을 해놓은 상태이거나 이혼을 한 상태이다. 예__ 아니오__

11. 다른 사람들에게 이혼하는 데 얼마나 시일이 필요한지, 비용이 얼마나 드는지, 법적 근거는 뭐가 있는지 등에 대해 물어본 적이 있다. 예__ 아니오__

12. 이혼을 위해 변호사에게 문의해 본 적이 있다. 예__ 아니오__

13. 이혼을 위해 가정 법률 상담소나 법적 지원 상담을 받아본 적이 있다. 예__ 아니오__

14. 부부 싸움 중이나 직후가 아니라도 막연하게나마 이혼이나 헤어짐에 대해 생각해 본 적이 있다. 예__ 아니오__

▶ 테스트 결과 : 위의 각 문항에 대해 '예'에 해당되는 답을 각 1점이라 할 때, 4점이 결혼 위기 여부를 가리는 당락선입니다. 다시 말해 4가지 이상이 '예'에 해당된다면 당신의 결혼 생활은 해체 위기에 처한 심각한 상태에 있다는 뜻입니다.

부부 사이에도 리모델링이 필요하다

초판 1쇄 2005년 10월 10일
초판 22쇄 2020년 7월 5일

지은이 | 최성애
펴낸이 | 송영석

주간 | 이혜진
기획편집 | 박신애 · 김단비 · 심슬기 · 김다정
외서기획편집 | 정혜경
디자인 | 박윤정
마케팅 | 이종우 · 김유종 · 한승민
관리 | 송우석 · 황규성 · 전지연 · 채경민

펴낸곳 | (株)해냄출판사
등록번호 | 제10-229호
등록일자 | 1988년 5월 11일(설립일자 | 1983년 6월 24일)

04042 서울시 마포구 잔다리로 30 해냄빌딩 5 · 6층
대표전화 | 326-1600 **팩스** | 326-1624
홈페이지 | www.hainaim.com

ISBN 978-89-7337-679-9